Carola Moosbach

Johann Sebastian Bachs Töchter

Historischer Roman

Carola Moosbach

Johann Sebastian BACHS TÖCHTER

Historischer Roman

benno

Bibliografische Information der Deutschen Nationalbibliothek
Die Deutsche Nationalbibliothek verzeichnet diese Publikation in der Deutschen Nationalbibliografie; detaillierte bibliografische Daten sind im Internet über http://dnb.d-nb.de abrufbar.

Besuchen Sie uns im Internet unter:
www.st-benno.de

Gern informieren wir Sie unverbindlich und aktuell auch in unserem Newsletter zum Verlagsprogramm, zu Neuerscheinungen und Aktionen. Einfach anmelden unter: www.vivat.de.

ISBN 978-3-7462-6237-6

Umschlaggestaltung: Rungwerth Design, Düsseldorf
Umschlagmotiv: Philipp Rumpf, Vorlesung im Park, drei junge Damen in Watteau'schen Kostüm um einen Steintisch sitzend, CC BY-SA 4.0
Gesamtherstellung: Kontext, Dresden (D)

Inhalt

Durch viel Trübsal

Die Männer trugen den Eichensarg vorsichtig durch das Treppenhaus. An der Haustür setzten sie ihre schwere Last unter lautem Ächzen ab. Zwei Stufen noch und der Sarg konnte auf den bereitstehenden Leichenwagen gehoben werden. Es war Vormittag. Die Hitze lastete schon jetzt schwer auf dem Thomaskirchhof. Ein paar Neugierige blieben stehen, um den sich formierenden Trauerzug zu betrachten. Die bereits versammelten Thomaner stellten sich vor dem Sarg auf. Ein älterer Schüler setzte sich mit einem großen Kruzifix an die Spitze, dahinter folgten in Zweierreihen die jüngeren. Langsam ging der Chorpräfekt ihre Reihen ab, um Hände und Kleidung ein letztes Mal auf Sauberkeit zu prüfen. Schulrektor Ernesti, nicht gerade ein Freund des verstorbenen Thomaskantors, stand im feierlichen Staatsrock und mit frisch gestärktem Beffchen mit den anderen Lehrern zusammen. Der Pfarrer der Thomaskirche gesellte sich zu ihnen. Auch die Zunft der Stadtpfeifer und Kunstgeiger hatte eine Abordnung geschickt, um ihrem Musikdirektor die letzte Ehre zu erweisen.
Die mit schwarzem Tuch überzogene Trauerkutsche fuhr vor. Anna Magdalena Bach, mit leichtem Schultertuch über dem dunklen Kleid, das dichte braune Haar unter einem Witwenschleier verborgen, fasste die kleine Regina Susanna an der Hand und half ihr in den Wagen. Johann Christian griff seiner Schwester Johanna unter die Arme und setzte sie mit Schwung auf der ledernen Rückbank ab. Dann kletterte der Vierzehnjährige leichtfüßig auf den Bock und fing wie selbstverständlich eine Unterhaltung mit dem verdutzten Kutscher an. Nun erschien auch Dorothea, die Älteste. Wie es der Brauch war, hatte sie Salbei und Wacholder im Sterbezimmer abgebrannt, kaum

dass die Sargträger durch die Tür verschwunden waren. Noch ganz außer Atem warf sie energisch die Haustür hinter sich zu, bestieg die Kutsche und nahm neben ihren Halbschwestern Platz. In diesem Moment steckte Gottfried seinen Lockenkopf aus einem Fenster im zweiten Stock. Unverständliche Laute ausstoßend fuchtelte er mit den Armen derart wild herum, dass man fürchten musste, er werde gleich aus dem Fenster fallen. Hinter ihm tauchte Elisabeth auf. Mit sanfter Gewalt zog sie ihren Bruder in die Stube zurück. Gottfried war geistig immer ein Kind geblieben, obwohl er mit seinen 26 Jahren inzwischen die Gestalt eines Hünen hatte. Wenn er aufgeregt war, hüpfte er auf der Stelle, schlug um sich und vergaß zu sprechen. Einzig seine Schwester Elisabeth konnte ihn dann noch beruhigen. „Ich bleibe besser zu Hause, geht nur ohne mich“, rief sie ihrem Mann zu, der bereits unten auf sie wartete.
Johann Christoph Altnickol hatte als Schüler des alten Bach einige Jahre unter dem Dach des Thomaskantors gelebt. Nachdem er in Naumburg eine Stelle als Organist bekommen hatte, stand seiner schon lange verabredeten Heirat mit Elisabeth nichts mehr im Wege. Vor einem Jahr hatte man Hochzeit gefeiert. Wie fröhlich war es da im Hause Bach zugegangen!

Inmitten aller Geschäftigkeit stand die Witwe ein wenig verloren vor dem Trauerhaus, als ein freundlich blickender Herr mit rundlichem Gesicht auf sie zutrat. Der Advokat Dr. Graff, ein langjähriger Freund der Familie, war aus seiner Advokatur in der nahegelegenen Haynstraße herbeigeeilt, um der Bachin an diesem schweren Tag beizustehen. Er wollte ihr galant in die wartende Kutsche helfen, doch Anna Magdalena lehnte ab. Zu Fuß wollte sie gehen, Schritt für Schritt dem Sarg folgen auf seinem letzten Weg. Inzwischen war auch Jungfer Bose eingetroffen. Sie brachte eine Nachbarin aus dem Haus gegenüber mit, der das Gehen sichtlich schwerfiel. So wurde beschlossen, sie bei Dorothea und den Mädchen im Wagen mitfahren zu lassen.

Nun fehlten nur noch die drei Ältesten, Friedemann, Emanuel und Christoph. Alle drei waren mit reitenden Boten vom Tod des Vaters benachrichtigt worden. Dafür hatte die Schule gesorgt – immerhin. Aber Halle, Berlin und Bückeburg waren zu weit weg, als dass sie es noch rechtzeitig zur Beerdigung hätten schaffen können.

Als endlich auch die Instrumente der Stadtpfeifer verladen waren, setzte die traurige Prozession sich auf einen Wink des Schulrektors in Bewegung. Die Mägde am Brunnen stellten ihre hölzernen Wassereimer ab, froh über die Verschnaufpause. Im Schritttempo ging es quer über den Kirchhof zum Thomasgässchen. Das gleißende Licht der Julisonne brannte auf die schwarzen Umhänge, Perücken und Dreispitze der Thomaner. Einer der Jungen, dem der viel zu große Hut ständig über die Augen rutschte, stolperte. Er wurde vom Präfekten mit einer Ohrfeige zurechtgewiesen. Gleich hinter dem Leichenwagen ging der Pfarrer. Ihm folgten die Lehrer der Thomasschule, danach die anderen Männer. Zu ihnen gesellte sich nun auch der Advokat. Ihre Degen klirrten leise, während sie gemessenen Schrittes dem Sarg folgten. Anna Magdalena ging an der Spitze der Frauen, neben ihr Jungfer Bose. Den Abschluss bildete die Trauerkutsche.

Der Trauerzug bog in das Thomasgässchen ein. Die Stundenglocke der Thomaskirche schlug elfmal und versank dann in Schweigen. Auch in der Kutsche herrschte Schweigen. Die achtjährige Regina war mit ihrer Trauer alleine. Niemand hatte sich um sie gekümmert in den letzten Tagen. Die Erwachsenen waren viel zu traurig und unaufhörlich beschäftigt gewesen. Niemand hatte ihr richtig erklärt, was mit dem Herrn Vater geschehen war. Stumm hatte er auf dem Bett gelegen, an das man sie geführt hatte. Schaudernd war sie vor der wächsernen Blässe seines eingefallenen Gesichts zurückgewichen. Regina hatte noch nie einen Toten gesehen. Dennoch kannte sie den Tod bereits. Erst im Frühjahr war ihre Taufpatin Anna Regina überraschend gestorben. Im Jahr zuvor hatte die Herzensfreundin der Mutter die Geburt ihres ersten Kindes nicht überlebt. Ihre Schreie waren über den Kirchhof bis in die Schlafstube der Mädchen gedrungen. Auch damals hatte die Mutter rote Augen vom Weinen gehabt. Dorothea hatte seufzend die kleinen Hemdchen weggeräumt, die sie für das tote Neugeborene bereits genäht und bestickt hatte. Nie wieder würde die immer fröhliche Sybilla mit dem ansteckenden Lachen zu Besuch kommen und die Frau Mutter aufheitern. Nie wieder würde der Herr Vater am Cembalo sitzen und seine Jüngste in eine Wolke aus Klang und Pfeifenrauch hüllen. Nie wieder würde er mit kraftvollen Schritten die Treppe heraufkommen und sich noch im Gehen die Perücke vom Kopf reißen. Regina blickte mit tränenblinden Augen durch das kleine Kutschenfenster, als der Wagen holpernd in die Grimmaische Gasse einbog. Auf der Gasse herrschte rege Betriebsamkeit. Eine elegante Dame im eng geschnürten dunkelgrünen Samtkleid fächelte sich schwer atmend Luft zu, während ihre Dienstmagd sich mit zwei sperrigen Hutschachteln abmühte. Ein Junge rannte laut pfeifend über die Straße. Die Welt stand durchaus nicht still, nur weil der Herr Vater gestorben war. Das Leben muss auch ohne ihn weitergehen, beschloss die dreizehnjährige Johanna und wischte der kleinen Schwester mit einem Zipfel ihres Rockes die Tränen aus dem Gesicht.

Anna Magdalena Bach ging mit festen Schritten über das Kopfsteinpflaster. Die rumpelnden Fuhrwerke, das Geschrei der Kutscher, die laut ihre Ware anpreisenden Händler nahm sie kaum wahr. Ihre Gedanken wirbelten in alle Richtungen. In die Zukunft: Was würde nun werden? In den Schmerz und die Angst der letzten Tage. Zu den Kleinen, die nun ohne Vater aufwachsen mussten. Zu den Großen, die hoffentlich bald in Leipzig eintreffen würden. Ihr Blick schweifte über die dahintrottenden Thomaner. Wie oft hatte Sebastian geschimpft, wenn wieder einmal die falschen Jungen aufgenommen worden waren. Die mit den guten Beziehungen, nicht die musikalisch Begabten. Irgendwann hatte er das Streiten aufgegeben und sich in seine Komponierstube zurückgezogen. Was gingen die Schüler ihn an, wenn es mit der vertrackten Quadrupelfuge nicht recht vorwärtsging? Wie mühsam ihm das Schreiben und Lesen in seinem letzten Jahr geworden war! Ganz nah hatte er sich das Papier vor die Augen halten müssen, um noch etwas zu erkennen. Seine massige Gestalt hatte sich mit schweren Schritten durch das Haus getastet. Er hatte geschimpft, wenn wieder einmal ein Stuhl im Wege gestanden hatte oder der Bierkrug ihm aus der Hand gefallen war. Die Augen hatten ihn schon bald vollends im Stich gelassen. Die Operation war seine letzte Hoffnung gewesen und dann doch schiefgegangen. Dabei hatte es geheißen, ein umherreisender Medicus aus England könne wahre Wunder vollbringen. Zweimal war der alte Bach im Gasthof *Zu den drey Schwanen* von dem Arzt operiert worden, zweimal hatte er danach mit verbundenen Augen, vor Schmerzen wimmernd, in der Schlafstube gelegen. Nach der ersten Operation hatte es so ausgesehen, als sei das Wunder tatsächlich geschehen. Der Blinde hatte wieder sehen können: Noten, Farben, Gesichter, alles. Das ganze Haus war darüber in Aufruhr geraten. Anna Magdalena hatte alle in die Schlafstube gerufen, die Hände gefaltet und ein Dankgebet gesprochen. Doch das Wunder war nur von kurzer Dauer gewesen. Auch eine zweite Operation hatte das Augenlicht nicht zurückgebracht. Wenig später hatte der 65-Jährige einen Schlaganfall erlitten. Der herbeigerufene Arzt hatte den völlig Gelähmten zur Ader gelassen, kalte Umschläge und Bürstenmassagen empfohlen, mit den Achseln gezuckt, als Anna Magdalena ihn mit Fragen bestürmt hatte, und war eilig davongegangen. Am Dienstag, den 28. Juli 1750, um Viertel nach neun am Abend, war Johann Sebastian Bach gestorben.

An der Paulinerkirche reihten sich einige Studenten in den Leichenzug ein. Sie hatten an Sonn- und Feiertagen oft dem

Thomaskantor bei der Kirchenmusik ausgeholfen. Immer wieder hatte der sich dafür eingesetzt, dass seine Musiker für ihren Einsatz anständig bezahlt wurden. Immer wieder hatte der Magistrat diese Eingaben ignoriert. Man müsse auch einmal mit dem Unvollkommenen vorliebnehmen, wurde dem aufsässigen Kantor beschieden.

Unter den Männern sah Anna Magdalena jetzt auch den Verleger Breitkopf. Der alte Herr zog das linke Bein ein wenig nach und hielt nur mühsam Schritt mit seinem stramm dahinschreitenden Sohn. Neben ihm ging der Oberpostkommissar Henrici. Die mächtige Allongeperücke, deren Locken bis an die Ellbogen reichten, wippte im Takt seiner weit ausholenden Schritte. Der wohlbeleibte Mann mit dem Künstlernamen Picander war für den Thomaskantor ein guter Freund und wichtiger Mitarbeiter gewesen, konnte er doch wie kein anderer zu allen Gelegenheiten den passenden Text liefern. Wenn es sein musste, war er sogar in der Lage, innerhalb weniger Tage eine profane Glückwunschkantate zu einem geistlichen Werk umzudichten. Mit heißer Nadel war auf diese Weise so manches Stück umgearbeitet worden. Oft hatte die Bachin dann bis weit nach Mitternacht Stimmen ausschreiben und kopieren müssen, um wenige Stunden später schon wieder die Kinder zur morgendlichen Hafersuppe zu wecken.

Die Kutsche hatte inzwischen das Grimmaische Tor passiert und überquerte den mit Pappeln und Kastanien umpflanzten Vorplatz. Die Nachbarin der Boses war eingenickt, ihr Kopf war im Schlaf auf die Schulter Dorotheas gefallen. Kleine Schweißperlen rannen über das faltige Gesicht. Die beiden Mädchen kicherten, als die alte Frau vernehmlich zu schnarchen begann. Dorotheas strafender Blick brachte sie schnell wieder zur Vernunft.

Regina sah jetzt mit erwachendem Interesse nach draußen. Weiter als bis zum Grimmaischen Tor war sie noch nie gekommen. Es gab so viel zu sehen, dass sie den traurigen Anlass für diese Kutschfahrt fast vergaß. Elegant gekleidete Spaziergänger flanierten unter den weit ausladenden Bäumen. Eine Mutter führte ihren kleinen Sohn an der Hand. Sie zeigte auf das Stadttor und die gleich dahinter aufragende Silhouette der Paulinerkirche. Wind kam auf. In das gleichmäßige Pferdegetrappel mischte sich das Rauschen der Bäume und wuchs in Reginas Kopf zu einem kleinen Menuett heran. Die Bäume bogen sich im Takt der lebhaften Melodie. Auch ihre Füße wollten sich bewegen im Blättertanz, doch der verstorbene Vater kam ihr in den Sinn und sie senkte beschämt den Kopf. In diesem Moment raste eine vierspännige Equipage im Galopp über den Platz, eine große Staubwolke hinter sich herziehend. Fast wäre die prächtige Kutsche mit zwei uniformierten Reitern zusammengestoßen. Der Kutscher fluchte, die beiden Reiter schimpften hinter ihm her. Die eben noch schnarchende Nachbarin, durch den Lärm unsanft aus dem Schlaf gerissen, sah nun ebenfalls aus dem Fenster.

„Ganz hier in der Nähe gab es früher die schönsten Konzerte", erinnerte sie sich und wurde dabei zusehends munterer. „Im Sommer hat euer Herr Vater jeden Mittwochnachmittag im Garten des seligen Herrn Zimmermann aufgespielt mit seinem *Collegium Musicum.*"

Dorothea nickte zustimmend. Sie selbst, die Mutter und ihre Herzensfreundin Sybilla waren bei diesen Konzerten oft dabei gewesen. Der zufriedene Kaffeehausbesitzer hatte ihnen dann köstliche Schokolade und reichlich gesüßten Kaffee zur Musik spendiert. Einige Male war Anna Magdalena sogar selbst dort aufgetreten. Ihr Mann hatte eigens für sie ein humorvolles Stück über die Freuden des Kaffeetrinkens komponiert. *Ei! wie schmeckt der Coffee süße* schallte es damals von der Kantorenwohnung bis in die Räume der Thomasschule hinüber, was bei Rektor Ernesti zu einigem Stirnrunzeln führte. Dennoch hatte Anna Magdalena ihren Part gründlich einstudiert und unter großem Beifall im Kaffeehaus dargeboten. Es war fast so schön wie zu ihrer Zeit als Hofsängerin in Köthen gewesen. Was hatte sie da für Erfolge gefeiert! Aber das war schon viele Jahre her, Herr Zimmermann war längst gestorben und ein anderer hatte das Geschäft in der Katharinenstraße übernommen.

Am Poststall vorbei war der Trauerzug jetzt auf dem Grimmaischen Steinweg angekommen. Anna Magdalena taten die Füße weh. Durst hatte sie auch.

„In jüngeren Jahren hätte mir das nichts ausgemacht", seufzte sie. Mit ihren 49 Jahren fühlte sie sich schon als alte Frau.

Jungfer Bose drückte ihr aufmunternd den Arm. „Bis zum Gottesacker ist es nicht mehr weit. Man sieht schon den Kirchturm."

Die Bachin nickte. Langsam gingen sie weiter. Die Luft war heiß und schwer. Es roch nach Pferdeäpfeln. Einige Insassen aus dem nahegelegenen Johannis-Hospital für Arme und Hilfsbedürftige kamen ihnen entgegen. Ein Mann mit wild abstehenden Haaren und Pockennarben im Gesicht zog einen Blinden am Strick hinter sich her. Dabei musste er sich selbst mühsam auf einen Stock stützen. Zwei alte Frauen mit verhärmten Gesichtern schlurften vorbei. Die eine biss selbstvergessen von einem Kanten Brot ab, während die andere wild gestikulierend vor sich hin sprach.

„Ob ich auch einmal so enden werde?" Anna Magdalena hatte stets vermieden, über die Zeit nach Sebastians Tod nachzudenken, obwohl er deutlich älter war als sie.

„Ganz bestimmt nicht", tröstete Jungfer Bose. „Ihr habt drei erwachsene Söhne und auch mein Verlobter wird euch treu zur Seite stehen."

Der Advokat Dr. Graff war seit Kurzem Witwer. Nach Ablauf des Trauerjahres würde er Benedicta Maria Bose, die Schwester seiner ersten Frau Anna Regina, heiraten; das war schon abgemacht.

„Friedemann und Emanuel sind nur Stiefsöhne", entgegnete die Bachin. „Christoph hat gerade erst in Bückeburg angefan-

gen und Christian ist noch in der Lehrzeit. Sie werde kaum helfen können. Gott wird es fügen", setzte sie nach kurzem Schweigen hinzu.
Am Friedhof neben der Johanniskirche kam der Leichenzug zum Stehen. Der Sarg wurde vom Wagen gehoben und an Grabsteinen und Schwibbögen vorbei zum Südeingang der Kirche getragen. Etwa sechs Schritte davor war bereits das Grab ausgehoben. Regina blickte kurz in das dunkle Erdloch und versteckte sich dann hinter Dorotheas breitem Rock. Anna Magdalenas Blick schweifte suchend über den Friedhof. Sieben Kinder hatte sie hier begraben. Sie dachte an den kleinen Gottlieb. Sein liebes, von braunem Haar umrahmtes Gesicht war plötzlich ganz heiß und rot vom hohen Fieber gewesen. Dann kam auch noch ein schlimmer Hautausschlag hinzu. Der Dreijährige hatte fast unaufhörlich geweint und sich immer wieder an den schmerzenden Hals gefasst. Zwei Tage später war er gestorben. Wie schrecklich es war, ihm nicht helfen zu können! Einige ihrer Kinder hatten nur wenige Stunden gelebt. Ihre winzigen Körper waren noch am selben Tag abgeholt und verscharrt worden. Auch sie mussten hier irgendwo unter der Erde liegen. Zum Traurigsein war nie richtig Zeit gewesen, die Tage randvoll mit Arbeit.

Der Präfekt teilte die schwatzenden Zöglinge in zwei Gruppen auf und dirigierte sie im Halbkreis um das Grab herum. Die Stadtpfeifer und Kunstgeiger stellten sich ebenfalls auf, dazwischen die Studenten. Nachdem die Instrumente gestimmt waren, teilte Christoph Altnickol die Noten aus. Erst vor wenigen Monaten hatte der alte Bach mit ihm eine Motette von Johann Christoph Bach für eine Aufführung vorbereitet.
„Mein Oheim war ein profunder Komponist", hatte er bei dieser Gelegenheit zu seinem Schwiegersohn gesagt. „Wenn ihr mich beerdigt, spielt dieses Stück von ihm."
Der Präfekt wollte gerade den Einsatz geben, als vom Eingang

her eine laute Stimme zu hören war. Alle Köpfe drehten sich zu ihr hin. Eine stattliche Frau stieg aus der Sänfte, in der sie sich hatte hertragen lassen, entlohnte die Träger und eilte mit schnellen Schritten durch die Friedhofspforte. Es war die Gottschedin. Sie war alleine gekommen. Ihr Mann, der berühmte Poet und Rhetoriker, schätzte den Thomaskantor und seine längst aus der Mode gekommene Musik nicht besonders. Seine Frau allerdings hatte sich kein einziges seiner Konzerte entgehen lassen. Sie spielte selbst die Laute und das vorzüglich.
Rektor Ernesti bedeutete dem Präfekten durch ein deutlich vernehmbares Hüsteln, dass man nun endlich anfangen solle. Alle Köpfe wandten sich wieder dem Grab zu. Die erste Chorgruppe setzte zusammen mit den Streichern im getragenen Duktus ein, dicht gefolgt von der zweiten Gruppe, die von den Bläsern verstärkt wurde. Beim lebhaften *Wecke uns auf* ging ein Ruck durch die Jungen, als würde ihnen erst jetzt bewusst, wen sie an diesem Tag zu Grabe trugen.

Lieber Herr Gott, wecke uns auf,
dass wir bereit seyn, wenn dein Sohn kömmt,
ihn mit Freuden zu empfahen
und dir mit reinem Herzen zu dienen
durch denselbigen, deinen lieben Sohn,
Jesum Christum, unsern Herren. Amen.

Regina griff nach Dorotheas Hand und fing an zu weinen. Johanna schlang die Arme um sich, als friere sie. Christian starrte heftig schluckend auf seine Schuhe. Dorothea hatte die Augen geschlossen. Ihre Lippen bewegten sich lautlos im Gebet. Anna Magdalena stand mit gefalteten Händen und gesenktem Kopf neben ihr.
Die Musik war zu Ende. Der Pfarrer sprach den Segen. Dann wurde der schwere Sarg an Seilen in die Grube gelassen. Einige der Männer warfen trockene Erdklumpen in das Grab. Mit

lautem Gepolter fielen sie auf den Sarg. Staub wirbelte auf. Die Sonne stand hoch und sengend am Himmel. Es war Mittag. Die stets hungrigen Thomaner hatten es eilig, rechtzeitig zum Essen wieder in der Schule zu sein. Auch die anderen wandten sich nach kurzem Zögern zum Gehen.

Warten, Hoffen, Bleiben, Gehen

„Ein Psalm Davids. Der Herr ist mein Hirte, mir wird nichts mangeln“, murmelte Regina. Sie saß auf ihrem Bett in der Mädchenkammer und fuhr mit dem Zeigefinger den ersten Vers des 23. Psalms entlang. Die Mutter hatte ihr aufgetragen, ihn bis zum nächsten Tag auswendig zu lernen. Weit war sie damit noch nicht gekommen. Immer wieder sah sie zu der blauen Dame auf der Fensterbank hinüber. Die Puppe hatte die linke Hand anmutig auf ihren dunkelblauen Reifrock gelegt, der rechten Arm war leicht angehoben, als wolle sie gleich davontanzen. Madame Royal hatte Dorothea die kleine Tänzerin spöttisch genannt, als die Graffs sie von ihrer letzten Reise aus Paris mitgebracht hatten. Die Mutter fand, dass so eine Porzellanpuppe ein zu kostbares Geschenk für ein kleines Mädchen sei.

„Ach was“, hatte die Graffin geantwortet, „schließlich ist Regina mein Patenkind, und für Johanna haben wir auch etwas mitgebracht.“

Aus der mit Stroh gefüllten kleinen Kiste beförderte sie einen Nähbeutel aus grüner Seide und überreichte ihn Johanna. Die liebte ihren neuen Nähbeutel so sehr, dass sie ihn von da an stets mit sich herumtrug.

Regina zog die kleine Porzellanfigur vorsichtig zu sich heran, um sie besser betrachten zu können. Das blaue, weit ausgestellte, mit Gold- und Silberfäden durchwirkte Samtkleid endete über einem Paar zierlicher Schuhe, die unter dem gehäkelten Saum weiß hervorlugten. Dunkelbraune Augen blickten den Betrachter offen an. Der Mund war leicht geöffnet. Über der hochgesteckten Haarpracht thronte ein breitkrempiger Hut mit drei nach hinten wippenden winzigen Federn. Bloß nicht fallen lassen, ermahnte Regina sich selbst und streichelte die kostbare Porzellanfigur mit äußerster Vorsicht.

Schon bald nach ihrer Ankunft in der Mädchenkammer hatte die blaue Dame zu verstehen gegeben, dass sie nicht nur eine Tänzerin, sondern auch eine berühmte Sängerin sei. Abend für Abend trat sie in einem goldglänzenden Schloss auf und entzückte Könige und Prinzen mit ihrem Gesang. „Alle sind bezaubert von deiner glockenreinen Stimme", wisperte Regina ihrer neuen Freundin zu. Wenn sie die Figur nur lange genug anschaute, brachte der leicht geöffnete Puppenmund erst einzelne Töne, dann wundersame, nie gehörte Melodien hervor. Auch Regina begann jetzt zu singen, immer höher und schöner. Die blaue Dame umfasste sie wie zum Tanz und schwebte mit ihr davon.

„Hör auf zu träumen, Mädchen", schimpfte die Mutter, als sie zur Tür hereinkam. „Wenn du den Psalm gelernt hast, kannst du zum Essen nach unten kommen."

Die Familie versammelte sich am Tag nach der Beerdigung wie gewohnt um den ovalen, blank polierten Eichentisch in der Wohnstube. Hier wurde gegessen und getrunken, hier wurden Noten kopiert und Quodlibets gesungen, hier wurden Strümpfe gestopft und Knöpfe angenäht. Elisabeth hatte das gute Service aus dem Schrank geholt und damit den Tisch gedeckt.

„Von wegen weit weg", schnaubte Dorothea. „Halle ist nicht mal eine Tagesreise entfernt, aber der werte Herr Bruder ist noch immer nicht aufgetaucht."

„Friedemann wird schon noch kommen und hat als Organist auch seine Verpflichtungen", beschwichtigte Anna Magdalena. Sogar Regina wusste schon, dass dies nur die halbe Wahrheit war. Wenn nämlich der selige Herr Vater von seinem Ältesten gesprochen hatte, dann hatte seine Stimme stets ein wenig belegt geklungen, nach tiefer Sorge, in die auch ein wenig Ärger gemischt war.

Es war schließlich nicht Friedemann, sondern Emanuel, der als Erster eintraf. Seine Majestät der König von Preußen hatte ihm allergnädigst Sonderurlaub gewährt, nachdem die Nachricht vom Tod des alten Bach in Berlin eingetroffen war. Die zwei Tage von Berlin bis Leipzig, in denen die Postkutsche ihn ordentlich durchgerüttelt hatte, waren Emanuel wie eine Ewigkeit erschienen. Er musste seine Bewerbung für das Amt des Thomaskantors so schnell wie möglich beim Rat der Stadt einreichen. Schimpfend über die schlechten Wege, das runde Gesicht gerötet von der Anstrengung der Reise, stand er Anfang August in der großen Wohnstube. Dorothea hob kurz den Kopf von ihrer Näharbeit, brummte ein halblautes Willkommen und ließ sich ansonsten keine weitere Regung anmerken. Regina betrachtete neugierig den fremden Bruder. Ein gedrungener Mann mit lebhaften braunen Augen und wulstigem Doppelkinn, an den sie sich kaum erinnern konnte.
Zu Mittag gab es eine kräftige Rindsbrühe mit Gemüse, dazu frisches Roggenbrot mit Butter und Pökelfleisch. Emanuel aß mit großem Appetit.
„Als Cembalist des Königs habe ich eine gute Stellung", erzählte er kauend. „Aber ich habe es dem seligen Herrn Vater in die Hand versprochen, dass ich sein Nachfolger werde."
„Das gebe Gott", seufzte Anna Magdalena.
Im Stillen plante sie schon die neue Aufteilung der Räume. Man würde zusammenrücken müssen, Emanuel hatte schließlich Frau und drei Kinder. Mit der Schwiegertochter hatte sie bisher kaum einmal ein Wort gewechselt. Auch zwischen ihr und Emanuel stand es nicht zum Besten, das wusste jeder an der Thomasschule. Friedemann und Emanuel hatten ihre junge Stiefmutter von Anfang an als Fremde betrachtet. Zu sehr vermissten sie ihre eigene Mutter. Es würde schwierig werden, auf engem Raum zusammenzuleben.
Das Mittagessen war beendet. Während Dorothea und die Küchenmagd den Tisch abräumten, stopfte der stets hungri-

ge Christian sich ungeniert die übrig gebliebenen Fleischreste in den Mund. Dann folgte er Emanuel in das Musikzimmer. Johanna und Regina gelang es, sich unbemerkt in ihr Versteck zurückzuziehen. Unter der Wendeltreppe, die zu den oberen Schlafkammern führte, gab es einen verborgenen Winkel, in dem sie nicht so schnell gefunden und zu irgendeiner Arbeit herangezogen werden konnten.
„Unser seliger Herr Vater hatte zuerst eine andere Frau“, erklärte Johanna in wichtigem Ton, als die beiden es sich in ihrem Versteck gemütlich gemacht hatten. „Sie hieß Maria Barbara und ist die Mutter von Dorothea, Friedemann und Emanuel.“
„Und warum ist sie nicht auch unsere Mutter?“, fragte Regina.
„Weil sie gestorben ist, du dummes Kind. Damals wohnten wir noch in Köthen. Dort war unsere Frau Mutter eine berühmte Hofsängerin. Dann hat sie geheiratet.“
„War der Herr Vater auch so berühmt wie die Mutter?“
Johanna lachte auf. „Noch viel mehr als das.“
„Ich will auch einmal berühmt werden.“ Regina kuschelte sich an ihre große Schwester.
„Später sind wir nach Leipzig gezogen“, fuhr Johanna fort. „Hier kamen Gottfried, Elisabeth, Christoph, Christian, wir beide und noch ein paar andere zur Welt.“ Sie zählte die ersten Namen an der Hand ab, gab aber bei fünf auf.
„Welche anderen?“ Regina schwirrte der Kopf.
„Die sind schon lange im Himmel.“
Eine lange Reihe namenloser Kinder in weißen Hemdchen tauchte vor Reginas geistigem Auge auf. Die kleinen Wesen breiteten unvermittelt ihre Arme aus und flogen davon.
„Aber wir sind noch da“, sagte sie.
„Ja, wir sind noch da.“

Als Nächster traf Christoph ein. Wehmütig lächelnd stand er wenige Tage nach Emanuels Ankunft vor der Tür. Er ist sanft und kindlich wie zuvor, dachte Anna Magdalena bei seinem

Anblick. Insgeheim hatte sie gehofft, dass ihr Sohn in der Fremde zum Mann reifen würde. Erst im vergangenen Winter hatte er mit gerade einmal 17 Jahren seine erste Stelle als Hofcembalist in Bückeburg angetreten.
„Mein Sohn ist nun ein Hochgräflicher Schaumburg-Lippischer Cammer-Musicus", prahlte die stolze Mutter danach beim Krämer, den Nachbarn und allen, die es hören wollten. Wie schwer es ihr gefallen war, den Jungen so früh schon ziehen zu lassen, behielt sie für sich. Nur mit ihrem Mann hatte sie einmal darüber gesprochen. Sie solle froh sein, dass er den Jungen so schnell und vorteilhaft untergebracht habe, hatte Sebastian geantwortet. Dagegen ließ sich schwer etwas einwenden. So saß Christoph kurz nach Weihnachten in der Postkutsche nach Bückeburg. Erst während der Fahrt bemerkte er die Bibel unter seinen Sachen. Er schlug das kostbare, in feines Leder gebundene Buch auf. Auf dem Deckblatt war eine handschriftliche Widmung zu lesen.

> *Zum steten Andencken und Christlicher erbauung schencket ihrem lieben Sohn dieses herrliche Buch. Anna Magdalena Bachin gebohrne Wülckin Deine getreu und wohlmeinende Mama. Leipzig den 25 decemb: 1749.*

Schnell hatte er den Blick aus dem Fenster gewandt, um die aufsteigenden Tränen vor den Mitreisenden zu verbergen. Auch jetzt war er den Tränen nahe, als er nach Monaten zum ersten Mal wieder sein Elternhaus betrat. Wie oft hatte er sich ausgemalt, dem Herrn Vater beim ersten Wiedersehen von seiner Arbeit in Bückeburg berichten zu können.
Regina kam herbeigelaufen, umarmte den Bruder und fragte, ob er ihr etwas mitgebracht habe.
„Nun lass mich doch erst einmal ankommen", wehrte er sie freundlich ab, zog dann aber doch zwei Samtbänder aus seinem Reisesack, ein blaues und ein schwarzes. Regina nahm sofort

das blaue Band, schaute fragend zur Mutter, band es sich auf deren Nicken hin um den Hals und lief damit zu Johanna.
Christoph erschrak, als er näher an seine Mutter trat, um sie zu begrüßen. Ihr dichtes braunes Haar war jetzt von grauen Strähnen durchzogen, das weiche Gesicht hatte von den Mundwinkeln abwärts zwei tiefe Falten bekommen. Er umarmte sie und gab ihr einen zärtlichen Kuss auf die Wange. Dann hob er lauschend den Kopf. Aus dem Musikzimmer drangen Cembaloklänge. Wilde chromatische Läufe gingen unvermittelt in wehmütige Akkorde über, die schließlich in strahlendes Dur aufgelöst wurden.
„Das kann nur Christian sein." Er löste sich sanft von seiner Mutter, um seinen Bruder zu begrüßen.

Kurz darauf wählte der Rat der Stadt Leipzig Johann Gottlob Harrer einstimmig zum neuen Thomaskantor.
Emanuel kochte vor Wut. „Die Schule braucht einen Kantoren und keinen Kapellmeister", äffte er, heftig an seiner Pfeife ziehend, ein Ratsmitglied nach, mit dem er nach der Wahl gesprochen hatte. Dabei pfiffen die Spatzen von allen Leipziger Dächern, dass der neue Kantor ein Günstling des Dresdner Hofs war. Der Magistrat war auf einen Wink von höchster Stelle ohne nennenswerte Gegenwehr bereit gewesen, den protegierten Höfling zum Kantor zu berufen. Eilfertig hatte man bereits zu Lebzeiten des alten Bach eine offizielle Kantoratsprobe anberaumt, um den erwünschten Nachfolger mit größtmöglichem Wohlwollen in Augenschein zu nehmen. Schon damals stand für Eingeweihte fest, dass der neue Thomaskantor Harrer und nicht Bach heißen würde.
„Mit dem alten Bach gab es nichts als Verdruss. Wir wünschen nicht, dies mit dem Sohne fortzusetzen", hatte es in der entscheidenden Ratssitzung denn auch geheißen.
Am nächsten Tag war die Stimmung spürbar gedrückt. Elisabeth und ihr Mann zogen sich früh zurück. Anna Magdalena

hing ihren sorgenvollen Gedanken nach. Emanuel schimpfte auf die Leipziger, die eine gute Musik nicht zu schätzen wüssten. Christoph ließ stumm den Kopf hängen. Dorothea klapperte mit ihren Stricknadeln, als wolle sie jeden Ratsherrn einzeln aufspießen. Regina und Johanna, die man über alledem ganz vergessen hatte, schauten ängstlich von einem zum anderen. Wusste denn keiner, was nun zu tun war? Als die Kerzen heruntergebrannt waren, ging man ohne viele Worte zu Bett.

Am 15. August reichte die Bachin beim Rat der Stadt ein Gesuch um das Gnadenhalbjahr ein. Als Witwe stand ihr die Weiterzahlung des Kantorengehalts für ein halbes Jahr zu. Nach Ablauf der sechs Monate war die Kantorenwohnung unverzüglich zu räumen, wurde ihr auf dem Rathaus mitgeteilt.

„Wo bleibt eigentlich Friedemann?“, fragte Dorothea beim Frühstück. Als wenn der etwas ändern könnte. Der zuletzt.

Johanna sah ihn zuerst. Ein eleganter Herr im roten Gehrock und dunkelblauen Kniehosen über den Seidenstrümpfen stand unschlüssig vor der Haustür. Johanna, die gerade den Kehricht nach draußen fegte, hielt inne und betrachtete den Besucher.

„Kennst du mich denn nicht mehr?“, fragte der Mann.

Johanna schüttelte den Kopf.

„Ich bin dein Bruder Friedemann. Und du bist Johanna, stimmt's?“

Ohne eine Antwort zu geben, drehte die Angesprochene sich um und lief die Treppe hinauf ins Musikzimmer. Dort spielte Emanuel gerade ein rasantes Allegro, während Christian am Tisch saß und Noten kopierte. Kurz nach Johanna trat auch Friedemann ins Zimmer. Nach kurzem Zögern ging er auf Emanuel zu und umarmte ihn. Nun kam auch Anna Magdalena. Die Begrüßung war förmlich, man hatte sich nicht allzu viel zu sagen. Und doch so viel zu bereden.

„Ruf Dorothea“, trug die Mutter Johanna auf. Die lief erleichtert davon.

Dorothea liebte ihren Bruder. Sie war nur zwei Jahre älter als Friede, wie sie ihn immer noch nannte. Als Kinder waren die beiden unzertrennlich gewesen. Der kleine Bruder war ihr auf Schritt und Tritt gefolgt, hatte alles in sich aufgesogen, was sie ihm beigebracht hatte, und hatte darauf bestanden, dass nur Dorothea ihn ins Bett bringen durfte.

„Sing ein Lied für mich", hatte er gebeten, sobald sie mit ihm das Abendgebet gesprochen hatte. Selig lächelnd hatte er die Augen geschlossen, sobald Dorothea mit ihrer schönen Sopranstimme zu singen begonnen hatte, und war bald in den Schlaf gefallen.

Friedemann war erst zehn Jahre alt gewesen, als die Mutter überraschend gestorben war. Danach hatte sich alles geändert. Tante Friedelina, die unverheiratete Schwester der Mutter, war nun alleine für den Haushalt verantwortlich gewesen. Von der zwölfjährigen Dorothea war erwartet worden, dass sie kräftig mit anpackte. Das morgendliche Bettenmachen war von da an ebenso ihre Aufgabe gewesen wie das Kehren und Scheuern des Fußbodens. Auch beim Kochen und Abwaschen hatte sie helfen müssen.

Im gleichen Jahr hatte Friedemann mit der Lateinschule begonnen. Morgens hatte er im Unterricht gesessen, am Nachmittag war er beim Vater in die Organistenlehre gegangen. Kaum aus der Schule zurückgekehrt, hatte er sich an das Clavichord setzen, danach auf der Geige üben und vor dem Abendessen noch ein Lehrbuch der Harmonielehre zur Hand nehmen müssen. Zu Bett war er jetzt alleine gegangen. Dorothea hatte ihren Bruder jetzt nur noch in der Küche gesehen, wenn sie ihm sein Essen vorsetzte.

„Der Herr Vater ist ein gar strenger Lehrmeister", hatte er sich einmal bei dieser Gelegenheit beschwert und wäre fast über seiner Suppe eingeschlafen.

„Tante Friedelina ist ebenso streng", hatte Dorothea ihn zurechtgewiesen. „Sei froh, dass du so viel lernst."

Das Trauerjahr war kaum vorüber gewesen, da hatte der Vater ein zweites Mal geheiratet. Anna Magdalena Wilcke, Tochter eines Hoftrompeters aus Weißenfels und Kammersängerin am Hof zu Köthen, war bei ihrer Heirat gerade einmal zwanzig Jahre alt gewesen. Als Hofsängerin hatte sie anderes zu tun gehabt, als sich um die Hausarbeit zu kümmern. Immer neue Arien und Bravourstücke mussten einstudiert werden. Vor jedem Auftritt bei Hofe hatte sie Stunden gebraucht, um sich dem Anlass entsprechend anzuziehen und zu frisieren. Dorothea hatte mit großen Augen die vielen Bänder und Schleifen betrachtet, mit denen Kleid und Haare geschmückt wurden. In ihrem festlichen Putz hatte die junge Stiefmutter ausgesehen wie eine Königin.

Johanna fand Dorothea nach einigem Suchen in der Waschküche. Die Ärmel ihres grauen Kittelkleides weit nach oben geschoben stand sie tief über den Kupferkessel gebeugt und stampfte die eingeweichte Wäsche. Ihr von Falten durchzogenes Gesicht war rot vor Anstrengung.

„Du könntest hier ruhig mal helfen“, schimpfte sie, als Johanna hereinkam.

„Friedemann ist da!“, rief Johanna. „Du sollst ins Musikzimmer kommen.“

Dorothea drückte ihrer jungen Halbschwester wortlos den Wäschestampfer in die Hand, rollte sorgfältig die Ärmel ihres Kleides bis zu den Handgelenken herunter und wandte sich zur Tür.

„Der Herr Bruder soll sich bloß nichts einbilden“, murmelte sie. „Kein Grund zur Eile, nur weil er endlich zu kommen geruht.“

Sie ist alt geworden, dachte Friedemann, als er ihre schweren Schritte auf der Treppe hörte.

Er verbeugte sich, als sie eintrat: „Meine liebste Schwester, schön wie immer.“

Dorothea errötete und zog gleich darauf eine Grimasse. „Ein altes Mädchen sollte man nicht foppen. Wir haben uns seit Jahren nicht mehr gesehen."
„Das letzte Mal warst du zu einem Konzert hier", schaltete Anna Magdalena sich ein. „Du hast im Gasthof *Zu den drey Schwanen* gespielt, wenn ich mich recht erinnere."
Dorothea hatte ihren Bruder danach noch einmal gesehen, hütete sich aber, es zu erwähnen. Als sie einmal früh morgens auf dem Weg zum Markt gewesen war, hatte er leicht schwankend, nur mit einem zerrissenen Hemd bekleidet, vor einer heruntergekommenen Schenke gestanden. Sie hatte sofort die Straßenseite gewechselt und war froh gewesen, dass er sie nicht bemerkt hatte.

Da die Männer der Familie jetzt vollzählig eingetroffen waren, konnte alles Notwendige besprochen und entschieden werden. Schwager Altnickol drängte zur Eile. Da er seine Vertretung in Naumburg aus eigener Tasche bezahlen musste, kostete ihn seine Abwesenheit schon jetzt eine Menge Geld.
Die Besprechung fand in der Komponierstube statt. Emanuel seufzte, als er die verstreuten Notenblätter auf dem Arbeitstisch sah. Wie unsicher die Hand des Vaters zuletzt gewesen war! Er nahm das zuoberst liegende Blatt zur Hand. Notiert war eine Quadrupelfuge, die auf der Mitte der Seite unvermittelt abbrach. Das dritte Fugenthema bestand in der Notenfolge B-A-C-H.
„Schau mal." Emanuel zeigte das Blatt dem neben ihm stehenden Friedemann.
„In seinen letzten Lebenstagen musste ich Eurem seligen Herrn Vater immer wieder *Vor deinen Thron tret ich hiermit* vorspielen", erinnerte sich Schwager Altnickol. „Der Band mit den Choralbearbeitungen müsste hier noch irgendwo sein."
Christoph, der sich zu den erwachsenen Männern zählen durfte, seit er die Stelle in Bückeburg angetreten hatte, stand schweigend vor dem großen Eisenofen in der Zimmerecke. Sein Blick glitt über den großen Bücherschrank mit den vielen Fächern

und Türen, zu dem er schon als Kind bewundernd aufgeblickt hatte. Ob er einige der Bücher mitnehmen durfte? Als alle um den kleinen Arbeitstisch herum Platz genommen hatten, steckte auch Christian seine Nase zur Tür herein.
„Du hast hier nichts zu suchen", wies Emanuel ihn zurecht. „Geh ins Musikzimmer und übe das Stück, das ich dir gezeigt habe."
Die Frauen und Mädchen hatten sich unterdessen in der Wohnstube versammelt.
„Der Advokat kommt!", rief Regina, die wie gewohnt ihren Posten vor dem Fenster bezogen hatte. Sie liebte es, von dort aus nach etwaigen Besuchern Ausschau zu halten. Bevor Dr. Graff läuten konnte, rannte sie schon zu dem Seilzug in der Zimmerecke und zog daran, um die Haustür zu öffnen. Zu ihrer großen Enttäuschung gingen die Schritte ihres Taufpaten jedoch an der Wohnstube vorbei und machten erst vor der Komponierstube halt. Die Bachin winkte ihre Jüngste auf den Stuhl neben sich.
„Dr. Graff hat heute Wichtiges mit den Männern zu bereden", erklärte sie. „Er ist unser Kurator."
„Was ist das, ein Kurator?"
„Das ist ein Vormund", erklärte Johanna. „Er vertritt uns in Gerichtssachen."
Dorothea zog einen Strumpf aus dem vor ihr liegenden Haufen und begann, ihn zu stopfen.
„Wir Frauenzimmer können uns derweil anderweitig nützlich machen."
Anna Magdalena nickte, drehte aber weiter ihren silbernen Fingerhut gedankenverloren hin und her, statt mit der Arbeit zu beginnen.
„Lasst uns einen Kanon singen so wie früher", schlug Elisabeth vor und griff ebenfalls nach einem löchrigen Strumpf. „So arbeitet es sich leichter."
„Das schickt sich nicht in einem Trauerhaus", entschied Dorothea. Ohne ein weiteres Wort beugten sich alle über ihre Handarbeit.

Es war bereits Herbst geworden, als der Termin zur Erbteilung endlich stattfand.
„Was ist ein Nachlass?", fragte Regina, als die Frauen wieder einmal in der Wohnstube saßen und über den Gerichtstermin sprachen.
„Das ist alles, was dein seliger Herr Vater uns hinterlassen hat", antwortete die Bachin. „Geld, Noten, Instrumente, die Möbel und vieles mehr."
Ihr selbst stand als Witwe ein Drittel des Erbes zu. Die anderen zwei Drittel wurden zu gleichen Teilen unter den Kindern aufgeteilt. So hatte es ihr der Advokat erklärt.
„Ich will einen Silberteller!", rief Regina.
Die Teller standen mit anderem Silbergeschirr auf dem Buffet in der Wohnstube.
„Kleine Mädchen haben nichts zu wollen", versetzte Dorothea. „Erst recht nicht, wenn es aus Eitelkeit geschieht."
Sie hatte Regina einmal dabei beobachtet, wie sie ihr schmales, von dunklen Haaren umrahmtes Spiegelbild in einem der blank geputzten Silberteller ausgiebig begutachtet hatte.
Das Silbergeschirr ging an Emanuel. Friedemann bekam den silbernen Degen und Christian gleich drei Claviere mit Pedal, die ihm der Vater schon zu Lebzeiten versprochen hatte. Christoph erhielt den größten Teil der Bücher. Die fünf Cembalos wurden verkauft und ihr Erlös der Erbmasse zugeschlagen. Von dem vorhandenen Barvermögen bekam die Witwe ein Drittel, die verbliebenen zwei Drittel gingen an die Kinder. Ein besonders schön furniertes Clavichord und ein Spinettchen waren ebenfalls für die Bachin und die beiden Mädchen vorgesehen. Auch die schwere Eisentruhe sollte in Leipzig bleiben, da der Transport zu teuer gekommen wäre. Den größten Teil der Noten bekamen Friedemann und Emanuel, den kleineren Teil erhielt die Witwe.
Für eine neue Bleibe war ebenfalls gesorgt. Dr. Graff hatte den Bachfrauen eine Wohnung in seinem Haus in der Haynstraße

angeboten. Er hatte auch erreicht, dass einige Geigen und Bratschen in ihrem Besitz blieben.
„Die nehmen nicht viel Platz weg und Ihr könnt sie vermieten", erklärte er. „Ihr werdet bald froh über jeden zusätzlichen Groschen sein."
Bis zum Umzug blieb nun nicht mehr viel Zeit. Die Männer schleppten Berge von Noten und Büchern aus der Musikbibliothek. Instrumente mussten verpackt und für den Transport auf dem Fuhrwerk vorbereitet werden. Die zwei prall gefüllten Lederbeutel, die der Advokat der Bachin im Auftrag des Gerichts ausgehändigt hatte, fanden Platz in der Eisentruhe. Ihr Gewicht und der raffinierte Schließmechanismus würden jeden Diebstahl verhindern. Wie hatten die Fuhrknechte damals geschimpft, als sie das Ungetüm auf einen der vier Wagen heben mussten, die den Besitz der Bachs von Köthen nach Leipzig gebracht hatten. Voller Stolz hatte Sebastian damals sein Monogramm auf die Unterseite des Deckels malen lassen. Die kunstvoll ineinander verschränkten Buchstaben JSB waren auf beiden Seiten von goldenen Zweigen festlich eingerahmt, darüber thronte eine fünfzackige Krone.
Bevor Anna Magdalena die mit elf Riegeln versehene Truhe sorgfältig verschloss, legte sie obenauf ihr grünes Notenbüchlein. Auf seiner Vorderseite war eine goldfarbene Inschrift eingeprägt: *A. M. B. / 1725*. Nachdem das erste Heft schon nach wenigen Jahren mit allerlei Musik für den Hausgebrauch vollgeschrieben war, hatte ihr Mann sie eines Tages mit diesem zweiten Büchlein überrascht. Zwei seiner Clavierstücke hatte er selbst in Reinschrift hineingeschrieben. Der freie Platz füllte sich schnell mit Liedern, Chorälen und Menuetten. Auch eine Aria, die ihrem Mann als Grundlage verschiedener Variationen gedient hatte, stand in dem Buch. Dieses Stück liebte sie ganz besonders. Wann immer es ihre Zeit erlaubte, hatte sie es vor dem Schlafengehen gespielt.
Auch Gottfried spürte die Unruhe, die alle erfasst hatte. Ziel-

los durchwanderte er sein Elternhaus von der Waschküche im Keller bis hinauf zu den Schlafstuben. Die anderen schimpften über den großen Kerl, der ihnen ständig im Wege stand. An einem ruhigen Nachmittag nahm Elisabeth ihren Bruder beiseite.
„Wollen wir wie früher zum Fluss gehen?“
Gottfried brummte zustimmend. Sie verließen das Haus durch die Hintertür und gingen durch das Thomaspförtchen bis zur Promenade. In den vergangenen Jahrzehnten war der übelriechende Stadtgraben mit Erde zugeschüttet, bepflanzt und anschließend für alle Einwohner zum Spazierengehen freigegeben worden. Gottfried wirbelte mit seinen großen Füßen voller Begeisterung das trockene Laub der Lindenbäume auf. Elisabeth zog ihn weiter, bis sie schließlich die Pleiße erreichten. Nebel lag über dem Fluss. Gottfried liebte es, am Ufer zu stehen und die Fischerboote zu beobachten. Die beiden atmeten tief die feuchte, nach Herbst riechende Luft ein.
„Wir haben in Naumburg auch einen Fluss“, bemerkte Elisabeth nach einer Weile. „Er heißt Saale.“
„Boote?“, stammelte Gottfried.
„Ja, viele. Du kannst sie sehen, wenn du mit uns nach Naumburg kommst. Dort wirst du es ebenso gut haben wie hier. Einverstanden?“
Statt einer Antwort zeigte Gottfried auf einen Fischer, der sein Netz einholte. Ob er verstanden hatte, dass er Leipzig verlassen musste? Als sie den Rückweg antraten, griff er nach Elisabeths Hand und schwenkte sie vergnügt hin und her.

Mit Eintritt des Winters wurde es ruhig im Hause Bach. Emanuel war bereits wieder in Berlin, Christoph in Bückeburg. Die Eheleute Altnickol waren mit Gottfried nach Naumburg abgereist. Auch Christian packte jetzt seine Sachen zusammen.
„Du wirst bei mir in die Lehre gehen“, hatte Emanuel entschieden. „Wenn du fleißig bist, kannst du in einigen Jahren ein brauchbarer Musicus sein“

Christian konnte es kaum erwarten, endlich nach Berlin zu kommen. Am meisten freute er sich auf die Oper. So etwas gab es in Leipzig nicht. Am Tag der Abreise stand er vor der Haustür, um sich von seiner Mutter zu verabschieden. In seinem neuen Reisemantel und dem breiten, das jungenhafte Gesicht verdeckenden Hut sah er mit seinen gerade einmal 15 Jahren fast schon wie ein Erwachsener aus.

„Hast du auch alles eingepackt?", fragte die Mutter nicht zum ersten Mal. „Auch die Leinenhemden des seligen Herrn Vaters und die kleine Kupferkanne?"

Statt einer Antwort wippte Christian ungeduldig mit den Füßen. Viel Zeit blieb ihm nicht mehr. Bis zum Poststall vor dem Grimmaischen Tor war noch ein gutes Stück zu gehen und die Postkutsche würde sicher nicht auf ihn warten. Er schaute suchend über den Thomaskirchhof, als erwarte er jemanden. Und wirklich, der Musikalienhändler Geyer, ein hagerer Mann mit grauem Filzhut und speckig glänzendem Rock, eilte über den Platz, grüßte die überraschte Bachin mit einer angedeuteten Verbeugung und überreichte Christian einen kleinen Beutel.

„Preis wie vereinbart. Ich lasse die Instrumente heute noch abholen."

Ehe die Bachin ganz begriffen hatte, was hier vor sich ging, war er schon wieder verschwunden.

„Was soll ich in Berlin mit drei Clavieren", sagte Christian obenhin.

Er verstaute das Geld sorgfältig in seiner Westentasche, gab seiner Mutter einen Kuss, warf sich den schweren Reisesack über die Schulter und ging mit schwankenden Schritten davon. Regina und Johanna standen hinter dem Fenster der Wohnstube, um dem Bruder nachzuwinken. Seine schmale Gestalt wurde kleiner und kleiner, bis er, ohne sich noch einmal umzudrehen, im Gewimmel der Menge verschwand.

Friedemann war immer noch da. Er verschob seine Abreise von einer Woche zur anderen.

„In Halle kommen sie ganz gut ohne mich aus", antwortete er, wenn Dorothea ihm deshalb Vorhaltungen machte.
Sie ahnte, dass er seinen Urlaub längst überschritten haben musste. Darüber reden wollte er nicht. Tagsüber traktierte er stundenlang das Clavichord und abends ging er aus. Beim Essen sprach er viel über den verstorbenen Vater. Besonders gerne erinnerte er sich an ihre gemeinsamen Opernbesuche in Dresden.
„Für den seligen Herrn Vater waren es nur Liederchen, aber so eine Oper ist denn doch etwas anderes als immer nur Orgelspiel und Kirchengesang", fand Friedemann. „Und was für hübsche Sängerinnen dort auftraten! Die haben mir schon als Knabe gehörig den Kopf verdreht!"
Dorothea stellte hastig das benutzte Geschirr zusammen, wies Johanna an, ihr zu helfen, und schickte Regina zum Lernen hinauf in die Mädchenkammer.
Weihnachten rückte heran, Friedemanns Abreise ließ sich nicht weiter aufschieben. Dorothea hatte seine gesamte Kleidung gewaschen, geflickt und ordentlich zusammengelegt.
„Wie soll ich in Halle nur ohne dich auskommen", seufzte er, als sie ihm seinen Reisesack packte. „Möchtest du nicht mitkommen und mir den Haushalt führen?"
Wie sehr hatte sie auf diese Frage gewartet. Was sollte sie mit der Stiefmutter und den beiden Mädchen in der Haynstraße? Als Schwester eines Organisten würde sie dagegen ein gewisses Ansehen genießen.
„Ich werde auch bald heiraten", fuhr Friedemann fort, „sie heißt Dorothea wie du. Ihr werdet euch sicher gut verstehen."
„Das wird auch Zeit", entgegnete sie. „Mit deinen 40 Jahren bist du schon ein rechter Hagestolz. Wie alt ist sie denn, deine Dorothea?"
„Erst 21", antwortete Friedemann und lächelte.

Die erste Nacht in der neuen Wohnung lag Regina lange wach. Von der Straße drangen laute Männerstimmen herauf. Sie fror unter ihrer Bettdecke und kuschelte sich eng an Johanna, die tief und ruhig atmete. Auch die Mutter schien hinter ihrem Bettvorhang bereits zu schlafen. Es war noch kaum etwas ausgepackt, nur die beiden Bettstellen waren schon aufgebaut. Besonders weit war es nicht vom Thomaskirchhof bis zur Haynstraße. Dennoch hatte der Umzug viel länger gedauert als geplant. Das schwere Fuhrwerk war durch den pappigen Schnee nur mühsam vorangekommen, mochte der Kutscher auch noch so sehr mit der Peitsche knallen, um die Pferde vorwärts zu zwingen. Der Wagen mit seiner hoch aufgetürmten, bedenklich schwankenden Last war im Schritttempo durch das schmale Thomasgässchen gezuckelt, dann nach links über den Markt, bis er schließlich die Haynstraße erreicht hatte. Regina hatte erwartungsvoll die lange Reihe der dicht gedrängten Häuser entlanggesehen. Unter welchem der steilen, im Schnee glänzenden Dächer würde sich ihr neues Zuhause finden? Vor Jahren war sie schon einmal zu Besuch bei ihrem Taufpaten gewesen, konnte sich aber kaum noch daran erinnern. An einem ansehnlichen, massiv gebauten Haus, über dessen Eingang ein goldener Stern prangte, waren sie schließlich zum Stehen gekommen. Kutscher und Fuhrknecht waren vom Bock gesprungen, um mit dem Abladen zu beginnen. Fluchend hatten sie die schweren Möbel bis hinauf in den zweiten Stock getragen. Das wertvolle Clavichord hatte beim Transport durch das enge Treppenhaus gleich einige Schrammen abbekommen. Wohnstube und Schlafkammer waren eigentlich zu klein für die mitgebrachte Einrichtung, die abgenutzten Dielen hatten unter ihrem Gewicht geächzt. Der Sekretär des Advokaten hatte kurz aus dem Fenster der Schreibstube geschaut, als er den Lärm gehört hatte, hatte es dann aber vorgezogen, an seinem Pult zu bleiben. Im Erdgeschoss befand sich die Kanzlei Dr. Graffs, eine Treppe höher seine Wohnung. Den zweiten Stock würden sich die Bachfrauen mit der Witwe eines Perückenmachers teilen. Darüber fanden die Dienstboten und der Sekretär des Advokaten Platz.

Regina und Johanna hatten tatkräftig mitgeholfen. Regina hatte einen Korb für kleinere Gegenstände bekommen und war mit ihm unermüdlich die Treppen hinauf und hinunter gelaufen. Eigentlich hätte sie also todmüde sein müssen, trotzdem konnte sie jetzt nicht einschlafen. Der Nachtwächter hatte bereits die elfte Stunde ausgerufen. Eine Straßenlaterne warf ihr schwaches Licht durch die Vorhänge. Im Halbdunkeln konnte Regina die Umrisse der blauen Dame erkennen. Die hatte sie als Erstes ausgepackt und sorgfältig auf das Fensterbrett am Fußende des Bettes gestellt. Mit großen Augen schaute die Puppe zu Regina herüber. Die weißen Federn des breitkrempigen Hutes schienen ihr ermutigend zuzuwinken. Dann begann die blaue Dame zu singen. Sie sang ein Schlaflied ohne Worte, eine sanft wiegende Melodie, die fremd klang und doch vertraut. Regina, schon im Halbschlaf, hörte den Gesang und nahm sich vor, das Lied gleich am nächsten Morgen auf dem Spinettchen zu spielen. Darüber schlief sie ein.

Wie schön die Töne leuchten

Die Mutter war wie immer als Erste aufgestanden. Sie hatte den Ofen angeheizt, dann Johanna geweckt und zum Wasserholen nach unten geschickt. Sogar Regina, die Langschläferin, war an diesem besonderen Tag ohne Murren über die frühe Stunde aus dem Bett gesprungen. Der ovale Eichentisch, den sie vom Thomaskirchhof mitgebracht hatten, war in Windeseile von Notenblättern, Schreibutensilien und Nähzeug freigeräumt. Er bildete mit vier Stühlen, dem Clavichord und der schweren Eisentruhe das ganze Mobiliar der Wohnstube. Zum Frühstücken blieb ihnen nicht viel Zeit. Regina brockte schweigend trockenes Brot in die Morgensuppe. Dann sah sie gähnend aus dem Fenster. Draußen war es noch dunkel. Die Umrisse der gegenüberliegenden Häuser sahen im flackernden Licht der Straßenlaterne wie tanzende Kolosse aus. Schon bald würde die ganze Stadt voller Leben sein. Auch die Witwe von nebenan war schon auf. Ihr trockener Husten war unüberhörbar.

„Die Irmingerin hat wieder zu viel Puder eingeatmet", stellte die Mutter fest.

Der Mann der Irmingerin war Perückenmacher gewesen. Seit seinem frühen Tod lebte sie mehr schlecht als recht davon, die übrig gebliebenen Perücken gegen ein kleines Entgelt auszuleihen.

„Regina, lauf schnell hinüber", befahl die Mutter. „Vielleicht möchte die Irmingerin mit uns die Prozession ansehen."

Regina sah zunächst in der Küche nach. Da war niemand. Dann klopfte sie an die Stubentür der Nachbarin.

„Komm nur herein."
Die Witwe, eine rundliche Frau in den Vierzigern, saß an ihrem Arbeitstisch und kämmte mit geübter Hand eine voluminöse Allongeperücke aus. Regina sah bewundernd auf die in dichten Locken herabfallende Haarpracht.
„Die Mannsleute wollen damit wie Löwen aussehen", erklärte die Irmingerin. „Je kleiner der Mann, desto größer die Perücke. Die hier ist für einen Tuchhändler aus Dresden. Er wird damit wie ein Edelmann herumstolzieren."
In dem kleinen Zimmer roch es nach Puder und getrocknetem Lavendel. An der Wand stand ein Regal voller hölzerner, mit Perücken geschmückter Köpfe.
„Auch ich habe mich zur Feier des Tages ein wenig aufgeputzt." Die Irmingerin stand auf und präsentierte ihren weit abstehenden Rock. „Man könnte mich beinahe für eine edle Dame im Reifrock halten, findest du nicht? Dabei habe ich nur drei Leinenröcke übereinandergezogen."
Regina nickte. „Wir wollen gleich zur Prozession gehen. Die Frau Mutter lässt fragen, ob Ihr mitkommen möchtet."
„Geht nur ohne mich. Ich habe noch zu tun."

Inzwischen war es hell geworden. Johanna hatte ihr neues Kleid angezogen. Auch Regina wurde mit Bändern und Schleifen festlich herausgeputzt. Sogar die Mutter hatte ihre schwarze Witwenhaube zur Feier des Tages mit einem blauen Band geschmückt.
„In St. Thomas wird heute ein Kirchenstück eures seligen Herrn Vaters erklingen. Da werden sich viele Augen auf uns richten."
Unten auf der Straße wartete bereits der Advokat.
„Die Graffin ist noch nicht fertig mit ihrem Kopfputz. Da muss ein Mann Geduld haben", seufzte er.
Endlich kam auch die Graffin aus dem Haus. Ihre reich mit Perlen bestickte weiße Haube bildete einen lebhaften Kontrast zu dem schwarzen Haar darunter. Der stolze Ehemann bot sei-

ner Frau mit einer galanten Verbeugung den Arm. Nun konnte es losgehen. Vom Marktplatz drang lautes Glockengeläut herüber, das sich mit dem Trappeln vieler Pferde vermischte.
„Weißt du denn auch, was heute für ein Feiertag ist?", fragte Dr. Graff seine Patentochter.
„Michaelistag", antwortete Regina.
„Nicht nur das", erklärte der Advokat. „Wir feiern heute den Augsburger Religionsfrieden. Vor 200 Jahren haben wir Lutheraner über die Papisten gesiegt."
Regina bemühte sich, ein verständiges Gesicht zu machen, auch wenn sie sich unter den Papisten nichts Rechtes vorstellen konnte.
Sie erreichten den Marktplatz. Dort hatten sich die Ratsherren bereits zu einem Zug formiert. Dahinter stellten sich die Professoren der Universität auf, gefolgt von den Vertretern der Zünfte. Die Stadtpfeifer und Kunstgeiger bildeten das Schlusslicht. Als alle ihren Platz gefunden hatten, setzte sich die Prozession in Bewegung. Die Stadtpfeifer stimmten *Ein feste Burg ist unser Gott* an. Ihre Zinken und Posaunen blitzten in der Morgensonne. Jubel brandete auf. Gemessenen Schrittes ging es über den Markt durch das schmale Thomasgässchen bis zur Thomaskirche. Eine große Menschenmenge schloss sich dem Zug an.

Die Kirche war bereits voll besetzt, als die Bachin und ihre Töchter dort ankamen. Die Graffs waren bereits auf halbem Wege umgekehrt, da die Graffin Kopfschmerzen bekommen hatte. Regina sah staunend in der Kirche umher. Das gesamte Kirchenschiff war zur Feier des Tages mit kleinen Orangenbäumen und exotisch duftenden Blüten und Früchten geschmückt. Von der Empore hingen bunte Fahnen herab.
„Früher hatten wir ganz vorne unseren eigenen Kirchenstuhl", seufzte die Mutter, während sie nach einem guten Stehplatz für sich und ihre Töchter suchte. „Wisst ihr das noch?"
Johanna und Regina nickten. In Wahrheit konnte Regina sich

jedoch nur vage an diese Zeit erinnern. Seit sie in der Haynstraße wohnten, besuchten sie den Gottesdienst in der Neukirche. Als die Orgel zu spielen begann, verstummten die Gespräche. Die ganze Gemeinde sang *Allein Gott in der Höh sei Ehr* aus voller Kehle mit. Es folgte das Evangelium des Tages. Kaum hatte der Prediger die Lesung beendet, zog ein Trompetenstoß alle Aufmerksamkeit auf sich. Ein Ruck ging durch die Menge. Der alles überstrahlende Klang der Trompete sprang und hüpfte durch das Kirchenschiff, als wolle er Funken schlagen.

Erhalt uns, Herr, bei deinem Wort schmetterten die Thomaner von der Empore herab, *und steur' des Papsts und Türken Mord.* Regina schloss die Augen, um ja nichts zu verpassen. Eingezwängt zwischen den anderen Frauen konnte sie ohnehin kaum etwas sehen. Auf den Eingangschor folgte eine lebhafte, von Oboen begleitete Arie. So also klang die Kirchenmusik des seligen Herrn Vaters. Bisher hatte sie nur die Klavierstücke aus dem grünen Notenbüchlein der Mutter gekannt. Dies war denn doch etwas anderes. Leider hörten nicht alle der Musik so aufmerksam zu wie Regina. Um sie herum wurde geredet und gelacht, ein Hund bahnte sich mit lautem Gebell einen Weg durch die dicht gedrängte Menge. Anna Magdalena stand hoch aufgerichtet. Die Schwatzenden ermahnte sie mit strafendem Blick. An manchen Stellen wippte sie leicht im Takt der Musik. Allzu schnell war es vorbei. Mit den letzten Tönen des Schlusschorals bestieg der Pfarrer die Kanzel. Je länger er in seinem schleppenden, halb singenden Tonfall predigte, desto unruhiger wurde die Gemeinde. Zu den hinteren Stehplätzen drangen schon bald nur noch einzelne Wortfetzen hinüber. Regina taten die Füße weh. Ihr einziges Paar Schuhe war längst zu klein und drückte an den Zehen. Johanna blickte interessiert in der Kirche umher, als suche sie jemanden. Ihr schien das Stehen nichts auszumachen.

„Du elender Madensack!", donnerte es plötzlich von der Kanzel herab. Für einen Moment herrschte erschrockenes Schweigen, schon bald setzten die Gespräche jedoch wieder ein. Verabredungen wurden getroffen, hier ein neues Kleid, dort ein prachtvoll eingebundenes Gesangbuch bewundert. Nach über einer Stunde war es überstanden, der Pfarrer beendete seine Predigt mit einer letzten Ermahnung. Bewegung kam in die Menge. Wer am Abendmahl teilnehmen wollte, versuchte, zum Altar zu gelangen, wodurch alle anderen noch weiter zurückgedrängt wurden.

„Wir gehen", entschied die Bachin. In der Hoffnung, wenigstens ein bekanntes Gesicht zu entdecken, blieb sie am Ausgang noch für einen Moment stehen. Doch niemand sah zu ihr hin, niemand grüßte sie. Draußen ging ihr Blick zur Thomasschule hinüber. Die Tür zur Kantorenwohnung im linken Flügel des fünfstöckigen Gebäudes stand offen. Gerne hätte sie noch einmal einen Blick hineingeworfen. Wie mochte es jetzt dort aussehen? Die Räume standen bereits seit Wochen leer, das wusste sie von Dr. Graff. Kantor Harrer, der Günstling des Dresdner Hofs, war im Juli an einer Geschwulst gestorben und ein Nachfolger noch nicht bestimmt. Zögernd ging sie einige Schritte auf das Haus zu, machte dann aber eine plötzliche Kehrtwendung. Welchen Sinn hatte es zurückzublicken?

Am nächsten Sonntagabend wurde die Michaelismesse eingeläutet. Überall in der Stadt waren hölzerne Buden aufgebaut, in denen die Händler ihre Waren feilboten.

„Wir müssen unbedingt zu Auerbachs Hof", erklärte Johanna. „Dort gibt es zur Messe die schönsten Kleiderstoffe."

„Nur wenn man genug Geld im Beutel hat", versetzte die Mutter. „Wir bleiben zu Hause."

Nachdem Johanna und Regina ihr den ganzen Montag in den Ohren lagen, ließ sie sich schließlich doch umstimmen. „Wir gehen morgen für eine Stunde. Aber gekauft wird nichts."

Johanna und Regina jubelten.

Gleich nach dem Mittagessen zogen sie los. Zu Auerbachs

Hof gelangte man vom Marktplatz aus durch einen schmalen Gang, der nach wenigen Metern in den verwinkelten Innenhof führte. Dort hatten die Händler ihre kostbaren Waren so ansprechend wie möglich drapiert. Dem Betrachter boten sich die edelsten Kleiderstoffe, prunkvolle Kronleuchter, goldglänzende Spiegel, allerlei Galanteriewaren, Bänder, Kämme und Schleifen dar. Johanna wusste gar nicht, wo sie zuerst hinsehen sollte. Vom Verkäufer argwöhnisch beobachtet strich sie sanft über einen Ballen aus dunkelrotem Samt. Dann ging sie hinüber zu einem großen Spiegel. So etwas gab es bei ihnen zu Hause nicht. Nicht einmal die Graffs besaßen einen. Nur in der Stube der Irmingerin hing ein kleiner, halbblinder Wandspiegel, damit die Kundschaft Sitz und Aussehen der Perücke begutachten konnte. Die beiden Mädchen liebten es, sich bei ihren Besuchen abwechselnd darin zu betrachten und dabei Grimassen zu schneiden.

„Komm, wir stellen uns davor", schlug sie Regina vor. „So schnell bekommen wir die Gelegenheit nicht wieder."

Regina zögerte, doch Johanna fasste ihre Schwester kurzentschlossen bei der Hand und stellte sich mit ihr vor den zweiteiligen Spiegel. Regina kam sich sehr klein vor neben der groß gewachsenen Schwester. Johanna war mit ihren 18 Jahren bereits im heiratsfähigen Alter. Die fünf Jahre jüngere Regina wirkte trotz der Schleifen und Bänder, mit denen sie sich geschmückt hatte, eher unscheinbar. Einzig die ausdrucksvollen Augen fielen in ihrem schmalen Gesicht sofort auf. Diese Augen betrachteten jetzt prüfend ihr zaghaft lächelndes Spiegelbild. Bin ich schön?

Der Verkäufer scheuchte sie schließlich weg. Dass diese beiden Mädchen kein Geld für einen Spiegel hatten, sah er auf den ersten Blick. Sie wollten gerade gehen, da entdeckte Regina am Stand einer Porzellanmanufaktur plötzlich die blaue Dame. Sie war ein wenig größer als ihre eigene, sah ansonsten aber genauso aus. Das gleiche blau schimmernde Samtkleid mit Gold- und

Silberfäden durchwirkt, der gleiche breitkrempige Hut. Selbst die weißen, nach hinten wippenden Federn waren vorhanden. Fast meinte Regina, auch die Puppe erkenne sie wieder.
„Regina, kommst du?“, rief in diesem Moment die Mutter.
Auf dem Marktplatz war der Messetrubel inzwischen im vollen Gange. Es herrschte ein solches Gedränge, dass die Bachin ihren Geldbeutel ängstlich umklammert hielt. Etwas abseits von den Verkaufsständen war eine kleine Bühne aufgebaut. Ein Harlekin mit Schellen und bunter Narrenkappe trieb dort seine Späße. Sie blieben stehen. Nach dem Harlekin trat eine schwarzhaarige, stark geschminkte Frau auf die Bühne, die als italienische Primadonna angekündigt wurde. Sie erregte sofort die Aufmerksamkeit einer Gruppe junger Männer. Die Burschen johlten und pfiffen, die Frau verneigte sich. Dann begann sie mit leiser, aber klarer Sopranstimme zu singen.
A Serpina penserete, qualche volta e qualche dì.
Die leisen Töne fielen wie silberne Tropfen von der roh gezimmerten Bühne. Nur allzu leicht wurden sie vom Lärm des Marktes übertönt. Regina machte einige Schritte näher zur Bühne hin, um nichts zu verpassen. Ihr gefiel der süße Schmelz der Melodie. Die Mutter war allerdings ganz anderer Meinung.
„Die Musik ist abgeschmackt und die Sängerin liederlich“, befand sie und zog Regina weiter.
Sie hatten die Haynstraße schon fast erreicht, da zeigte Johanna aufgeregt auf zwei Männer, die sich lautstark miteinander unterhielten. „Ist das nicht Emanuel?“
Die beiden Schwestern hatten den älteren Bruder seit dem Tod des Vaters nicht mehr gesehen. Auch Christian, der noch immer bei seinem Bruder in Berlin lebte, war in den vergangenen fünf Jahren nie in Leipzig gewesen. Ein einziges Mal hatte er geschrieben.
„Es geht ihm gut“, hatte die Mutter damals nur gesagt und den Brief sorgfältig in der eisernen Truhe verschlossen.
Emanuel und der andere Herr standen ganz in der Nähe der

Ratswaage. Johanna und Regina liefen zu ihrem Bruder, um ihn zu begrüßen. Die Bachin ging langsam hinterher.
„Wir kommen gerade von der Zeitungsexpedition." Emanuel deutete auf ein braunes Päckchen unter seinem Arm.
„Aber vorher wart ihr noch im Weinkeller", dachte die Bachin, als sie ihn näher in Augenschein nahm. Was tat Emanuel in Leipzig? Und wer war der andere Mann?
„Johann Gottlob Immanuel Breitkopf", stellte sich dieser leicht schwankend vor, wobei er vergeblich versuchte, seine verrutschte Hemdkrause zu richten.
„Anna Magdalena Bachin", antwortete sie mit größtmöglicher Würde. „Und dies sind meine Töchter Johanna Carolina und Regina Susanna."
„Es ist mir ein Vergnügen." Der junge Breitkopf deutete eine Verbeugung an.
„Ich habe mich noch einmal auf die Stelle als Thomaskantor beworben", sagte Emanuel. Dabei schob er seine kräftige Unterlippe vor, als erwarte er einen Angriff.
„Und warum weiß ich davon nichts?"
„Ich wollte keine voreiligen Hoffnungen wecken."
„Dummes Zeug!", schnaubte die Bachin. „Als deine Stiefmutter."
„Lassen Sie uns das in aller Ruhe bereden", unterbrach sie der junge Breitkopf. Er mochte keinen Streit in der Öffentlichkeit. „Meinen Eltern wird Ihr Besuch hochwillkommen sein."
Nach kurzem Zögern willigte die Bachin ein. Schweigend bahnten sie sich einen Weg durch die Menge. Als sie vom Gewandgässchen kommend auf das imposante Verlagshaus zugingen, machte Regina große Augen. Der junge Breitkopf wies mit großer Geste auf die 17 Fenster breite Vorderfront des dreistöckigen Hauses. Über der Eingangstür war noch das alte Wirtshausschild mit dem goldenen Bären zu sehen.
„Unten ist die Druckerei, darüber wohnen wir."

Der alte Herr Breitkopf stand auf und knöpfte eilig seine Weste zu, als sein Sohn mit dem unerwarteten Besuch in der Tür stand. Es entstand ein peinlicher Moment, da er die Bachin nicht gleich wiedererkannte.
„Meine Frau empfängt heute nicht", murmelte er. „Sie ist leidend."
Seine herbeigeeilte Schwiegertochter rettete die Situation.
„Kennt der Herr Vater etwa die Witwe des alten Bach nicht mehr? Da muss ich wohl an seiner Stelle die Honneurs machen."
Madame Breitkopf führte den Besuch unter unablässigem Geplauder in das repräsentative Gesellschaftszimmer. Dabei versäumte sie nicht, ihren leuchtend gelben Reifrock und die Seidenbluse mit den leicht gerüschten Ärmeln vorteilhaft zur Geltung zu bringen. Das Gesellschaftszimmer war mit einem dunklen, weichen Teppich ausgelegt. An den Wänden hingen großformatige Ölbilder. Auch ein Spiegel fehlte nicht. Emanuel gesellte sich zum jungen Breitkopf, der vor dem Spiegel seine Hemdkrause in Ordnung brachte. Die Bachin und ihre Töchter nahmen auf einem rot gepolsterten Kanapee mit zierlich geschwungenen Füßen Platz. Der alte Herr Breitkopf setzte sich ihnen gegenüber.
„Der selige Kantor Bach war ein großer Compositeur. So einer kommt nicht wieder. Für die Jugend von heute soll Musik stets empfindsam und natürlich sein", fügte er, sich langsam in Rage redend, hinzu. „Als wenn das eine Kunst wäre!" Er klopfte bei diesen Worten mit seinem Gehstock so heftig auf den Teppich, dass seine Schwiegertochter ihm beruhigend eine Hand auf den Arm legte.
„Viele halten ihn für einen allzu borstigen Fugenmeister", warf Emanuel ein. „Die besten Fugen habe ich drucken lassen, aber gerade einmal 30 Exemplare davon verkauft."
„Sie kosteten fünf Reichstaler. Das war nicht gerade wohlfeil", erlaubte sich seine Stiefmutter zu bemerken. Sie hatte sich als

Anlaufstelle für etwaige Käufer zur Verfügung gestellt und gehofft, dabei einen kleinen Gewinn zu erwirtschaften. Nicht ein Interessent hatte sich bei ihr gemeldet.
„Wohlfeiles gibt es auf dem Jahrmarkt", versetzte Emanuel. „Die Stücke des seligen Herrn Vaters sind von erlesener Güte und nicht für Knicker gemacht."
„Natürlich bleiben Sie zum Essen", sagte Madame Breitkopf. „Ich habe schon Anweisung gegeben."
Die Küchenmagd brachte heiße Schokolade für Regina und Kaffee für die Erwachsenen. Vorsichtig stellte sie die dampfenden Tassen auf den schwarz lackierten Kaffeetisch. Neben die Zuckerdose legte sie eine silberne Zange, sodass sich jeder selbst eines der kostbaren Stückchen nehmen und es mit einem zierlichen Löffel verrühren konnte. Johanna liebte Zucker. Sie nahm sich gleich zwei Stückchen und brachte damit ihre Tasse fast zum Überlaufen. Regina nippte ehrfürchtig an der heißen Schokolade, während Madame Breitkopf mit großem Geschick das Gespräch in harmlose Bahnen lenkte.
Wenig später meldete der Diener, das Essen sei angerichtet. Der alte Herr Breitkopf bot der Bachin seinen Arm, während sein Sohn Johanna ins Esszimmer führte. Es folgte Emanuel mit Madame Breitkopf, die wiederum Regina mit aufmunterndem Lächeln die Hand reichte. Man nahm Platz, wie es sich gerade ergab. Der Tisch war mit kostbarem Porzellan und blank geputztem Silber gedeckt. In der Mitte prangte ein üppiges Blumenbukett.
Die Bachin lächelte, als sie den Blumenschmuck sah. „Auch ich bin eine Liebhaberin der Gärtnerei. Am Thomaskirchhof habe ich gelbe Nelken gezogen."
Johanna strich bewundernd über das feine Leinen der Tischdecke. Was die wohl gekostet hatte. Die Suppe wurde aufgetragen. Der alte Herr Breitkopf faltete erwartungsvoll das neben seinem Teller liegende Mundtuch auseinander. Alle taten es ihm nach. Nicht nur die Suppe, auch der anschließend servierte gebratene

Hase schmeckte mitsamt dem beigegebenen Rotkohl vorzüglich. Alle aßen mit großem Appetit. Auch dem roten Frankenwein sprach man eifrig zu. Als die Tischgesellschaft schließlich beim Birnenkompott angelangt war, knöpfte der alte Herr seine gestreifte Samtweste über dem Bauch auf und lehnte sich zufrieden zurück. Sein Blick ging zu Emanuel herüber.

„Wie steht es mit der Bewerbung? Ihr wäret ein würdiger Nachfolger Eures seligen Vaters."

„Man wird wohl wieder einen anderen nehmen. Der Name Bach gilt in Leipzig nichts mehr."

Die Bachin seufzte. „Leipzig hat eine wunderliche, der Musik wenig ergebene Obrigkeit. Das hat mein seliger Sebastian oft gesagt."

„Der preußische König soll dafür ein großer Liebhaber der Musik sein", bemerkte Madame Breitkopf. „Es heißt, er sei ein wahrer Meister auf der Traversflöte."

Emanuel verzog das Gesicht. „Ich darf seiner Majestät zwar jeden Morgen in der Kammer aufspielen, doch Musik von meiner Hand will er nicht hören. Quantz mit seinen Flötenstücken gibt den Ton an. Der König zahlt ihm erkleckliche 2000 Taler im Jahr und mich speist er mit 300 ab. Dabei habe ich Frau und drei Kinder zu ernähren. Ohne Privatschüler ginge es gar nicht. Was allein das Schulgeld für die beiden Söhne kostet!"

„Nun, nun", beschwichtigte der alte Breitkopf.

Emanuel schob angriffslustig die Unterlippe vor und setzte eben zu einer Erwiderung an, als Madame Breitkopf eilig die Tafel aufhob.

„Monsieur Bach, wollen Sie nicht eines Ihrer neuen Stücke zu Gehör bringen? Sie würden mir damit eine große Freude machen."

Emanuel stand auf und ging brummend zu dem Clavichord hinüber. Prüfend schlug er einen Akkord an.

„Im Musikzimmer wäre noch das Cembalo", bemerkte der junge Breitkopf.

Emanuel antwortete nicht. Er zog einen Stuhl heran, schloss die Augen und begann zu spielen. Solch wilde Musik hatte Regina noch nie gehört. Beinahe übergangslos wechselte sie von großer Schroffheit zu inniger Zartheit, von tiefer Melancholie zu einem trotzigen Auftrumpfen. Es herrschte andächtige Stille, als ihr Bruder schließlich die Hände sinken ließ.
„Das ist eine Sonate aus meiner Clavierschule", erklärte er in das Schweigen hinein. „Man soll damit vor allem die Bebung üben."
Er führte vor, wie einzelne Töne durch ein leichtes Nachdrücken der Tasten etwas Schwebendes und Bebendes bekamen. Regina hätte es am liebsten sofort selbst ausprobiert.
„Eure Musik ist vortrefflich", lobte der junge Breitkopf. „Empfindsam und doch voller Tiefe."
„Können wir mehr hören?", fragte die Gastgeberin.
Emanuel ließ sich nicht lange bitten. Die nächste Sonate erforderte ein Höchstmaß an Fingerfertigkeit. Ein Triller jagte den nächsten. Der alte Breitkopf sog nachdenklich an seiner Pfeife, als der letzte Ton verklungen war.
„Ihr scheint ein rechter Feuerkopf zu sein. Die Themen und Tonarten wechseln derart ungestüm, dass einem Hören und Sehen vergeht."
„Das ist jetzt die neue Manier, Herr Vater", wandte sein Sohn ein.
Emanuel nickte zustimmend. „Aus der Seele muss man spielen, nicht wie ein abgerichteter Vogel."
Ohne eine Antwort abzuwarten, spielte er weiter. Johanna unterdrückte ein Gähnen. Sie interessierte sich nicht allzu sehr für Musik. Um sich abzulenken, betrachtete sie das Blumenmuster der goldfarbenen Seidentapete. Madame Breitkopf nahm ihren Stickrahmen zur Hand und schaute nur an besonders lauten Stellen kurz auf. Die Bachin saß kerzengerade auf dem Kanapee. Ihr Gesicht ließ weder Gefallen noch Missfallen erkennen. Regina war ganz in sich zusammengesunken, was ihr einen

mahnenden Rippenstoß der Mutter einbrachte. Ihr schwindelte vom abrupten Wechsel der ausgedrückten Empfindungen. Und doch wünschte sie, die Musik würde nie aufhören.
Emanuel wollte gerade mit dem nächsten Stück beginnen, da meldete der Hausdiener weiteren Besuch. Ein auffällig großgewachsener Mann stand in der Tür, neben ihm eine stattliche Frau mit hellwachen, freundlich blickenden Augen.
„Das sind unsere Nachbarn, die Eheleute Gottsched", stellte Madame Breitkopf vor.
„Wir haben die Musik gehört, da waren wir so frei ..."
„Aber ja doch, herzlich willkommen", beeilte sich die Gastgeberin zu versichern. „Ich bitte einzutreten. Wir haben heute die Witwe und gleich drei Kinder des seligen Bach zu Besuch."
„Wie schön!", rief die Gottschedin und nahm ohne weitere Umstände neben der Bachin Platz. „Ich bin eine Verehrerin Eures verstorbenen Mannes. Wenn auch seine Clavierstücke verteufelt schwer sind." Sie lachte dröhnend. „Nur der gute Krebs konnte sie spielen, als wenn es gar nichts wäre."
„Meinen Sie Johann Ludwig Krebs? An den erinnere ich mich", antwortete die Bachin.
„Was mag aus dem Jüngling wohl geworden sein?", sinnierte die Gottschedin. „Mir war er jedenfalls ein guter Lehrmeister."
„Er ist jetzt Organist an der Schlosskirche in Zeitz", warf Emanuel nicht eben freundlich ein.
Der Gottschedin war der gereizte Ton nicht entgangen. „Bitte verzeihen Sie, dass wir Sie unterbrochen haben. Möchten Sie nicht weiterspielen?"
Statt einer Antwort schloss Emanuel den Deckel des Clavichords und stand auf. Auch der junge Herr Breitkopf erhob sich.
„Wir wollten ohnehin noch einen Rundgang über die Messe machen."

Die Gottscheds hatten sich inzwischen zum alten Herrn Breitkopf gesetzt. Wie schon so oft ging es um die Zustände an der

Universität. Der Professor für Poesie, Logik und Metaphysik lag seit Jahren im Streit mit der theologischen Fakultät.
„Jetzt haben mich diese Federfuchser auch noch beim Kirchenrat in Dresden als Freigeist angeschwärzt", schimpfte er. „Sie können die Stimme der Klugheit und Vernunft nun einmal nicht ertragen."
Die Gottschedin verdrehte die Augen. „Meinem Mann ist heute eine Laus über die Leber gelaufen." Sie wandte sich zur Bachin. „Wie wäre es, wenn ich meine Laute von oben hole und wir musizieren ein wenig?"
Die Bachin war unschlüssig. „Ich habe wenig gespielt in den letzten Jahren."
„Seid Ihr nicht auch eine vortreffliche Sängerin? Vor vielen Jahren habe ich Euch einmal im Garten des seligen Herrn Zimmermann gehört. Es ging um die Freuden des Kaffeetrinkens, wenn ich mich recht entsinne."
Die Bachin taute nun sichtlich auf. „Das war mein Bravourstück. Ich könnte es wohl immer noch singen."
„Zum Musizieren gehen wir besser nach nebenan, dort stören wir die Männer nicht", schlug Madame Breitkopf vor. Sie führte ihre Gäste in das angrenzende Musikzimmer. Das Zimmer lag im Halbdunkel.
„Schau mal, das sind echte Wachskerzen", raunte Johanna ihrer Schwester zu, als die Dienstmagd Licht brachte.
Doch Regina hatte nur Augen für die Basslaute, mit der die Gottschedin inzwischen zurückgekehrt war. Dass eine Frau ein so großes Instrument spielen konnte! Nachdem die Gottschedin die Laute gestimmt hatte, begann sie mit einem lebhaften Prelude.
„Das ist von meinem Sebastian!", rief die Bachin nach wenigen Takten. „Ist es nicht eigentlich ein Stück für das Violoncello?"
Die Gottschedin nickte und ging zum zweiten Satz über, einer versonnenen Allemande. Nachdem der letzte Ton verklungen war, stand die Bachin auf und besah sich das Cembalo.

„Am Thomaskirchhof hatten wir auch eines mit zwei Manualen."
„Spielen Sie uns etwas darauf", bat die Gottschedin.
Die Bachin zögerte. Madame Breitkopf schaffte eilig einen passenden Stuhl herbei und bat sie, Platz zu nehmen.
Regina erkannte die gravitätisch fortschreitende Basslinie sofort. Das ist die Aria aus dem grünen Notenbüchlein, wollte sie sagen, doch die Gottschedin gebot ihr mit einer Handbewegung zu schweigen. Anna Magdalena Bach spielte ruhig, fast feierlich. Mit kraftvollem Anschlag durchschritt sie das sich immer weiter ausspinnende Thema. Nach einer kurzen Pause folgte ein Stück in e-Moll. Auch das war aus dem Notenbüchlein, wusste Regina. Sie selbst hatte den ersten Satz, eine lebhafte Toccata, schon geübt, die schnellen Läufe gleich zu Beginn waren für sie aber noch zu schwer. Als der letzte Satz, eine Gigue voller Chromatik und wilder Septimsprünge, verklungen war, klatschte die Gottschedin begeistert in die Hände. Die anderen taten es ihr nach.
„Und nun etwas Lustiges!", rief die Bachin. *Ei! wie schmeckt der Coffee süße.* Ihr reiner Sopran klang trotz ihrer 54 Jahre immer noch bezaubernd. Die neckische Art, wie sie *lieblicher als tausend Küsse* sang, reizte alle zum Lachen.
„Regina, jetzt bist du dran", bestimmte sie und winkte ihre Jüngste zu sich heran. *„Dir, dir, Jehova?"*
Regina nickte und trug mit klarer Stimme das Lied vor. Wieder klatschten alle.
„Sie singt mit ihren dreizehn Jahren schon einen gar sauberen Sopran."
Regina wurde rot vor Freude über das mütterliche Lob. In diesem Moment öffnete sich die Tür und drei kleine Kinder drängten in den Raum.
„Sie wollten unbedingt sehen, wer hier so schön singen kann", entschuldigte sich das ihnen folgende Kindermädchen.
Die Bachin wandte sich den Kleinen zu. „Ihr liebt also die Musik?"

„Constanze, unsere Älteste, möchte gerne das Clavierspiel erlernen“, antwortete die stolze Mutter und schob ein siebenjähriges Mädchen mit flachsblonden Zöpfen nach vorne.
Constanze machte einen Knicks.
„Sie spielt schon kleine Menuette, aber es ist noch nichts Rechtes.“
„Übe nur recht fleißig, mein Kind, dann kannst du es weit bringen.“
„Am meisten freut mich aber das Tanzen und Singen!“, brach es aus dem Mädchen heraus.
Da nahm die Gottschedin noch einmal ihre Basslaute zur Hand, zupfte einige Akkorde und begann zu singen. *Mit uns springet, mit uns singet, dass es immer schöner klinget. Lalalala ...*
Constanze und ihre beiden Brüder klatschten vor Vergnügen in die Hände. Sie kannten den Kanon bereits und setzten auf ein Zeichen der Gottschedin nacheinander ein. Die Bachin steuerte nach kurzem Hinhören den Generalbass auf dem Cembalo bei. Von der Begleitung angetrieben sangen und hopsten die Kinder immer schneller, bis die Gottschedin mit einem letzten Akkord den Spaß beendete.
Als die Frauen wieder in das Gesellschaftszimmer zurückkehrten, brannten auch dort die Kerzen und ein Feuer prasselte im Kamin. Anfang Oktober wurde es abends schon recht kühl. Der alte Herr Breitkopf und Professor Gottsched hatten sich ihre Armsessel vor den Kamin rücken lassen.
„Die Jugend von heute dünkt sich klüger und gelehrter als unsereiner“, schimpfte der alte Herr. „Auf verdienstvolle Männer sehen sie herab, nur weil sie etwas angeblich Neues in einem Journal gelesen haben. Statt zu arbeiten sitzen sie in Auerbachs Keller, disputieren und zechen bis in die Nacht.“
„Meine Studiosi sind durchaus fleißig“, wandte Professor Gottsched ein. „Natürlich nicht alle. Aber war das zu unserer Zeit etwa anders?“
Der alte Herr Breitkopf ließ sich so schnell nicht beruhigen.

Die Gicht plagte ihn an diesem Tag sehr. „Statt mit Ehrerbietung wird man als Mann von Jahren allenfalls mit Mitleid betrachtet. Wo doch heute angeblich die Weisheit wie Manna vom Himmel regnet, für uns Alte freilich zu spät."
„Das kann länger dauern", stellte die Gottschedin nüchtern fest. „Wie wäre es, wenn wir uns noch zusammen die große Illumination auf dem Marktplatz ansähen?"
„Jaaa!", riefen Johanna und Regina wie aus einem Munde.
„Es ist bereits dunkel. Da finden ehrbare Weibspersonen ihr Vergnügen zu Hause", bemerkte der alte Breitkopf.
„Die Frauenzimmer haben heute ihren eigenen Kopf, besonders meine Adelgunde", schaltete sich der Professor ein.
„Warum sollten wir nicht unseren eigenen Kopf haben? Wir sind Menschen wie ihr Mannspersonen auch", versetzte die Gottschedin.
„Um nach Hause zu kommen, müssen wir ohnehin über den Markt", fügte die Bachin hinzu.
„Wenn der Hausdiener mitgeht, mag es angehen", befand schließlich der alte Breitkopf.
Madame Breitkopf zog es dennoch vor, zu Hause zu bleiben. Ihre Kinder waren es gewöhnt, dass die Mutter ihnen vor dem Schlafengehen eine Gute-Nacht-Geschichte vorlas.

Zu viert brachen sie auf. Schon auf der Grimmaischen Gasse waren an fast allen Häusern und Toreinfahrten Lichter angezündet. Der Marktplatz prangte im Festtagsglanz. Selbst die weiter zurückliegenden Häuser waren im Licht der zahllosen Lampen und Fackeln noch gut zu erkennen.
„Was das an Öl kostet!", rief Johanna.
Die Bachin nickte „Für das Geld könnten wir ein Jahr lang die Wohnstube beleuchten und die Schlafkammer dazu."
„Kerzen sind kostspielig", seufzte die Gottschedin.
„Wir nehmen Talglichter", informierte sie Johanna.
„Aber die rußen und machen Kopfweh", ergänzte Regina.

Die Bachin wünschte, das Thema zu wechseln, und deute auf den Rathausturm. „Seht mal, da oben stehen die Stadtpfeifer."
Die Musikanten versuchten vergeblich, sich mit ihrem Spiel Gehör zu verschaffen. Der Lärm auf dem Platz übertönte alles. Bierfiedler aus dem Umland spielten in roh gezimmerten Holzbuden der jauchzenden Jugend zum Tanz auf. Grölende Betrunkene und Raufustige schoben sich durch die Menge. Manch einer zögerte nicht, beim geringsten Streit die Fäuste einzusetzen. Dazwischen mischten sich Ausländer mit langen Bärten und bunten Gewändern. Ein Turbanträger, der sich mit Händen und Füßen verständlich zu machen suchte, trug zum Entzücken Johannas eine goldglänzende Pluderhose, an deren Bund ein mit Edelsteinen besetzter Dolch baumelte.
„Wir sollten besser ein wenig beiseite gehen", schlug die Gottschedin vor.
Ein Betrunkener hatte ihr eben einen derben Rippenstoß versetzt.
Der Hausdiener bahnte den Frauen unter Einsatz seiner Ellbogen einen Weg bis zum Rand des weitläufigen Platzes. Regina hätte sehr gerne noch einmal die italienische Sängerin vom Vormittag gehört, konnte die kleine provisorische Bühne aber im Durcheinander der Menschen und Buden nicht mehr entdecken. Johanna wippte unternehmungslustig mit den Füßen. Ob jemand kommen und sie zum Tanz auffordern würde?
„Hier geht es zu wie im Tollhaus", fand die Bachin und strich ihr Kleid glatt. „Nur wilder Pöbel und rohes Volk."
Johanna hörte auf zu wippen. „Dürfen wir trotzdem noch eine kleine Weile zusehen?"
Die Mutter sah unschlüssig zur Gottschedin hinüber.
„Hier am Rand ist es ungefährlich", beruhigte die. „Wir können ein bisschen plaudern, während die beiden Mädchen von sicherer Warte aus das Treiben betrachten."
Regina gab es bald auf, im Wirrwarr der Musik ringsumher bekannte Melodien zu entdecken. Das Durcheinander war ein-

fach zu groß. Von dem Gespräch hinter ihr drangen einzelne Wortfetzen an ihr Ohr, die sie aufhorchen ließen.
„Sie hat eine sehr schöne Stimme", hörte sie die Gottschedin sagen.
Die Antwort der Mutter wurde leider übertönt vom lauten Grölen einiger Studenten. Als wieder etwas zu verstehen war, ging es ums Geld. Die Wörter Almosenamt und Legat fielen. Schließlich entschied die Mutter, dass es Zeit war zu gehen. Kaum hatten sie einige Meter zurückgelegt, rief Johanna zum zweiten Mal an diesem Tag: „Da ist Emanuel!"
Der war so damit beschäftigt, den bedenklich schwankenden Freund zu stützen, dass er seine Verwandten nicht bemerkte. Die Bachin ging schließlich zu ihm und zog ihn energisch am Ärmel. Dies würde womöglich die letzte Gelegenheit sein, nach ihrem Jüngsten zu fragen. Vor dem Eingang eines Gasthofs fanden sie eine Holzbank, auf die sich der junge Breitkopf mit Erleichterung fallen ließ und sofort einschlief.
„Sag, wie geht es Christian?"
„Er ist im Frühjahr nach Italien aufgebrochen. Nach Mailand, wenn Ihr es genau wissen wollt."
„So weit weg!", rief die Bachin erschrocken aus.
Emanuel zuckte mit den Schultern. „Ein Bruder Leichtfuß wie er weiß sich überall angenehm zu machen. Der kommt durch seine Dummheit weiter, hat schon der selige Herr Vater gesagt."
„Das hat er gesagt?"
„Ob er in Italien etwas Rechtes lernen wird, ist freilich eine andere Frage", fuhr Emanuel ungerührt fort. „Dort muss die Musik leicht dahinfließen, damit sie gefällt."
Die Bachin schwieg. Ihr war im Grunde alles recht, wenn Christian nur gesund blieb und eine gute Anstellung fand.
„Vor einer Weile habe ich Christoph getroffen", fiel Emanuel jetzt ein. „Ich war im Gefolge seiner Majestät in Bückeburg."
„Ist er gesund und wohlauf?"
„Das will ich meinen. Euer Sohn hat sich mit einer Hofsän-

gerin vermählt. Er ist ein braver Tonkünstler und umgänglicher Hausvater geworden."
Die Bachin wusste von der Heirat, Christoph hatte es ihr geschrieben. Wie gerne wäre sie bei der Hochzeit dabei gewesen, aber wovon hätte sie die weite Reise bezahlen sollen?
„Eine Hofsängerin wie ich, das gefällt mir. Tritt sie noch auf?"
„Danach habe ich nicht gefragt. Wir müssen nun auch weiter. Mein Freund hier gehört ins Bett."
„Da gehe ich am besten gleich mit", entschied die Gottschedin. „Der Hausdiener kann die drei Bachfrauen bis in die Haynstraße geleiten."
Geredet wurde nicht mehr viel an diesem Abend. Dazu waren sie zu müde. Die Mutter gähnte, während sie sich wie gewöhnlich ihren Schlafzopf flocht. Regina fielen schon beim Ausziehen fast die Augen zu. Mit einem Seufzer der Erleichterung kroch sie zu ihrer Schwester ins Bett.
„Das war der schönste Tag meines Lebens."
Der Festlärm brauste noch bis spät in der Nacht durch ihre Träume.

Am nächsten Tag trug der Hausdiener einen Topf gelber Nelken in die Haynstraße.
„Für Anna Magdalena Bachin im Auftrag des Herrn Breitkopf", meldete er förmlich und verbeugte sich.
Die Beschenkte besah lächelnd die Nelken. Der Topf bekam einen Ehrenplatz in der Wohnstube. Zusammen mit den Blumen hatte der Hausdiener ein kleines Paket übergeben, das Johanna aufschnürte. Zuoberst lag ein Notenheft.
„*Versuch über die wahre Art das Clavier zu spielen*", las Johanna vor. „*Mit Exempeln und achtzehn Probe-Stücken in sechs Sonaten von Carl Philipp Emanuel Bach.*"
„Das ist die Clavierschule, aus der er uns gestern vorgespielt hat", rief Regina und griff nach den Noten.
Das Paket enthielt außerdem einen Brief von Madame Breitkopf.

„Ich soll Constanze auf dem Clavichord unterrichten“, berichtete die Bachin. „Sie zahlen gut!“
Eine Zeitschrift im handlichen Quartformat lag ebenfalls dem Paket bei. Johanna zeigte ihrer Mutter das Deckblatt. *Die Vernünftigen Tadlerinnen* war darauf zu lesen.
„Das ist sicher von der Gottschedin. Sie soll die gelehrteste Frau Deutschlands sein.“
„Kann ich auch eine gelehrte Frau werden?“, fragte Regina.
„Du wirst eine Sängerin wie ich“, antwortete die Mutter. „Und jetzt geh üben.“

Krieg und Tod und Schmerz und Leben

„Das reicht nicht!" Johanna warf die Kielfeder wütend von sich. Regina beeilte sich, das Tintenfass vor ihr in Sicherheit zu bringen.

„Es wird schon irgendwie gehen", besänftigte die Mutter.

„Wie denn? Das Almosenamt hat sämtliche Zahlungen eingestellt. Nicht einen Groschen bekommen wir, auch wenn wir noch so oft auf dem Rathaus nachfragen."

Die drei saßen wieder einmal um den großen Eichentisch in der Wohnstube, um über Geld zu sprechen. Johanna hatte es auf sich genommen, alle Einnahmen und Ausgaben sorgfältig auf ein Blatt Papier zu schreiben.

„Warum gibt uns das Almosenamt denn nichts mehr?", fragte Regina.

„Die Preußen haben die Stadtkasse geplündert. Tribut nennen sie das. Ich nenne es Räuberei", ereiferte sich Johanna. „Auch alles Gold muss abgegeben werden. Damit nicht genug: Sechzehn Kaufleute und Ratsherren sitzen im Kerker auf der Pleißenburg. Dort müssen sie bleiben, bis wenigstens 400 000 Reichstaler bezahlt sind."

400 000 Taler, das war eine unvorstellbare Summe. Regina sah einen riesigen Berg silberner Münzen vor sich.

„Wozu braucht der Preußenkönig denn so viel Geld?"

„Für seine Kriegskasse natürlich. Die Soldaten müssen bezahlt werden, Gewehre und Kanonenkugeln auch."

Die Bachin schichtete die vor ihr liegenden Notenblätter sorgfältig zu einem Stapel auf, als gäbe es nichts Wichtigeres.

„Das betrifft uns nicht. Wir haben weder Gold noch Geld."

„Aber essen müssen wir trotzdem", versetze Johanna. „Bisher haben wir einen Taler pro Woche aus der Witwenkasse bekommen. Ein Taler sind 24 Groschen, macht 96 Groschen im Monat, die nun wegfallen", rechnete sie vor. „Auch aus dem Universitätsalmosen bekommen wir jetzt nur noch die Hälfte. Wie soll man von 16 Groschen im Monat leben? Das billigste Brot kostet drei Groschen. Dann das Holz und die Talglichter. Unser Erbe ist auch schon aufgebraucht."

„Du vergisst das Graff'sche Legat."

Der Vater des Advokaten hatte eine Stiftung für verarmte Witwen hinterlassen, aus der auch Bachs Witwe zweimal im Jahr fünf Taler bezog. Dass auch diese Unterstützung gefährdet war, erwähnte sie lieber nicht.

„Wer weiß, ob wir das Geld auch weiterhin bekommen werden", entgegnete die kluge Johanna.

„Die kleine Breitkopf soll trotz allem weiter Unterricht bekommen", fuhr die Mutter fort. „Allerdings nur noch eine Stunde pro Woche."

„Macht einen Taler im Monat statt bisher zwei." Johanna setzte den Betrag auf die Liste.

„Bleibt noch das Kopieren", überlegte die Mutter weiter. „Die Gottschedin gibt uns Aufträge, allerdings nicht mehr so oft wie früher."

Johanna kaute gedankenverloren auf dem Federkiel. „Vielleicht könnte ich mit meinen Stickereien etwas verdienen."

„Ein guter Einfall", lobte die Mutter. „Madame Graff hat neulich deine mit Blumen bestickte Haube sehr gelobt."

„Die Frage ist nur, wer in Kriegszeiten noch Geld für bestickte Hauben übrig hat."

„Ich könnte als Sängerin im *Anker* auftreten", platzte Regina heraus. „Der Wirt würde mir für einen Abend einen halben Taler geben!"

Die Mutter schlug mit der Faust auf den Tisch. „Meine Tochter tritt nicht im Wirtshaus auf. So weit kommt es noch, dass sich

Hausknechte und Bürstenmacher über dich das Maul zerreißen."
„Es ist ein Kaffeehaus für Leute von Stand", wandte Johanna ein. „Auch der Advokat geht manchmal dorthin."
„Umso schlimmer. Was soll der von uns denken? Du bist die Tochter des Thomaskantors, vergiss das nicht."
„Der heißt Doles", murmelte Regina. Ohne eine Antwort abzuwarten, stand sie auf und ging aus dem Zimmer. Nachdem sie eine Weile aus dem Fenster der Schlafstube gesehen hatte, setzte sie sich an das Spinettchen. Unschlüssig blätterte sie in den bereitliegenden Noten. Immer dieselben Stücke, wie langweilig das war! Schließlich spielte sie eine einfache Kadenz und erfand selbst eine Melodie dazu. Das zweigestrichene a hing schon wieder. Wann würde sie endlich auf dem Clavichord in der Wohnstube spielen dürfen? Die Mutter fand, das Instrument sei zu kostbar zum Üben. Doch nur auf einem Clavichord ließen sich die wunderbar schwebenden und bebenden Töne hervorbringen, die Emanuel bei den Breitkopfs gespielt hatte. Wie Regina inzwischen wusste, wurden diese besonderen Töne durch Pünktchen über den Noten kenntlich gemacht. So empfindsam, so singend wie Emanuel wollte sie auch spielen können. Die Porzellanfigur auf dem Fensterbrett nickte Regina aufmunternd zu. Ihr breit ausgestelltes Samtkleid war inzwischen von der Sonne ein wenig ausgebleicht. Regina störte das nicht. Die Puppe verstand sie auch ohne Worte, oft besser als alle anderen. Regina sah in der Schlafkammer umher, die ihr klein und schäbig vorkam, seit sie bei den Breitkopfs zu Besuch gewesen war. Mit ihren sechzehn Jahren hätte sie gerne ein eigenes Bett gehabt, doch für drei Betten war das Zimmer zu klein. Und jetzt wollte der Preußenkönig auch noch alles Geld für sich. Warum musste es überhaupt Kriege geben?

Im Jahr zuvor, es war ein brütend heißer Tag im August gewesen, hatten plötzlich alle Kirchenglocken Sturm geläutet. In der Ferne grollte es wie bei einem näher kommenden Gewitter. Die Marktfrau, bei der Regina gerade ein halbes Dutzend Pastinaken gekauft hatte, sog prüfend die Luft ein, als wittere sie die Gefahr.

„Das werden doch keine Kanonen sein?“, fragte sie mehr sich selbst als ihre junge Kundin.

In diesem Moment hasteten auch schon die Stadtpfeifer mit ihren Instrumenten über den Marktplatz. Die Männer erstiegen den Rathausturm und posaunten das heranrückende Unheil für alle hörbar hinaus.

Jetzt gab es kein Halten mehr. „Die Preußen kommen!“, rief ein vorbeilaufender Fuhrknecht. Das Bündel Heu in seinem Arm wurde bei jedem Schritt kleiner. Er achtete nicht darauf. Auch die Krämer und Marktfrauen rafften eilig ihre Ware zusammen. Körbe und Kästen wurden weggetragen so schnell es ging.

Dann kamen sie. Soldaten in blauen Uniformröcken marschierten im Gleichschritt und mit aufgepflanztem Bajonett auf den großen Platz. Ihre schweren Stiefel knallten mit solcher Wucht auf das Pflaster, dass man Schüsse zu hören glaubte. Der Zug kam zum Stehen. Kommandos wurden gebrüllt. Die Soldaten schwärmten in alle Richtungen aus. Regina, die das Schauspiel wie gebannt beobachtet hatte, entschloss sich endlich zum Gehen. Auch auf der Haynstraße waren schon überall blaue Uniformröcke zu sehen. Ein Trupp lärmender Grenadiere hatte sich vor dem *Anker* häuslich niedergelassen. Die Männer hatten kurzerhand Tische und Stühle auf die Straße getragen. Sie zwangen die Wirtin, ihnen alles aufzutischen, was der Vorratskeller hergab. Ein Grenadier hatte seine lange Mütze abgenommen und versuchte feixend, sie der Küchenmagd über den Kopf zu stülpen. Er war allerdings schon so betrunken, dass das Mädchen ihm entwischen konnte und eilig im Haus verschwand. Jetzt begann auch Regina zu rennen. Schon von Weitem sah sie die Graffin. Sie ging unruhig auf und ab.

„Wir warten auf ein Fuhrwerk“, erklärte sie, als Regina am

Haus ankam, „hoffentlich können wir wenigstens den Spiegel und die Teppiche noch aus der Stadt schaffen. Alles andere haben wir schon vergraben."

Regina lief nach oben. Aus der Stube der Irmingerin drang unverständliches Gemurmel, unterbrochen von lauten „Mariahilf"-Rufen. Johanna sah kaum von ihrer Flickarbeit auf, als Regina ganz außer Atem die Wohnstube betrat.

„Die Preußen sind da!"

„Schrei nicht so", wies Johanna sie zurecht und fädelte sorgfältig einen neuen Faden ein. „Hat die Irmingerin gerade ‚Maria, hilf' gerufen? Ich dachte mir schon, dass sie eine Papistin ist."

Die Bachin ging eilig zum Fenster und schloss es. „Ihr geht mir die nächsten Tage nicht auf die Straße, verstanden?"

Regina nickte und gab ihrer Mutter das Wechselgeld. Johanna nähte in aller Ruhe weiter.

„So schlimm sind die Preußen gar nicht." Johanna und Regina scheuerten auf Knien die abgetretenen Dielenbretter der Wohnstube. Johanna richtete sich auf. Ihr Rücken vertrug die gebückte Haltung nicht mehr. Sie zog einen bunt bemalten Fächer aus ihrer Schürzentasche hervor und fächelte sich damit Luft zu.

„Wie findest du mich?"

„Närrisch. Woher hast du den Fächer?"

„Das geht dich nichts an. Aber nichts der Frau Mutter erzählen, hörst du?"

„Wovon soll ich nichts erzählen?"

Regina platzte vor Neugier. Ob Johanna einen Verehrer hatte?

„Es ist der Preuße von unten", stellte sie, einer plötzlichen Eingebung folgend, fest.

„Was weißt du schon."

Johanna faltete den Fächer sorgfältig zusammen und verstaute ihn wieder in der Schürzentasche.

Graffs hatten Einquartierung. Gleich am Tag nach dem Einmarsch war ein Feldwebel mit seinem Burschen in das Haus mit dem goldenen Stern gezogen.

„Er hat nicht mal den Türklopfer benutzt", erzählte die Graffin später.

Ohne sich vorzustellen oder gar um Erlaubnis zu fragen, war der Feldwebel mit seinen schmutzigen Stiefeln durchs Haus gegangen, hatte seinen Mantelsack in eine Ecke geworfen und es sich dann in der Wohnstube der Graffs bequem gemacht.

„Der Rock muss ausgebürstet werden", wies er den Burschen knapp an. „Um meine Leibwäsche soll sich die Hausmagd kümmern."

„Da ist auch ein Advokat machtlos", murmelte der eilig aus seiner Schreibstube herbeigerufene Dr. Graff und kehrte seufzend wieder zu seinen Akten zurück.

Wenigstens bewahrte die Einquartierung das Haus vor Plünderungen. Die Goldmünzen und den Schmuck hatte man gerade noch rechtzeitig im Hof vergraben können. Für den Spiegel und die Teppiche hatte sich allerdings kein Fuhrwerk mehr gefunden. Bald nach seiner Ankunft stieg der Feldwebel mit seinen schweren Stiefeln die Treppe zum zweiten Stock hinauf, durchquerte unter den neugierigen Blicken von Regina und Johanna die Küche und betrat das Zimmer der Irmingerin, um eine Perücke für den Abend auszuleihen.

„Er sitzt dort unter dem Pudermantel und sieht aus wie ein Geck", prustete Johanna.

Sie hatte es sich nicht nehmen lassen, unter einem Vorwand bei der Nachbarin vorbeizuschauen. „Ob er meine schönen Bänder gesehen hat?"

Zwischen den Perücken waren jetzt einige von Johanna bestickte Bänder und Schleifen drapiert.

„So mancher Herr schenkt solchen Tand gerne gewissen Frauenzimmern", hatte die Irmingerin erklärt. „Das wird auch bei den Preußen nicht anders sein. Ich verlange zwei Groschen pro Stück und du bekommst die Hälfte."

Der Feldwebel war ein hagerer, nicht mehr ganz junger Mann. Er rollte das R auf so eigentümliche Weise, dass Johanna jedes Mal lachen musste, wenn er mit ihr sprach. Auch nannte er sie stets Mademoiselle, was ihr sehr gefiel.
„Der ist doch viel zu alt für dich", fand Regina und legte die Scheuerbürste beiseite.
„Von wegen zu alt, die Irmingerin sagt, der Schlack ist ein Mann in den besten Jahren. Außerdem wird es Zeit für mich zu heiraten. Ich bin fast 21. Soll ich als altes Mädchen sterben?"
„Er heißt Schlack?" Regina brach in Lachen aus. „So willst du also einmal eine Schlackin werden?"
„Sein Vorname ist Johann Sigismund", antwortete Johanna so würdevoll wie möglich. „Er ist Unteroffizier, das ist schon etwas. Ich bin lieber eine verheiratete Schlackin als für den Rest meines Lebens eine Jungfer Bachin."
„Was wäre so schlimm daran?"
„Das wirst du schon noch herausfinden."
Johanna griff nach dem hölzernen Wassereimer und verließ die Wohnstube.
Am späten Nachmittag kam die Mutter vom Unterrichten zurück. Sie trug einen Korb Eier, den die Breitkopfs ihr mitgegeben hatten. Obenauf lag ein Band mit Noten. Regina griff sofort danach.
Herrn Professor Gellerts Geistliche Oden und Lieder von Carl Philipp Emanuel Bach stand auf dem Deckblatt.
„Die sind für dich." Die Mutter ließ sich in bester Laune auf einen Stuhl fallen. „Dann habe ich noch etwas mitgebracht." Sie legte mit großer Geste vier sächsische Taler auf den Tisch. Das Geld konnten sie umso besser gebrauchen, als auch die Unterstützung aus dem Graff'schen Legat inzwischen weggefallen war.
„Ist das Geld von den Breitkopfs?", fragte Johanna.
„Das ist eine Sonderspende aus dem Universitätsalmosen. Die haben wir Professor Gottsched zu verdanken."
„Wie das?"

„Der preußische König hat mit ihm über allerlei gelehrte Dinge gesprochen. Er war mit der Unterredung so zufrieden, dass die Universität jetzt mehr Geld bekommt."
„Johanna will den Feldwebel von unten heiraten", platzte Regina heraus. „Die Preußen sind nämlich gar nicht so schlimm."
Johanna stieß ihre Schwester mit dem Ellbogen in die Seite und versteckte dann das Gesicht hinter ihren Händen. Die Mutter schien nicht sonderlich überrascht.
„Er ist ein rechtschaffener Mann, sagt die Graffin, wenn auch das Benehmen ein wenig ungeschliffen sein mag."
Johanna nahm die Hände herunter. „So sind Sie also einverstanden?"
„Ein Sachse wäre mir lieber."
„Ich nehme den oder keinen."
„Wir werden sehen." Die Mutter stand auf. „Die Eier müssen in den Vorratskeller."

Bereits am nächsten Abend machte Feldwebel Schlack in aller Form seine Aufwartung. Mit einer Verbeugung überreichte er der Bachin einen Topf gelber Nelken. Dann nahm er zwischen ihr und den beiden Schwestern am großen Tisch in der Wohnstube Platz. Das Verhör begann. Ob Berlin im Vergleich zu Leipzig nicht recht armselig sei? Zugig und voller Sand noch dazu? Wo man zu wohnen gedenke? Ob sein Sold für eine Familie ausreiche? Der Bewerber gab umfassend Auskunft.
Die Mutter stand auf. „Nun also, meinen Segen habt ihr, Kinder, auch wenn mir ein Sachse lieber gewesen wäre. Morgen werde ich mit Dr. Graff über die Sache sprechen. Er wird wohl seine Erlaubnis geben, wenn ich ihn darum bitte."
Sigismund strahlte über das ganze Gesicht. „So sind wir also verlobt. Sobald der Krieg zu Ende ist, heiraten wir." Er zog Johanna zu sich heran und wagte einen Kuss auf ihren Mund.
„Nun ist es aber genug", bestimmte die Bachin und scheuchte den frisch gebackenen Bräutigam mit einem Lächeln aus der Stube.

An seinen dienstfreien Sonntagen holte Sigismund seine Verlobte von nun an regelmäßig zu einem Spaziergang ab. Vorher gab es Kaffee und große Stücke Butterkuchen, die Sigismund mitbrachte.
„Fünf Jahre lang war ich nur ein gemeiner Soldat", erzählte er, während sie um den großen Tisch herum saßen. „Doch im Kriege habe ich mich ausgezeichnet und bin bis zum Feldwebel befördert worden."
„Ein wackerer Mann, der nach oben strebt", lobte Johanna.
Die Bachin wischte mit einer Handbewegung die Kuchenkrümel vom Tisch. „Auf dem Markt sehe ich oft Soldaten exerzieren. Die Offiziere prügeln selbst alten Männern mit ihrer Fuchtel den Rücken blutig. Tut Ihr das auch?"
Schlack sah betreten zu Boden. „Ich mache nur Schreibarbeiten."
„Wir müssen jetzt auch los." Johanna stand vom Tisch auf, ihr Verlobter tat es ihr nach. Mit einem Seufzer der Erleichterung traten die beiden ihren üblichen Spazierweg zum Rosental an.
Bis zur Hochzeit war noch einiges zu tun. Vor allem um Johannas Aussteuer musste man sich kümmern. Die bestand bisher nur aus einigen Hemden und etwas Zinngeschirr.
„Viel haben wir nicht", seufzte die Mutter, als sie den Wäschebestand in Augenschein nahm. „Diese Tischtücher kann ich entbehren. Mit einer gestickten Borte sehen sie gleich besser aus."
Johanna musterte die Leinentücher. „Damit lässt sich schon etwas anfangen. Ich werde auch noch Vorhänge nähen."
Auch für Regina begann eine neue Zeit. Sie wurde nun mehr als bisher zur Hausarbeit herangezogen. War diese Arbeit getan, musste sie der Mutter beim Kopieren zur Hand gehen. Ihre erste Aufgabe bestand darin, mit Hilfe eines fünfzackigen Rastrals Notenlinien sauber und gerade auf das Papier zu ziehen. Das gelang ihr schon nach kurzer Zeit recht gut. Auch das Herstellen der Schreibfedern war jetzt ihre Aufgabe. Bei der

Mutter hatte es immer ganz leicht ausgesehen, wenn sie nach einer Gänsefeder griff, um sie zu einem Schreibkiel zu spitzen. Regina verbrauchte etliche Federn, bis einige halbwegs brauchbare dabei herauskamen.
„Du musst die Hand ruhig halten und genau hinsehen“, mahnte die Mutter. „So.“ Sie machte es vor.
Regina seufzte. So schwierig hatte sie es sich nicht vorgestellt. Als sie das Zurechtschneiden endlich beherrschte, ging es an das eigentliche Kopieren. Auch hierbei konnte man einiges falsch machen. Vor allem galt es, Tintenkleckse zu vermeiden. Außerdem durfte die Feder nicht zu stark auf das Papier gedrückt werden, sonst wurde sie schnell unbrauchbar. Der Mutter schien die Arbeit nichts auszumachen. Ruhig und gleichmäßig kratzte ihr Federkiel über die Blätter. Sie vergaß auch nie, das frisch Geschriebene mit etwas Sand aus der Büchse abzulöschen. Als wieder einmal Lautenmusik für die Gottschedin zu kopieren war, sah sie von ihrer Arbeit auf.
„Das Stück ist von Silvius Leopold Weiss, ich erinnere mich noch gut an seinen Besuch. Ein freundlicher Herr, der vorzüglich die Laute spielte. Auch vom Leben bei Hofe hat er viel erzählt. Was war das für eine schöne Zeit damals!“
Regina nickte ergeben. Dass früher alles besser gewesen war, hatte sie schon oft von der Mutter gehört. Für sie selbst verblasste die Zeit am Thomaskirchhof mit jedem Jahr mehr.

Regina hatte gerade eine Schüssel Sauerkraut aus dem Vorratskeller geholt, als sie im Treppenhaus auf Madame Graff traf.
„Ich habe deine Mutter schon eine Weile nicht gesehen. Sie wird doch nicht krank sein?“
„Die Frau Mutter bekommt schlecht Luft in letzter Zeit. Deshalb schafft sie die Treppe nicht mehr so gut.“
„Das könnte die Brustkrankheit sein“, überlegte die Graffin. „Soll ich unseren Arzt einmal bitten, nach ihr zu sehen? Bei meinem Kopfweh hat er mir gut geholfen.“

„Besser nicht“, wehrte Regina ab. Ärzte waren teuer. „Die Mutter sagt, sie wird auch so wieder gesund.“
Während Regina das Sauerkraut in die Küche brachte, war aus der Wohnstube von Husten unterbrochener Gesang zu hören. *Bist du bei mir, geh ich mit Freuden.* Regina erschrak. So kurzatmig hatte die Mutter noch nie gesungen. *Zum Sterben und zu meiner Ruh.* Regina betrat die Wohnstube. Die Bachin saß am Clavichord und begleitete sich selbst.
„Dieses Lied habe ich auf Lieschens Hochzeit gesungen, weißt du noch?“
Regina schüttelte den Kopf. „Da war ich wohl noch zu klein.“
Ach, wie vergnügt wär so mein Ende, es drückten deine schönen Hände mir die getreuen Augen zu. Der Gesang ging in einen Hustenanfall über. Regina blieb eine Weile bei der nach Luft ringenden Mutter stehen, doch die schickte sie mit einer Handbewegung aus dem Zimmer.
Als Johanna später vom Einkaufen nach Hause kam, hatte sich die Mutter hingelegt. Das hatte sie tagsüber noch nie getan.
„Ach, das wird schon wieder“, wehrte Johanna ab, als Regina ihr flüsternd von dem schlimmen Hustenanfall erzählte. „Unsere Mutter hat eine kräftige Natur.“
Wochen vergingen, doch der Husten wurde nicht besser. Vor allem die Nächte wurden für die Bachin zunehmend zur Qual. Stundenlang ging sie in der dunklen Wohnung umher.
„Im Liegen fühle ich mich, als wenn ein ganzes Klafter Holz auf meiner Brust läge“, erklärte sie.
Johanna hatte die Idee, das Kopfende des Bettes durch mehrere Kissen und ein Kleiderbündel zu erhöhen. Von da an schlief die Mutter im Sitzen, während Regina oft wach lag und ängstlich auf die flachen Atemzüge hinter dem Bettvorhang lauschte. Schließlich, nach einer besonders unruhigen Nacht, ging sie zu Madame Graff hinunter und bat sie, nun doch nach dem Arzt zu schicken. Zwei Tage später kam er. Die Bachin war ganz erschrocken, als er plötzlich in der Tür stand und sich nach ihrem Befinden erkundigte.

„Das bisschen Husten geht bald vorüber“, wehrte sie seine Fragen ab. Es bedurfte der ganzen Überredungskunst der hinzugekommenen Graffin, dass sie am Ende doch noch mit einer Untersuchung einverstanden war. Zunächst fühlte der Doktor den Puls. Danach musste die Patientin sich auf das Bett legen. „Tief einatmen und ausatmen“, kommandierte er und legte sein Ohr auf den Oberkörper der Kranken. Jeder ihrer Atemzüge wurde von einem deutlichen Rasseln begleitet. Er hatte genug gehört. „Als Erstes muss ein Aderlass gemacht werden, um die schlechten Säfte auszutreiben.“

Johanna holte eine Schüssel aus der Küche, während der Arzt schon das Klappmesser zum Öffnen der Ader ansetzte. Regina wurde blass, als das Blut hervorquoll. Auch Johanna atmete tief durch. Die Mutter ließ die Prozedur ohne erkennbare Gefühlsregung über sich ergehen. Anschließend stellte der Arzt ein Rezept aus. „Die Patientin ist mit *Digitalis purpurea* zu behandeln“, erklärte er. „Die getrockneten Blätter müssen in der Apotheke gemischt und als Tee dreimal täglich getrunken werden.“

„Ich mache gleich Wasser heiß und du gehst zur Apotheke“, bestimmte Johanna, nachdem sie den Arzt verabschiedet und schweren Herzens auch gleich bezahlt hatte.

Regina nahm den letzten Taler aus dem Beutel und brach auf. Vor der Tür stand die Irmingerin. Es war offensichtlich, dass sie gelauscht hatte.

„Ich habe ein Wundersalz vom Jahrmarkt, das hilft gegen alle Krankheiten. Soll ich es holen?“

Regina schüttelte den Kopf und lief die Treppe hinunter. Bis zur *Apotheke zum weißen Adler* waren es nur wenige Meter, sie lag direkt neben dem *Anker.* Der Apotheker, ein älterer, offenbar kurzsichtiger Mann, hielt das Rezept ganz nah an seine Augen. Er brauchte eine Ewigkeit, bis er die Schrift des Arztes entziffert und anschließend den Tee aus den Blättern des roten Fingerhuts gemischt hatte. Regina nahm die Tüte und ging damit so schnell wie möglich nach Hause.

Nach der zweiten Tasse musste die Bachin erbrechen. In der folgenden Nacht klagte sie über Herzklopfen und Schwindel. Danach rührte sie den Tee nicht mehr an.
„Die Ärzte sind doch allesamt elende Quacksalber“, schimpfte Johanna. „Es ist nur schade um das Geld.“

Schon bald verbrachte die Mutter fast jede Nacht in dem alten Lehnstuhl, den sie aus Weißenfels mitgebracht hatte. Der abgewetzte, mit schwarzem Leder bezogene Stuhl hatte zunächst in der Schlafkammer vor ihrem Bett gestanden. Jetzt fand er seinen Platz neben der eisernen Truhe in der Wohnstube.
„Der Stuhl schickt mir schöne Träume aus der Heimat“, sagte sie. „Mein seliger Herr Vater hat oft darin gesessen. Und wenn mich der Husten allzu sehr plagt, störe ich euch nicht so sehr.“
Sigismund erkundigte sich regelmäßig nach dem Befinden seiner künftigen Schwiegermutter und versuchte, sie mit Blumen und Kaffee ein wenig aufzuheitern. Auch die Graffin schaute häufig bei der kranken Nachbarin vorbei. Zum Johannistag brachte sie einen kleinen Vogel, der in seinem hölzernen Käfig aufgeregt hin- und herhüpfte.
„Das ist ein Hänfling. Er soll Euch ein wenig Freude bereiten, verehrte Bachin.“
Die Beschenkte strahlte. „Mein seliger Sebastian hat mir einmal einen ganz ähnlichen geschenkt. Er zwitscherte allerliebst.“
Der kleine Vogel fand seinen Platz in der Wohnstube gleich neben dem Lehnstuhl.
Eine Weile ging es noch gut. Die Mutter saß bei ihnen, während Regina und Johanna sich über ihre Arbeit beugten. Das Kopieren war jetzt allein Reginas Aufgabe. Johanna hatte sich ganz auf das Nähen und Sticken verlegt. Ihr war es gelungen, weitere Abnehmer für ihre Bänder und Hauben zu finden. Wenn die Luftnot nicht allzu schlimm war, schwelgte die Mutter in Erinnerungen.
„Als ich so alt war wie ihr, habe ich 300 Taler im Jahr verdient!“

„War das in Weißenfels?"
Regina wusste sehr wohl, dass die Mutter nicht in Weißenfels, sondern in Köthen eine Anstellung als Sopranistin der Hofkapelle gefunden hatte. Aber sie wusste auch, wie gerne sie über diese Zeit erzählte.
„Nein, in Köthen", antwortete die Mutter erwartungsgemäß. „In Weißenfels bin ich nur einmal bei Hofe aufgetreten. Stellt euch vor, zwölf Taler habe ich dafür bekommen. Für einen einzigen Auftritt! Dort gab es eine berühmte Sängerin, die mich unterrichtet hat. Und mein seliger Herr Vater hat dafür gesorgt, dass ich mich auch auf dem Cembalo habe hören lassen können."
Johanna und Regina nickten.
„Am Hof in Köthen habe ich euren Vater kennengelernt. Er war schon damals ein vortrefflicher Kapellmeister. Und wie feurig er schauen konnte!"
Johanna und Regina kicherten.
„Bei ihm gab es keine zierlichen und geblümten Reden wie bei den anderen Hofleuten. Er war immer geradeheraus."
Wieder ein Nicken von Johanna und Regina.
„Auf unserer Hochzeit waren alle sehr vergnügt, wenn es auch nur eine Haustrauung war."
„Warum das?", fragte Regina.
„Die Schicklichkeit verlangte es so, da euer Vater Witwer war. Aber es war trotzdem eine schöne Feier. Bis spät in die Nacht haben wir ein Quodlibet nach dem anderen gesungen."
An dieser Stelle machte die Mutter immer eine Pause.
„Erzählt bitte weiter", bat Regina.
Die Mutter ließ sich nicht lange bitten. „In Leipzig war es dann schnell vorbei mit dem Singen. Arbeit hatte ich auch so mehr als genug."
„Sie sind gar nicht mehr aufgetreten?", fragte Regina.
„Am Anfang sind wir noch manchmal nach Köthen oder Weißenfels gefahren, doch das wurde mir bald zu viel. In der Kirche

durfte ich als Frauenzimmer nicht singen und das Opernhaus am Brühl gab es damals schon nicht mehr. Ab und an haben mich die Boses gebeten und einmal bin ich auch im *Zimmermannischen Coffe-Hauß* aufgetreten. *Ei! wie schmeckt der Coffee süße.*" Der Versuch, die Arie anzustimmen, endete in einem Hustenanfall.
An einem anderen Nachmittag erzählte die Bachin vom Garten ihrer Eltern. „Im Sommer sind wir den ganzen Tag draußen gewesen. Es gab Bohnen und Erbsen, Pflaumen und kleine, goldgelbe Äpfel, die waren besonders gut."
Johanna und Regina lief das Wasser im Mund zusammen.
„Ihr Kinder wart meine größte Freude, aber manchmal auch eine Last", fuhr die Bachin unvermittelt fort. „Allein die vielen Schwangerschaften."
Regina, die gerade Notenlinien über das Papier zog, sah überrascht auf. Darüber hatte die Mutter noch nie gesprochen.
„Regina, bei dir war es besonders schlimm. Wohl vierzehn Tage lang habe ich nicht eine einzige Nacht nur eine Stunde Ruhe gehabt und vor Schmerzen weder sitzen noch liegen können. Ich dachte schon, mein letztes Stündlein hätte geschlagen."
Regina legte das Rastral beiseite.
„Euer Vater war zu dieser Zeit bei Emanuel in Berlin. So musste ich alles ohne ihn durchstehen. Aber dann war die Niederkunft leichter als gedacht. Du hast mich gleich angesehen mit deinen großen blauen Augen. So ein allerliebstes Gesichtchen!"
Regina lächelte.

Die Briefe aus Erfurt kamen immer am Freitag. Seit Sigismund mit seinem Regiment dorthin verlegt worden war, fragte Johanna daher jeden Freitag beim Oberpostamt am Thomaskirchhof nach, ob etwas für sie angekommen sei. Sigismund hatte Leipzig vor drei Monaten verlassen und noch immer war kein Lebenszeichen von ihm eingetroffen. Das war aber noch lange kein Grund zur Beunruhigung, versuchte Johanna sich einzureden.

„Im Krieg ist der Postverkehr gefährlich und ungewiss, so mancher Brief kommt verspätet an oder geht gleich ganz verloren“, hatte Sigismund schließlich gesagt.
Trotzdem schlug ihr das Herz auch an diesem Freitag bis zum Hals, als sie sich dem Oberpostamt näherte. Würde ihr Name heute endlich auf der Liste stehen? Was, wenn Sigismund verwundet war oder gar tot? Sie durchquerte zielstrebig den mit Kisten und Postsäcken vollgestellten Eingangsbereich und trat an den Schalter.
„Sind die Briefe aus Erfurt schon eingetroffen?“
Der Postbediente wies unbestimmt nach hinten. Dort wurde die neue Liste der Empfänger gerade aufgehängt. Hastig überflog sie die lange Reihe der Namen. Da war er: Johanna Carolina Bachin, Haynstraße. Sie ging zurück zum Schalter. Der Bediente brauchte eine halbe Ewigkeit, bis er schließlich mit dem Brief zurückkam.
„Hier ist noch ein Brief aus Naumburg für Anna Magdalena Bachin, ebenfalls Haynstraße.“
Aus Naumburg, das konnte nur von Elisabeth sein. Sie nahm die beiden Briefe und verließ in aller Eile das Amtshaus. Im Gehen las sie, was Sigismund ihr geschrieben hatte. Er war verwundet. Sie blieb stehen. Ein Schuss in den Arm. Sie ging langsam weiter. Zu Hause angekommen händigte sie Elisabeths Brief der Mutter aus und ging in die Schlafstube, wo Regina gerade ihren Rock ausbürstete.
„Sigismund ist verwundet.“ Sie ließ sich auf das Bett fallen.
Regina legte Rock und Kleiderbürste beiseite. Johanna überließ ihr das mit Tintenklecksen übersäte Papier.
„Überall war Krach und Dampf. Es war, als ob Himmel und Erde hätten zergehen wollen“, las Regina.
Johanna stöhnte auf. „Lies weiter!“
„Hunderte Elende lagen verstreut umher. Als unser Sieg schon gewiss war, hat eine verirrte Kugel meinen linken Arm getroffen.“ Regina sah auf. „Der linke Arm, das ist nicht so schlimm.“

„Dafür danke ich Gott! Aber der Mutter wollen wir vorläufig nichts davon sagen."
Die Bachin saß mühsam atmend in ihrem Lehnstuhl. Elisabeths Brief lag geöffnet auf dem Tisch.
„Mein Lieschen ist jetzt auch eine Witwe. Altnickol ist gestorben."
„Das ist schlimm!" Regina nahm die Hand ihrer Mutter.
„Nach dem Gnadenhalbjahr kommt sie zurück nach Leipzig."
„Und Gottfried?", fragte Johanna.
„Bleibt in Naumburg. Hier haben wir nicht genug Platz. Er kann bei einem Korbflechter unterkommen. Elisabeth wohnt mit den beiden Mädchen erst mal bei uns."
Regina seufzte. „Das wird auch ohne Gottfried eng werden."
„Bald gehe ich mit Sigismund nach Berlin, dann wird es besser", beruhigte Johanna.
Die Mutter nickte und schloss erschöpft die Augen.

Vorläufig änderte sich erst einmal nichts. Die Bachin erzählte immer noch gerne von früher, wenn es ihr Gesundheitszustand erlaubte. Einmal sprach sie von Christian, der bei den Papisten im fernen Italien lebte. Johanna musste den einzigen Brief aus der Truhe hervorholen, den er aus Mailand geschrieben hatte. Es gehe ihm gut und er studiere fleißig die Orgel, hatte darin gestanden.
„Ich sehe ihn noch auf meinem Schoß sitzen, als wäre es gestern gewesen", erinnerte sich die Mutter. „Schon als Knabe fiel ihm alles leicht. Und wie oft hat er mich zum Lachen gebracht!"
Regina erinnerte sich noch gut an Christians Abschied. „Johanna und ich standen in der Mädchenstube hinter dem Gaubenfenster. Was haben wir gewinkt und gerufen, doch er hat sich nicht einmal umgedreht."
Auch von Christoph in Bückeburg war die Rede. „Wie gerne würde ich ihn noch einmal in die Arme schließen, bevor ich vor Gottes Thron trete", seufzte die Bachin. „Ob er noch manchmal in der Bibel liest, die ich ihm zum Abschied geschenkt habe?"

„Das tut er bestimmt." Regina wusste, wie sie die Mutter trösten konnte.
„Er ist von allen Söhnen der stärkste Spieler auf dem Cembalo, hat euer seliger Herr Vater gesagt." Über diesem Gedanken schlief sie ein.
Die beiden Brüder mussten vom schlechten Zustand der Mutter benachrichtigt werden. Johanna erkundigte sich auf dem Posthaus, wie viel das kosten würde.
„In Bückeburg sitzen die Franzosen, das ist Feindesland", beschied man ihr knapp. „Und auch nach Mailand geht bis auf Weiteres keine Post."
Inzwischen verbrachte die Kranke Tag und Nacht in ihrem Lehnstuhl. Das Fenster musste ständig geöffnet sein. Jeder rasselnde Atemzug schien eine Qual. Am Tag vor ihrem Tod schien es ihr zunächst ein wenig besser zu gehen. Sie hatte im Sitzen ein wenig geschlafen und sogar einen Teller Brotsuppe essen können. Nach dem Essen rief sie Johanna zu sich.
„Im Nähkorb müsste ganz unten ein silberner Fingerhut liegen."
Johanna fand das Gesuchte zwischen alten Stoffresten und Knöpfen.
„Diesen Fingerhut hat meine selige Mutter mir zur Hochzeit geschenkt. Ich hatte ihn fast vergessen. Jetzt sollst du ihn haben, Johanna."
Johanna hielt den schwarz angelaufenen Fingerhut prüfend gegen das Licht.
„Man wird ihn ordentlich putzen müssen. Ich hole gleich einen Lappen."
Sie gingen früh zu Bett an jenem Abend. Regina lag noch lange wach und horchte ängstlich auf die rasselnden Atemzüge der Mutter.
Am nächsten Morgen war es die Stille, die sie weckte. Sie stand auf. Noch im Hemd ging sie in die Wohnstube. Die Bachin saß zusammengesunken in ihrem Lehnstuhl. Ihr weiches, rundes

Gesicht wirkte eingefallen, die Lippen und Finger waren bläulich verfärbt. Regina lief zu ihrer Schwester und weckte sie. Der reichte ein Blick. „Lauf schnell nach unten. Unsere Mutter ist gestorben."
Es war der 27. Februar 1760.

Drei Tage später wurde sie begraben.
„Was für ein armseliger Leichenzug", schimpfte der Advokat. „Dabei hätte ihr als Kantorenwitwe ein feierliches Begräbnis zugestanden."
Zu viert fuhren sie in der Kutsche, die dem Sarg folgte. Einige Thomaner und ein Diakon vervollständigten den Trauerzug. Vier Sänger und eine Kutsche, mehr hatte die Thomasschule nicht genehmigt.
„Wenn ich daran denke, mit welchem Pomp Kantor Doles sein Eheweib zu Grabe getragen hat", bemerkte die Graffin. „Die halbe Stadt war damals auf den Beinen."
„Das war vor dem Krieg", wandte Johanna ein. „Die Leichenkutsche ist schon mehr, als einer Almosenfrau eigentlich zusteht."
„Ich bleibe dabei, es ist eine Schande."
Sie erreichten den Johannisfriedhof. Wie zehn Jahre zuvor wurde der Sarg zur Südpforte der Johanneskirche getragen, wo nur wenige Schritte von der Kirchentür entfernt bereits ein Grab ausgehoben war. Es hatte zu schneien begonnen. Schwere, wässrige Schneeflocken fielen auf die Trauernden herab. Der Diakon sprach den Segen. Dann wurde der Sarg an Seilen in die Grube gelassen. *Nun lasst uns den Leib begraben* sangen die vier Thomaner und zogen ihre Umhänge fester um sich. Die vier verharrten noch einige Minuten am Grab, bevor sie frierend nach Hause gingen.

Wenige Tage später saßen Johanna und Regina in Dr. Graffs Schreibkontor, um die weitere Zukunft zu besprechen.

„Es ist bereits alles geregelt“, sagte der Advokat. „Elisabeth kann mit ihren beiden Töchtern bei uns im Haus wohnen. Die Irmingerin zieht zu einer Putzmacherin in die Fleischergasse. Ihr habt dann die ganze Etage für Euch.“
„War die Irmingerin denn gleich einverstanden?“, fragte Regina.
„Es ist mein Haus und ich bestimme, wer darin wohnt“, entgegnete Dr. Graff. „Ich habe ihr aber den Umzug mit einigen Talern versüßt.“
„Ihr Perückenverleih ging ohnehin nicht mehr gut“, bemerkte Johanna. „Die schweren Allongeperücken werden kaum noch getragen.“
Regina lag noch etwas anderes auf dem Herzen. „Ob ich bald einmal als Sängerin werde auftreten können?“
„Unsere Mutter ist kaum unter der Erde, da denkst du schon wieder ans Singen“, wies Johanna sie zurecht. „Wenn der Krieg vorbei ist, besuchst du Sigismund und mich in Berlin. Dann sehen wir, was sich machen lässt.“
Regina verzog das Gesicht. „Der Krieg kann noch viele Jahre dauern. Bis dahin bin ich längst ein altes Mädchen.“
„Vielleicht können wir bald einmal ein kleines Konzert in unserem Gesellschaftszimmer geben“, tröstete der Pate.
„Altes Mädchen, das ich nicht lache“, ärgerte sich Johanna. „Du bist gerade erst 18 geworden. Das ist wahrlich kein Grund, das Maul hängen zu lassen. Viel wichtiger ist: Wovon sollen wir leben?“
„Aus dem Universitätsalmosen erhaltet Ihr jetzt wieder den vollen Betrag, das sind immerhin ein Taler, acht Groschen monatlich“, rechnete Dr. Graff vor. „Auch das städtische Almosenamt wird die Zahlungen nach dem Krieg sicher schnell wieder aufnehmen.“
„Der Krieg macht alles zunichte.“ Regina begann zu weinen.
„Ich bin ja auch noch da“, beschwichtigte der Advokat. „Allerdings, auch ich hatte Einbußen in letzter Zeit.“
Johanna richtete sich auf. „Wenn Sigismund erst wieder da ist,

wird alles leichter. Und bis dahin werde ich uns mit meiner Handarbeit durchhelfen."

Die Irmingerin hatte überhaupt nichts dagegen, in die Fleischergasse umzuziehen. Dort würde es erheblich mehr Laufkundschaft geben als in der Haynstraße. Außerdem hatten sich fünf sächsische Taler in dem Geldbeutel befunden, den der Advokat ihr zusammen mit der Kündigung überreicht hatte. Mit dem Geld ließen sich einige von den Zopfperücken anschaffen, die jetzt in Mode waren. „Dazu ein Haarbeutel aus Taft oder eine Schleife aus schwarzem Samt, schon fühlt sich jeder Tölpel vom Lande als Herr von Stand", kicherte sie, während zwei Fuhrknechte ihre Kleidertruhe durch das Treppenhaus wuchteten. Auch mit Madame Madelmeyer, der Putzmacherin, würde sicher gut auszukommen sein. Die Madelmeyerin bewohnte zwei kleine, recht verwinkelte Stuben, von denen sie eine ihrer neuen Mieterin überlassen wollte.

„Fleischergasse, das ist gar nicht weit von hier", überlegte Johanna, die der Nachbarin beim Auszug zur Hand ging. „Man muss nur über die Straße bis zum *Anker*, durchquert dann die beiden Höfe und schon ist man dort."

„So ist es", bestätigte die Irmingerin. „Die meisten Häuser sind alt und von schlechtem Fachwerk, die Gasse ist auch recht krumm, aber das Geschäft der Putzmacherin liegt nach dem Brühle zu. Dort stehen die besseren Häuser und ziehen gut betuchte Kundschaft an. Komm mich doch dort einmal besuchen, Johanna. Womöglich hat Madame Madelmeyer auch einige Näharbeiten für dich."

Johanna versprach, schon bald in das Geschäft der Putzmacherin zu kommen. Wenig später nahmen die beiden Schwestern das freigewordene Zimmer in Augenschein.

„Dieses Stockwerk haben wir nun ganz für uns", freute sich Regina. „Hoffentlich gefällt es Elisabeth hier."

„Ein oder zwei Bettstellen bringt sie vermutlich aus Naumburg mit", überlegte Johanna. „Die passen hier gut hinein."

„Die Irmingerin hat etwas vergessen." Regina nahm eine völlig verfilzte Allongeperücke von dem Wandregal, das die Nachbarin ihnen für einige Groschen dagelassen hatte. Da entdeckte sie das hinter der Perücke verborgene kleine Bild. Eine Frau im blauen, goldverbrämten Königsmantel blickte sie an.
„Die blaue Dame!", rief Regina fast erschrocken aus.
„Unsinn. Das ist Maria mit dem Jesuskind. Die Papisten beten zu ihr."
Erst jetzt sah Regina den Jungen im Arm der Mutter.
„Das Bild kann nicht hierbleiben", entschied Johanna. „Ich gehe gleich morgen zur Irmingerin und bringe es ihr."

Elisabeth brachte nur eine Bettstelle mit. Dazu einen Strohsack aus grobem Leinen, der auf den Fußboden gelegt wurde. Darauf würde Augusta schlafen. Die kleine Juliana fand Platz im Bett der Mutter. Schweigend musterte Elisabeth die frisch geweißte frühere Stube der Irmingerin, dazu die Küche, die Wohnstube und die kleine Schlafkammer ihrer Schwestern. In Naumburg hatte sie besser gewohnt. An das Haus am Thomaskirchhof mochte sie erst gar nicht denken. Beim Anblick des Clavichords in der Wohnstube hellte sich ihre Miene ein wenig auf.
„Das kenne ich noch." Sie strich über das kostbare Furnier.
„Die Frau Mutter hat manchmal darauf gespielt", erzählte Regina.
„Unser seliger Herr Vater wollte, dass es in der Familie bleibt", erinnerte sich Elisabeth. „Wir wollen es in Ehren halten."
Die kleine Juliana war inzwischen auf ihrem Stuhl in der Wohnstube eingeschlafen. Auch Augusta fielen schon fast die Augen zu. Die Fahrt war anstrengend gewesen.
„Kurz hinter Naumburg sind wir im Schlamm steckengeblieben", erzählte Elisabeth. „Die Männer mussten aussteigen und schieben, um die Kutsche frei zu bekommen."
„Und als wir endlich da waren, haben die Torwächter alle Kis-

ten durchwühlt. Das hat Stunden gedauert“, ergänzte Augusta. „Mutter, wann fahren wir wieder nach Hause?“
„Das Kind hat wieder mal den Kopf voller Grillen.“ Elisabeth strich der Neunjährigen über die fest geflochtenen Zöpfe.
„Dein Zuhause ist jetzt hier, Kind“, verkündete Johanna. „Du wirst dich schnell daran gewöhnen.“
Augusta sah sie schweigend und mit großen Augen an.
Nachdem die Neuankömmlinge sich halbwegs eingerichtet hatten, übernahm Elisabeth das Kommando. Sie rief Johanna und Regina zu sich, um über Geld zu sprechen. „Altnickol hat mir nicht viel hinterlassen. Wir müssen also für uns selbst sorgen.“
„Aus dem Universitätsalmosen bekommen wir im Monat einen Taler acht Groschen“, berichtete Johanna. „Davon allein können wir aber nicht leben.“
„Als Erstes suchen wir alle Notenblätter des seligen Herrn Vater zusammen und überlegen, wem daran gelegen sein könnte“, bestimmte Elisabeth. „Was ist mit den Instrumenten?“
„Die Geigen sind längst verkauft. Wir haben nur noch das Clavichord und das Spinettchen.“
„Die Noten können wir vielleicht dem Magistrat anbieten“, schlug Johanna vor. „Sie haben uns schon einmal etwas abgekauft.“
„Vielleicht interessiert sich auch Herr Breitkopf dafür“, überlegte Regina. „Die Mutter wollte ihn schon lange fragen.“
„Unsere Mutter hat die kleine Breitkopf auf dem Clavichord unterrichtet“, erklärte Johanna.
„Unterrichten kann ich auch. Meine Finger sind immer noch flink, auch wenn ich in Naumburg nicht oft zum Spielen gekommen bin.“
„Und ich könnte wieder anfangen, Noten zu kopieren. Die Gottschedin hat uns oft Aufträge gegeben. Aber jetzt ist sie zu krank, um die Laute zu spielen.“
„Dann müssen wir anderen unsere Dienste anbieten. Und du, Johanna, bist eine fleißige Stickerin?“ Elisabeth sah auf den Stickrahmen, den Johanna in der Hand hielt.

Johanna nickte. „Durch meine Bänder und Hauben habe ich schon so manchen Groschen verdient. Auf der Fleischergasse ist eine Putzmacherin, Madame Madelmeyer, die kauft sie mir ab."
„Solche Bänder und Hauben brächte ich wohl auch zustande. Das nächste Mal komme ich mit in die Fleischergasse."

Der Magistrat hatte kein Geld für alte Noten. Die Breitkopfs kauften ihnen einiges ab, konnten aber wegen der schlechten wirtschaftlichen Lage nicht viel bezahlen. Auch Constanzes Unterricht sollte ruhen, bis wieder bessere Zeiten kamen. Neue Kopieraufträge gab es ebenfalls nicht. Das Sticken und Nähen brachte immerhin etwas ein. So lebten sie von trockenem Dreigroschenbrot und einer faden Kohlsuppe, deren schwerer Geruch durch das ganze Haus zog. Als Augusta ein neues Paar Schuhe und Juliana unbedingt einen Rock brauchten, beschlossen sie, die kleine Eisentruhe zu verkaufen. Der frühere Schulrektor Ernesti, inzwischen zum Professor der Theologie avanciert, erstieg bald darauf höchstpersönlich die Treppen bis in die Wohnung der Bachfrauen, um die Truhe in Augenschein zu nehmen. Mit nervösem Hüsteln hantierte er eine Weile vergeblich an dem komplizierten Schließmechanismus der sieben Riegel, bis schließlich Johanna ihm den Deckel öffnete. Ernesti betrachtete aufmerksam das kunstvoll gemalte Monogramm auf der Innenseite.
„Das ist doch das Briefsiegel Eures seligen Herrn Vaters."
Regina hatte sich dieses Monogramm noch nie genau angeschaut. Sie sah erst jetzt, dass die Buchstaben JSB auf der Innenseite zu lesen waren, einmal von links nach rechts und einmal von rechts nach links geschrieben. Über den Buchstaben thronte eine fünfzackige Krone.
„Müssen wir die wirklich hergeben?"
Elisabeth, die den Handel eingefädelt hatte, gebot Regina mit einer Handbewegung zu schweigen. „Wir haben auch noch alte Noten. Soll ich sie holen?"

Dr. Ernesti schüttelte abwehrend den Kopf. „Euer seliger Herr Vater war ein großer Meister auf der Orgel. Aber seine Musik ist allzu schwülstig und verworren, ihr fehlt das Natürliche und jede Annehmlichkeit."
Niemand wagte zu widersprechen. Der Professor zählte Elisabeth den vereinbarten Kaufpreis in die Hand. „Die Kiste wird morgen abgeholt." Er verabschiedete sich eilig.
Einige Monate später waren sie gezwungen, auch das Clavichord zu verkaufen. Ein Silberwarenhändler und Freund der Graffs wollte es für seinen Sohn. Er zahlte gut. Zum ersten Mal seit dem Krieg kam am Sonntag darauf ein großes Stück Pökelfleisch auf den Tisch. Alle wurden satt. Nur Regina rührte nichts an. Sie hätte viel lieber das Clavichord behalten. War das nicht auch der ausdrückliche Wille des Vaters gewesen?
„Unser seliger Herr Vater hätte gutgeheißen, was wir getan haben", verteidigte sich Elisabeth. „Er konnte nicht wissen, dass wir in Not geraten."
Johanna stimmte zu. „Sollen wir etwa hungern und frieren? Oder die Mädchen barfuß herumlaufen lassen?"
„Was ist mit Dr. Graff? Er ist immerhin mein Pate."
„Den können wir nicht schon wieder fragen. Er verdient viel weniger seit dem Krieg, das hat er mir selbst gesagt."

Im Winter darauf kam Emanuel. Massig und mit noch stärker gewordenem Doppelkinn stand er eines Tages vor der Tür. Elisabeth schrie auf. „Was machst du denn hier?"
„Seine Majestät hat Winterquartier in Leipzig genommen", erklärte Emanuel. „Da gehöre ich als Hofcembalist zum Gefolge."
Er hatte ein Säckchen Kaffeebohnen mitgebracht, das er seiner Lieblingsschwester mit einem Lächeln überreichte. „Schon als kleines Lieschen wolltest du unbedingt heiraten und Kaffee trinken."
Elisabeth wurde rot vor Freude. „Dass du dich daran noch erin-

nerst! Regina, lauf zum Naschmarkt und hol uns ein Franzbrot. Heute wird gefeiert!"
Wenig später duftete es im ganzen Haus nach frischem Kaffee. Sie saßen um den Tisch in der Wohnstube, bestrichen das Weißbrot großzügig mit Butter und bissen genüsslich hinein. Schnell kam das Gespräch auf den Krieg.
„Dresden haben die Preußen mit ihren Kanonen in Schutt und Asche gelegt", erzählte Emanuel. „Hier sieht es noch fast so aus wie früher. Nur die Gärten vor der Stadt sind zertrampelt."
„Geplündert wurde hier aber auch", wandte Johanna ein. „Und überall lagern verwundete Soldaten."
„Außerdem hat die Stadt kein Geld mehr", ergänzte Regina. „Dein Preußenkönig will alles für sich haben."
Emanuel tunkte ein Stück Weißbrot in den Kaffee. „Sachsen ist wie ein Mehlsack. Man mag darauf schlagen, so oft man will, es kommt immer etwas heraus. Das hat seine Majestät einmal bei einer Abendmusik gesagt."
Regina brannte darauf, dem Bruder etwas vorzusingen. „Ich habe eine von deinen Gellert-Oden einstudiert. Willst du sie hören?"
Emanuel nickte. „Die Oden gehen ab wie warme Semmeln. Ein Glück, denn der König zahlt mir seit dem Krieg nur noch das halbe Gehalt. Wie soll man davon leben?"
Regina war inzwischen nach nebenan gegangen, stimmte in Windeseile das kleine Spinett und begann zu singen.

Ihr Völker, jauchzt mit hohem Schall
dem Gott der Götter überall!
Erscheint in seinem Heiligtum
mit eifervollem Dank und Ruhm.

Nach dem ersten Lied kam Emanuel zu ihr in die Schlafstube. „Du singst recht artig", lobte er. „Eine musizierende Jungfer gefällt uns Mannsbildern gar wohl." „Ich will eine Sängerin

werden wie die selige Frau Mutter“, wollte Regina noch sagen, doch Emanuel war bereits wieder nach nebenan gegangen.
„Und wie lebt es sich in Berlin?“, fragte Elisabeth, nachdem der Bruder wieder am Esstisch Platz genommen hatte.
„Alles wird immer teurer. Auch bei Hofe bin ich nicht wohlgelitten. Ein Sachse unter Preußen, das kann nicht gut gehen.“
„Hast du Nachricht von Christian?“, fragte Johanna. „Ich wollte ihm schreiben, aber von hier geht keine Post nach Italien.“
„Christian ist immer noch in Mailand. Er ist ganz zu den Papisten übergelaufen.“
Elisabeth schüttelte den Kopf. „Er ist katholisch geworden? Wie gut, dass unsere selige Mutter das nicht mehr erfahren hat.“
Emanuels eher dunkle Gesichtsfarbe wechselte ins Rötliche. „Das hätte er niemals tun dürfen. Wir Bachs sind immer treue Lutheraner gewesen. Schon unser Vorfahr musste deshalb die ungarische Heimat verlassen.“
„Warum ist Christian denn ein Papist geworden?“, wagte Regina zu fragen.
„Nur so konnte er eine Anstellung als Organist bekommen. Als wenn es solche Stellen nicht auch bei uns gäbe. Was will er überhaupt in Italien?“, ereiferte sich Emanuel. „Dort ist die Musik ohne jede Gelehrsamkeit. Sie fällt leicht ins Ohr, lässt aber das Herz leer. Nur den Geldbeutel füllt sie ohne Zweifel.“
Als sie gegessen hatten, stand Emanuel auf. „Ich muss los, seine Majestät wünscht heute Abend meine Anwesenheit.“ Im Gehen fiel sein Blick auf das grüne Notenbüchlein. Es lag halb verborgen zwischen einigen losen Notenblättern. „Ei, was haben wir denn da.“ Er griff nach dem Heft und blätterte vorsichtig durch die abgegriffenen Seiten. „Polonaise in g-Moll von Carl Philipp Emanuel Bach, Anno 1732.“ Er lächelte. „Das nehme ich als Erinnerung an meine Knabenjahre mit nach Hause.“
„Es gehörte eigentlich unserer Frau Mutter“, wandte Johanna ein. Sie verwies auf die goldfarbene Aufschrift *A. M. B. / 1725.*
„Ich spiele oft daraus“, fügte Regina hinzu.

„Aber es sind Stücke von meiner Hand darin."
„Wenn du erlaubst, kann Regina das Büchlein noch schnell kopieren. Ich bringe es dir dann in den nächsten Tagen vorbei", schlug Elisabeth vor.
Emanuel war einverstanden. Zum Abschied legte er drei preußische Taler auf den Tisch.
„Beim nächsten Mal gibt es mehr."

Wieder ein Posttag. Mit jedem Freitag, der ohne Nachricht von Sigismund verging, machte Johanna sich mehr Sorgen. Warum schrieb er nicht? War die Verwundung womöglich doch schlimmer gewesen, als er zugegeben hatte? Doch heute stand ihr Name auf der Liste. Der Postsekretär überreichte ihr mürrisch den Brief. Johanna stutzte. Das war nicht Sigismunds Handschrift. Noch in der Eingangshalle erbrach sie das Siegel. Die von fremder Hand geschriebenen Buchstaben verschwammen vor ihren Augen. Sie las und verstand nicht. Sie las noch einmal. Sie suchte Halt an einer der Steinsäulen. Sigismund war tot. Am Wundbrand gestorben. Der linke Arm hatte amputiert werden müssen. Danach war das Fieber gekommen. Schon halb im Delirium musste ein Kamerad ihm versprechen, an Johanna zu schreiben, sollte er sterben.
„Seine letzten Gedanken haben Euch gegolten", schrieb der Fremde. „Er war ein tapferer Krieger und guter Soldat."
Johanna stöhnte auf. Einige Burschen, die am Eingang herumstanden, wurden auf sie aufmerksam. Sie feixten und riefen ihr etwas zu. Johanna beachtete sie nicht. Der Thomaskirchhof glänzte im Sonnenlicht, als wäre nichts geschehen. Ein Fuhrmann schimpfte hinter ihr her, weil sie ihm fast vor den Wagen gelaufen wäre. Gassenkot spritzte auf ihren Rock. Sie bemerkte es nicht. Die Häuser wisperten sich die Nachricht im Rhythmus der hart auf das Pflaster schlagenden Pferdehufe zu: Er ist tot, er ist tot. Er kommt nicht zurück. Er ist tot. Vor der Haustür sprach Madame Graff sie an. Johanna ging grußlos an

ihr vorbei. Er lebt nicht mehr, ächzten die abgetretenen Stufen im Treppenhaus. Sie betrat die Wohnstube. Regina, Elisabeth und die beiden Mädchen sahen fragend zu ihr hin. Auf dem Tisch stand der Nähkorb. Johanna nahm die Schere heraus, ging ohne ein Wort in die Schlafkammer und zog die Kiste mit ihrer Aussteuer unter dem Bett hervor. Als Erstes zerschnitt sie den Bettvorhang, den sie für Berlin genäht hatte. Als Nächstes traf es eine Tischdecke aus feinem Leinen. Auch sie wurde zerschnitten. Als sie die reich bestickte Brieftasche aus blauem Samt in den Händen hielt, stockte sie für einen Moment. Die hatte sie Sigismund bei seiner Rückkehr schenken wollen. Sie schluchzte auf. Dann fuhr sie mit der Schere durch den schimmernden Stoff hindurch, bis der dunkle Samt in Fetzen vor ihr auf dem Boden lag.

Am Abend des 15. Februar 1763 zogen dreißig berittene Postillione durch Leipzig, um das Ende des Krieges zu verkünden. Sie bliesen so laut sie konnten in ihre Posthörner. Vorneweg ritt ein preußischer Offizier. Hinter ihm im Wechsel je zwei sächsische und zwei preußische Postillione. Die Straßen waren voller Menschen, die schon seit dem Nachmittag auf die erlösende Nachricht gewartet hatten. Begeistert jubelte die Menge den Friedensboten zu. Der Lärm war ungeheuer. Aus den Schenken und Gasthäusern eilten die Wirte mit Krügen voller Wein und Bier herbei, um sie den Reitern anzubieten.
Als der Schwarm beim *Apelschen Haus* am Markt vorbeizog, trat Friedrich II. an ein Fenster im ersten Stock. Er schaute auf die feiernde Menge herab, hob wortlos die Hand zum Gruß und ließ dann das Abendkonzert fortsetzen. Emanuel saß wie gewöhnlich am Cembalo, Quantz brillierte auf der Flöte.
Regina und Elisabeth hatten dem Trubel von ihrer Wohnung aus zugesehen. Auch die beiden Mädchen waren noch auf. Nur Johanna war früh zu Bett gegangen. Regungslos auf dem Rücken liegend schaute sie mit offenen Augen in die Dunkelheit.

Die Fackeln der Umherziehenden warfen lange Schatten an die Zimmerdecke. Sie verschmolzen vor ihren Augen zu einem gespenstischen Tanz.

Mit Zuversicht

„Ob Friedemann wohl kommen wird?"
„Wie oft willst du mich das noch fragen?"
Regina antwortete nicht. Sie drehte sich langsam um die eigene Achse, während Elisabeths prüfender Blick auf ihr ruhte.
„Der Rock ist immer noch zu lang. Du musst ihn noch einmal ausziehen."
Regina seufzte. Sich aus einem Reifrock zu winden, dauerte seine Zeit, und sie fürchtete, den kostbaren, mit Rüschen verzierten Stoff zu zerreißen.
„Ich brauche den Rock nicht mehr", hatte Elisabeth gesagt, die als Witwe nur noch Schwarz trug. „Für einen Liederabend ist er genau das Richtige."
„Der Schnitt ist nicht mehr ganz nach der Mode", bemerkte Johanna, die nun auch in die Wohnstube gekommen war. „Aber das Ockergelb kleidet dich vorzüglich."
Regina sah an sich herunter. Würde sie so überhaupt singen können? Ein Korsett aus dicht aneinander gefügten Fischbeinstäbchen sorgte dafür, dass ihre ohnehin schmale Taille über den Hüften zur Wespenform zusammengedrückt wurde. Ein tiefes Durchatmen war so unmöglich.
„Ohne Schnürbrust geht es nun mal nicht", hatte Elisabeth bestimmt. „In der Oper sind die Sängerinnen noch viel enger geschnürt."
Draußen brannten bereits die Straßenlaternen, als die Gäste eintrafen. Viele waren es nicht.
„Unsere Wohnung ist leider zu klein für eine große Gesellschaft", hatte die Graffin entschuldigend gesagt.
Regina hatte eilig versichert, wie dankbar sie ihrem Paten und seiner Frau für diesen Abend sei. Es würde Wein und einen

kleinen Imbiss geben, alles auf Kosten der Gastgeber. In einer Ecke des Gesellschaftszimmers stand ein Clavichord, das Elisabeth eigens für diesen Anlass ausgebessert und sorgfältig gestimmt hatte. Die Graffs hatten es zur Geburt ihres ersten und einzigen Kindes angeschafft. Der Junge war kurz nach seinem ersten Geburtstag gestorben, sodass auch das Clavichord verwaist blieb.
Der großzügig ausgeschenkte Wein hatte die Gäste bereits nach kurzer Zeit in aufgeräumte Stimmung versetzt. Madame Breitkopf hatte mit ihren drei Kindern auf dem Kanapee Platz genommen. Auch der Silberwarenhändler, der das Clavichord der Bachin gekauft hatte, war mit Frau und Sohn erschienen. Friedemann fehlte. Ob er von der Einladung überhaupt erfahren hatte? Schon seit Wochen logierte er im Gasthof *Zu den drey Schwanen* und begeisterte die Leipziger mit seinen Cembalokonzerten. Bei seinen Schwestern meldete er sich nicht. Als Elisabeth von Friedemanns Anwesenheit erfahren hatte, war sie kurzerhand zum Gasthof auf den Brühl gegangen.
„Der Herr Musicus schläft noch", hatte der Wirt ihr mitgeteilt. „Es ist nicht ratsam, ihn vor dem Mittag zu wecken. Was wollt Ihr von ihm?"
„Seine Schwester Regina wird am Montagabend ein kleines Hauskonzert beim Advokaten Graff in der Haynstraße geben. Sie würde sich freuen, wenn ihr Bruder dabei wäre", hatte Elisabeth geantwortet.
„Wird ausgerichtet", hatte der Wirt geknurrt und ihr die Tür vor der Nase zugeworfen.

Als die Rathausuhr am Markt acht Uhr schlug, beschloss die Graffin, nicht länger auf Friedemann zu warten. Sie klatschte in die Hände, um die Aufmerksamkeit der Gäste zu erregen. Der Hausherr erhob sich und begrüßte die Anwesenden. Er sprach davon, wie sehr Regina von Kindheit an die Musik geliebt und alle mit ihrem Gesang erfreut habe. „Da nun der Krieg über-

standen ist, können wir ihre schöne Stimme endlich auch einem größeren Kreis bekannt machen“, fuhr er fort.
Auf ein Zeichen des Gastgebers schlug Elisabeth den ersten Akkord an. Regina stellte sich neben ihre Schwester. Das Konzert begann. Schon nach wenigen Minuten hatte sie sich freigesungen. Alle Anspannung fiel von ihr ab. Der Atem floss trotz Schnürbrust frei und natürlich. Nichts war mehr wichtig außer der Musik, den zarten, weichen, dann wieder kraftvollen Tönen, die ihrer Kehle entströmten und sich mit dem empfindsamen Klang des Clavichords verbanden. Constanze Breitkopf saß kerzengerade auf ihrem Stuhl. Sie schaute unverwandt auf die Sängerin. Aus dem kleinen, flachsblonden Mädchen war eine aufgeweckte Sechzehnjährige geworden, die gerne lachte und bei jeder Gelegenheit ihre beiden jüngeren Brüder neckte. Der altmodische Rock Reginas hatte sie anfangs zu halblauten spöttischen Bemerkungen veranlasst, die ihre Mutter aber zu unterbinden gewusst hatte. Auch Constanzes Brüder waren nach einigen Knüffen und Püffen verstummt. Mit halboffenen Mündern lauschten sie der Musik. Der Silberwarenhändler schnaufte vernehmlich und setzte sich behaglich zurecht. Regina sang einige Lieder aus Emanuels Gellert-Oden, bevor sie zu den wohlvertrauten Stücken aus dem grünen Notenbüchlein überging.

Willst du dein Herz mir schenken,
so fang es heimlich an …

hatte die Mutter vor ihrer Erkrankung manchmal gesungen und damit Johanna und ihren Verlobten geneckt. Ob es Johanna etwas ausmachte, ausgerechnet dieses Lied nun wieder zu hören? Regina ließ den Blick durch den Raum schweifen, konnte ihre Schwester im flackernden Kerzenlicht aber nicht entdecken.

… dass unser beider Denken
niemand erraten kann.

Der jungen Constanze schien gerade dieses Lied sehr zu gefallen. Sie klatschte vergnügt in die Hände, was ihr einen mahnenden Blick der Mutter einbrachte, der schon bald in ein nachdenkliches Stirnrunzeln überging. Als letztes Stück hatte Elisabeth eine Motette ihres verstorbenen Mannes für Sopran und Clavier bearbeitet. Schließlich sollte man auch in Leipzig hören, dass Johann Christoph Altnickol nicht nur ein gewöhnlicher Organist, sondern auch ein versierter Komponist gewesen war.

Befiehl du deine Wege
und was dein Herze kränkt
der allertreusten Pflege
des, der den Himmel lenkt.
Der Wolken, Luft und Winden
gibt Wege, Lauf und Bahn,
der wird auch Wege finden,
da dein Fuß gehen kann.

Der Beifall ließ nicht lange auf sich warten. Unschlüssig darüber, ob sie sich zum Dank verbeugen oder knicksen sollte, machte Regina eine ungeschickte, von einem verlegenen Lächeln begleitete Handbewegung.
Nach dem Konzert wurde ein Imbiss gereicht. Der Hausknecht, für den eigens eine Livree ausgeliehen worden war, öffnete feierlich die Tür zum Esszimmer. Constanze wusste es so einzurichten, dass sie neben Regina Platz nehmen konnte.
„Ich habe schon als Kind Ihren Gesang bewundert. Sie waren mit Ihrer Frau Mutter einmal bei uns."
„Gewiss, ich erinnere mich. Es gab heiße Schokolade und wir waren sehr fröhlich."
„Könnt Ihr mich lehren, auch so schön zu singen?"

Regina zögerte. Sie hatte noch nie unterrichtet.
„Wir haben die neuesten Arien von Piccinni zu Hause. Dazu Gluck, Pergolesi, es ist alles da."
Regina nickte vage. Die Namen hatte sie noch nie gehört.
„Auch von Eurem Bruder Christian sind eben erst Noten aus London angekommen. Es sollen sehr schöne Arien darunter sein."
Regina horchte auf. War Christian nicht mehr in Italien? Ehe sie antworten konnte, dröhnte vom anderen Ende der Tafel die Stimme des stiernackigen Silberwarenhändlers herüber.
„Im häuslichen Kreise lasse ich mir eine singende Jungfer gerne gefallen. Aber das Singen vor Hinz und Kunz ist denn doch etwas anderes. Diese Frauenzimmer führen oft ein liederliches Leben. Außerdem können sie vom ständigen Singen die Brustkrankheit bekommen oder einen Blutsturz."
„Unsere selige Frau Mutter war vor ihrer Heirat eine hochgeehrte Hofsängerin", stellte Elisabeth klar. „Und sie war gewiss kein liederliches Frauenzimmer."
„Ist sie nicht an der Brustkrankheit gestorben?", fragte die Frau des Silberwarenhändlers.
„Ich will auch eine Sängerin werden", verkündete Constanze in das betretene Schweigen hinein. „Und Mademoiselle Regina wird mich unterrichten."

Johanna ging ihre eigenen Wege. Sobald die Arbeit zu Hause getan war, bestückte sie ihren alten, grünseidenen Nähbeutel, überquerte die Haynstraße und ging über die beiden Höfe des *Ankers* zu Madame Madelmeyer. Seit der Krieg zu Ende war, brummte die Fleischergasse vor Geschäftigkeit. Überall hörte man es hämmern und sägen. Die verwitterten Hausfassaden wurden in grünlichem Schwefelgelb neu gestrichen, manche von oben bis unten mit biblischen Figuren bemalt. Auch das Geschäft der Putzmacherin war nach dem Krieg aufs Schönste aufgeblüht. Zwar fehlten nun die preußischen Offiziere, die ihre Geliebten mit allerlei Galanteriewaren ausstaffiert hatten, an ihre Stelle waren aber wohlhabende Händler und Messebesucher getreten. Das gerade erst eröffnete, vor dem Ranstädter Tor gelegene Schauspielhaus brachte zusätzlich so manch einen Galan in die nahe gelegene Fleischergasse. Da kaufte ein Schnupftuchfabrikant einen bunt bemalten Fächer für eine durchreisende Schauspielerin, da erstand ein verliebter Student golddurchwirkte Strumpfbänder für seine Angebetete, da staffierte der frisch Verlobte seine Zukünftige für den gemeinsamen Theaterbesuch festlich aus. Auch die Frauen selbst ließen es sich nach den entbehrungsreichen Kriegsjahren nicht nehmen, die eigene Garderobe ein wenig aufzuhübschen. Johannas kunstvoll bestickte Bänder und Hauben verkauften sich überaus gut. Sie arbeitete zuverlässig, schnell und sorgfältig. Zudem bewies sie einen guten Geschmack bei der Gestaltung der Muster. Dies musste schließlich auch Madame Madelmeyer einräumen, mit der sie hartnäckig über eine bessere Bezahlung verhandelt hatte. Da die Irmingerin inzwischen zu ihrem Sohn nach Regensburg gezogen war, konnte das frei gewordene Zimmer zum Arbeiten genutzt werden. Hier saß Johanna oft mit ihrer Handarbeit, während die Madelmeyerin vorne im Verkaufsraum die Geschäfte führte.

„Früher haben wir viel mehr gesungen“, stellte Augusta eines Tages beim Mittagessen fest. Im Gegensatz zu ihrer jüngeren Schwester konnte sie sich noch gut an die Zeit in Naumburg erinnern.
„Wir müssen den ganzen Tag arbeiten“, entgegnete Elisabeth, während sie ihrer Ältesten eine Portion Gerstenbrei mit Pastinaken auf den Teller füllte. „Da bleibt keine Zeit mehr zum Singen. Johanna näht für die Putzmacherin, Regina hat bei den Breitkopfs zu tun und ich habe hier eine Menge Arbeit. Kochen, putzen, flicken – noch nicht einmal eine Magd für die Wäsche können wir uns leisten.“

„Immerhin werden wir satt", warf Johanna ein, „in Kriegszeiten sind wir so manches Mal hungrig zu Bett gegangen."
Das städtische Almosenamt unterstützte die Schwestern inzwischen wieder regelmäßig. Auch aus dem Graff'schen Legat für arme Witwen konnte der Advokat jetzt zwei Mal im Jahr fünf Taler an Elisabeth auszahlen.
„Viel wichtiger als das Singen ist euer Unterricht, Augusta. Du lernst schnell, wenn du nicht gerade träumst, aber Juliana bringt immer noch die Buchstaben durcheinander", fuhr Elisabeth fort.
Augusta liebte es, dem still in seinem hölzernen Käfig sitzenden Hänfling kleine Geschichten zu erzählen, die sie sich selbst ausgedacht hatte. Manchmal vergaß sie darüber die Aufgaben, die ihr die Mutter aufgetragen hatte.
„Ich könnte Augusta den Quintenzirkel auf dem Spinett beibringen", bot Regina an. „Für das ein oder andere Lied ist dann sicher auch noch Zeit."
Johanna stand vom Tisch auf und leerte mit Schwung das Kochwasser in den Schüttstein.
„Wozu? Ein Mädchen muss vor allem nähen und kochen können, sonst nimmt sie niemand."
„Aber Tante Regina hat doch auch das Singen gelernt", wagte Augusta einzuwenden.
Elisabeth hielt es für besser, das Thema zu wechseln. Sie wandte sich zu Regina. „Man erzählt sich allerlei über das neue Haus der Breitkopfs. Es soll so voller Prunk und Zierrat sein, dass man glaubt, in das Schloss eines Fürsten zu treten. Stimmt das?"

Das vierstöckige Eckhaus am Alten Neumarkt war in der Tat noch prächtiger als das ursprüngliche Stammhaus der Breitkopfs geraten. Regina ging dort inzwischen ein und aus. Bei ihrem ersten Besuch hatte sie noch staunend zu dem in Stein gehauenen silbernen Bären aufgesehen. Das Tier prangte hoch aufgerichtet über der reich verzierten Haustür. In den Klauen

hielt es ein Schild mit der Zahl 1766. Regina hatte kaum gewagt, den Türklopfer zu betätigen. Ein grün livrierter Diener erschien und führte sie über den holzvertäfelten Flur in das Gesellschaftszimmer. Zunächst blieb Regina unschlüssig im Türrahmen stehen. Alle Augen richteten sich auf sie. Aus der Ecke der Jungen war unterdrücktes Kichern zu hören. Regina schämte sich für ihre Leinenbluse, das einfache Mieder, den mehrfach gestopften Rock. Zu Hause oder auf dem Markt mochte diese Kleidung angehen, hier wirkte sie allzu ärmlich. Constanze stand auf, wies im Vorbeigehen ihre Brüder zurecht, begrüßte Regina mit einem Lächeln und zog sie in den Raum.
„Darf ich Euch Mademoiselle Bach vorstellen. Sie ist eine ausgezeichnete Sängerin und wird auch mich unterrichten."
Madame Breitkopf legte ihre Handarbeit beiseite und winkte Regina zu sich heran.
„Es ist schön, dass Sie Constanze in die Kunst des Gesangs einführen wollen. Ob sie aber auch begabt dafür ist?"
„Wer fleißig übt, kann es in jeder Kunst weit bringen."
Madame Breitkopf wiegte sorgenvoll den Kopf. „Meine Tochter ist leider ein wenig sprunghaft. Auch spricht sie zuweilen recht freimütig. Ich bitte, das nicht übel zu nehmen."
Noch ehe Regina etwas erwidern konnte, zog Constanze sie von der Mutter weg und stellte ihr die anderen Gäste vor.
„Das ist Susanne Wilhelmine Obermann, von allen nur Minna genannt." Sie wies auf ein Mädchen am Fenster. „Wir beiden Mädchen sind unzertrennlich. Der seltsam eingewickelte Knabe neben ihr ist aus seiner Vaterstadt Frankfurt zu uns gekommen, um die Rechte zu studieren. Er heißt Wolfgang Goethe. Sein Benehmen ist ungelenk, doch er schreibt recht hübsche Gedichte über die Liebe."
Minna lachte laut heraus, während der Jüngling sein rot angelaufenes Gesicht zu verbergen suchte. Madame Breitkopf drohte ihrer Tochter lächelnd mit dem Finger.
„Mademoiselle Regina ist die Tochter des früheren Thomaskan-

tors“, erklärte sie, was auf die jungen Leute allerdings wenig Eindruck machte.
„Ihr Bruder ist der Opernkomponist Johann Christian Bach“, ergänzte Constanze, „er ist Musikmeister der Königin von England.“
„Ah, ein Opernkomponist! Auch ich habe schon etwas komponiert und spiele ganz passabel die Violine“, bemerkte Bernhard. Der junge Mann und sein halbwüchsiger Bruder waren ebenfalls an das Fenster getreten.
„Bernhard ist ein Langweiler und Christoph ein alberner Laffe“, verkündete Constanze. „Am besten beachtet man sie gar nicht. Jetzt wollen wir tanzen.“ Sie wippte ungeduldig mit den Füßen. „Die Noten liegen dort drüben.“
Endlich verstand Regina den Wink. Sie ging zu dem Clavichord am Fenster und sah das zuoberst liegende Notenheft durch. Es handelte sich um leichte Tanzstücke, die sie vom Blatt spielen konnte. Sie begann mit einem kleinen Präludium, während die anderen sich paarweise aufstellten. Dann ging sie zu einem gravitätischen Menuett über. Ein munteres Rondo folgte als Kehraus.
„Mehr davon!“, riefen alle. Regina spielte, bis der Diener heiße Schokolade und Gebäck servierte. Beides schmeckte köstlich.
„Jetzt raten wir“, bestimmte Constanze nach der kurzen Pause. Allgemein bekannte Sprichwörter sollten reihum pantomimisch dargestellt und von den anderen erraten werden. Regina blieb am Clavichord sitzen und sichtete den Notenstapel. Sie war froh, nicht zum Mitmachen aufgefordert zu werden. Lustig fand sie es trotzdem. Besonders der junge Frankfurter war einfach zu drollig. Nach einer Weile schlug Bernhard ein Pfänderspiel vor. Er wollte eben die Regeln erklären, als Herr Breitkopf das Zimmer betrat. Sofort trat Ruhe ein.
„Euer Lachen hört man bis auf die Straße, das schickt sich nicht.“ Er sah seine Frau ärgerlich an. „Mir scheint, euch wird hier zu viel durch die Finger gesehen.“ Dann wandte er sich mit

einer leichten Verbeugung zu Regina. „Ihr Herr Bruder ist in Berlin hoffentlich wohlauf?“

Regina nickte zustimmend. Dabei hatte sie von Emanuel seit dem Krieg nichts mehr gehört. Sie stand auf, um sich zu verabschieden. „Meine Schwestern warten sicher schon auf mich.“

Da es inzwischen dunkel geworden war, wurde der Diener herbeigerufen, um Regina mit einer Fackel nach Hause zu begleiten.

„Das nächste Mal wird gesungen“, versprach Madame Breitkopf und steckte ihr zum Abschied einen Taler zu.

Von nun an ging Regina fast täglich den Weg von der Haynstraße zum Alten Neumarkt. Schon an der Haustür schallte ihr Gelächter und lautes Rufen entgegen. Beim Eintritt in das Gesellschaftszimmer war Madame Breitkopf stets als Erste zu begrüßen. Meistens saß sie mit einem Stickrahmen vor dem Kamin und betrachtete das muntere Treiben mit Wohlgefallen. Warum sollte das junge Volk sich nicht ein wenig vergnügen? Ihr Mann war nur selten zu Hause. Und die beiden alten Breitkopfs hatten die Wohnung im *Goldenen Bären* direkt gegenüber behalten. So konnten sie durch den Trubel der jungen Leute nicht gestört werden. Aus dem Haus gingen sie nur noch selten. Die Gicht des alten Herrn hatte sich inzwischen so weit verschlimmert, dass er nur noch kurze Wege bewältigen konnte. Am liebsten hielt er sich jetzt zwischen seinen geliebten Büchern auf, während seine kränkelnde Frau ihr Schlafzimmer kaum noch verließ. In die Wohnung über ihnen waren fremde Menschen eingezogen, nachdem die Gottscheds gestorben waren.

„Der Großvater ist recht sonderbar geworden“, erzählte Constanze eines Tages, während sie mit Regina bei einer Tasse Kaffee in ihrem hübsch möblierten Zimmer saß. „Ich muss ihn täglich besuchen, der Herr Vater besteht darauf. Kaum bin ich eingetreten, fängt er schon an, über den Krieg zu sprechen. Er hat einen Packen von Kontributionszetteln, in denen er ständig blättert. Vergilbte Papiere ohne jeden Wert. Was will er damit?

Großvater, der Krieg ist schon lange vorbei, sage ich ihm dann. Aber er schimpft auf die Preußen, als wenn sie gestern noch über den Marktplatz marschiert wären. Da bin ich denn froh, wenn ich nach einer halben Stunde wieder ins neue Haus herübergehen kann."

„Genauso geht es mir, wenn ich hier herkomme", antwortete Regina. „Sobald ich den *Silbernen Bären* auch nur aus der Ferne sehe, atme ich freier."

„Das freut mich!" Constanze drückte ihrer neuen Freundin die Hand. Da das junge Mädchen schon bald die Lust an den Gesangsstunden verloren hatte, wurde Regina inzwischen als ihre Gesellschafterin angesehen. In dieser Eigenschaft hatte sie nicht mehr zu tun, als gelegentlich etwas auf dem Clavichord zu spielen und Constanze bei ihren Spaziergängen zu begleiten.

Ganz Leipzig sprach von Corona Schröter. Die von Kapellmeister Hiller ausgebildete Sängerin war schon nach kurzer Zeit die Hauptattraktion des städtischen Konzertlebens.

„Sie ist als Sängerin vorzüglich, aber auch als Schauspielerin", berichtete der Frankfurter nach einem Besuch im Schauspielhaus. Aus dem altmodisch gekleideten Jüngling war ein eleganter Stutzer geworden, der ein gern gesehener Gast in vielen Häusern war. Zu seiner Beliebtheit trug bei, dass er jede Gesellschaft mit aus dem Stehgreif erdachten kleinen Szenen und scherzhaften Gedichten bestens zu unterhalten wusste. Der Beifall war jedoch nicht ungeteilt.

„Dieser Wolfgang hat mehr gutes Plapperwerk als Gründlichkeit", bemerkte Constanze, als sie ihn wieder einmal, von Bewunderern umringt, parlieren hörte. „Aber mein Herr Vater schätzt ihn sehr, da er mit ihm lateinisch disputieren kann."

Regina hörte ihr nur mit halbem Ohr zu. Sie interessierte vor allem, was der Frankfurter über Corona Schröter zu berichten hatte. Zu gerne wäre sie selbst einmal in eine ihrer Vorstellungen gegangen.

„Ihr Sopran ist zart und rein, ihre schlanke Gestalt edel", schwärmte der junge Geck.
Regina fasste sich ein Herz. „Und wie viel kostet es, sie singen zu hören?"
„Man nimmt ein Billett auf die Galerie, das ist recht wohlfeil. Frauenzimmer dürfen allerdings nur unter männlicher Aufsicht hinein. So will es der Anstand."
„Ei was", versetzte Constanze und schüttelte ihre blonden Locken. „Die Schröter singt nächsten Freitag im Großen Konzert, da werden wir hingehen. Bernhard und Christoph, ihr begleitet uns", bestimmte sie. „Die Erlaubnis dafür will ich dem Herrn Vater schon abschmeicheln."
Elisabeth schüttelte unwillig den Kopf, als Regina ihr am folgenden Abend von dem Vorhaben erzählte. „Was macht es für einen Eindruck, wenn du in Begleitung zweier Milchbärte und einer vorwitzigen Jungfer ein Gasthaus besuchst?"
„Bernhard und Christoph sind schon Studenten", widersprach Regina. „Und Constanze ist meine Freundin."
„Freundin?" Elisabeth schnaubte verächtlich. „Du erträgst ihre Launen und die Mutter steckt dir dafür den ein oder anderen Taler zu. Das würde ich nicht Freundschaft nennen."
„Zu essen und manch schönes Gewand bekommt sie dort auch", wandte Johanna ein. „Wenn Regina also mit in das Konzert soll, wird sie das schlecht ablehnen können."
Regina nickte heftig. Erst vor Kurzem hatte Madame Breitkopf ihr ein kaum getragenes Kleid mitgegeben, das ihr nach wenigen Änderungen passte und vorzüglich stand.
„Zudem ist Corona Schröter eine ehrbare Jungfer, die höchstes Ansehen genießt", fügte Johanna hinzu. „Ich habe sie schon mehrmals bei der Madelmeyerin gesehen. Ihr Benehmen war untadelig."
„Und warum singt sie in einem Gasthof, wenn sie so ehrbar ist?"
„Dem Anstand wird in den *Drey Schwanen* sicher genüge getan,

dafür wird schon der Konzertleiter sorgen", entgegnete Regina. Elisabeth seufzte. „Wenn das nur gewiss wäre."
„Dürfen wir auch mit?"
Augusta und Juliana hatten das Gespräch der Erwachsenen mit Spannung verfolgt. Sie waren noch nie in einem Konzert gewesen.
„Lerne du erst mal den Katechismus, Augusta. Wenn der Prediger mit dir zufrieden ist, darfst du zu Ostern das erste Mal am Heiligen Nachtmahl teilnehmen. Und du, Juliana, kannst mir beim Sticken helfen. Ein Dutzend Monogramme müssen bis morgen fertig sein."
Das Geschäft der Putzmacherin lief mittlerweile so gut, dass auch Elisabeth begonnen hatte, kleinere Arbeiten für sie zu erledigen. Regina war froh, dass sie nicht ebenfalls dazu herangezogen wurde.
„Beim Sticken und Nähen werden Tante Reginas Hände schnell müde. Aber auf dem Spinettchen fangen sie plötzlich das Tanzen an", hatte Augusta einmal bemerkt. Und niemand hatte ihr widersprochen.

Die kleine Gesellschaft, die wenige Tage später vom Haus der Breitkopfs zu den *Drey Schwanen* aufbrach, war bester Stimmung. Nur Christoph verdrehte beim Anblick des fröhlichen Kreises die Augen. Mit seinen siebzehn Jahren wähnte er sich über derlei Albernheiten weit erhaben. Constanze hatte sich bei ihrer derzeit besten Freundin Friederike Oeser eingehakt. Friederikes Gesicht war von Kindheit an durch Pockennarben entstellt. Ein Makel, den sie durch besondere Liebenswürdigkeit auszugleichen suchte. Bernhard bot Minna seinen Arm, Wolfgang gesellte sich zu Christoph, sodass Regina das Schlusslicht bildete. Sie war froh, als das graue Haus mit den drei steinernen Schwänen endlich in Sichtweite kam. Nachdem sie die niedrige Eingangstür passiert hatten, führte ein dunkler Gang über den Hof in den eigentlichen Konzertsaal.

„Das soll ein Konzertsaal sein?" Christoph verzog das Gesicht, als sie die Treppe zur Galerie hinaufgestiegen waren und sich umsahen. „Dagegen ist unser Gesellschaftszimmer ein Palast."

„Auf die Musik kommt es an, nicht auf den Prunk", mahnte Friederike.

„Wo die schöne Corona singt, wird die kleinste Hütte zum Elysium", schwärmte Wolfgang.

Auf der kleinen Bühne im hinteren Teil des Raumes hatte sich bereits das Orchester versammelt. Direkt davor nahm das gut betuchte Publikum seine Sitzplätze ein. Bei den Stehplätzen auf der Galerie herrschte schon großes Gedränge. Es war laut. Die Luft war erfüllt von Rauchschwaden und Essensgerüchen. Constanze und die anderen schoben sich so weit wie möglich nach vorne, um einen besseren Blick auf die Bühne zu haben. Regina blieb lieber weiter hinten. Dort war die Luft ein wenig besser und das Gedränge nicht ganz so groß. Die Sicht auf das Orchester war ihr nun allerdings durch die mehlig aufstaubenden Perücken der Männer und die hoch aufgetürmten Frisuren der Frauen verstellt. Auf dem Boden sah Regina einen verschmutzten Programmzettel. Sie hob ihn auf. Die obere Hälfte war noch halbwegs zu entziffern *Sinfonia del Sgr. Vanmaldere, Aria del Sgr. Piccinni* las Regina. Die Namen sagten ihr nichts. Doch sie interessierte sich ohnehin in erster Linie für die Sängerin. Ob sie so weit hinten überhaupt zu hören sein würde?

Als das Konzert mit einem machtvollen Tutti der Streicher begann, wurde es ruhiger im Publikum. Schon bald setzte das allgemeine Rufen, Lachen und Winken allerdings wieder ein. Drei Männer ließen sich zum Kartenspiel auf einer Holzbank am hinteren Ende der Galerie nieder. Einer von ihnen bestellte lautstark eine Flasche Wein. Ein anderer suchte vergeblich nach seiner Pfeife. Nachdem die Sinfonie im allgemeinen Lärm weitgehend untergegangen war, klopfte ein Bediensteter mit einem großen Ladenschlüssel energisch gegen den Türpfosten. „Ich bitte mir Ruhe aus!", rief ein eleganter Herr im Parkett. Corona

Schröter betrat die Bühne. Die Kartenspieler unterbrachen ihr Spiel und stellten sich auf die Zehenspitzen, um wenigstens für einen Moment das Bild der Sängerin zu erhaschen.
„Sie soll noch keine vierzehn sein“, bemerkte der eine und schnaufte.
„Nein, sie ist sechzehn“, erwiderte der andere und leerte seinen Becher Wein mit einem Zug. „Hiller hat sie selbst unterrichtet.“
„Maul halten!“, zischte der Dritte, als Corona Schröter zu singen begann.

Una povera ragazza,
padre e madre che non ha …

Ihre Stimme ist noch recht zart, dachte Regina. Aber rein und sicher geführt.

Si maltratta, si strapazza,
questa ètroppa crudeltà …

Jemand murmelte den Text neben ihr. Sie sah zur Seite. Ein junger Mann schaute auf seinen Programmzettel und sprach leise den Text der Arie mit.
„Das ist aus einer italienischen Oper“, flüsterte er zu ihr hinüber. „Es geht um eine arme Jungfer, ein Findelkind.“

Poverina la Cecchina, sang die Schröter.
„Geht es denn gut aus?“
„Ja, der Himmel belohnt ihre Unschuld.“ Der junge Mann hatte eine wohltönende Stimme. Regina konnte im flackernden Kerzenlicht eine mittelgroße Gestalt und ein freundlich lächelndes Gesicht erkennen.
„Ich bin mit den jungen Breitkopfs hier“, fiel ihr nun plötzlich ein. „Gleich da vorne stehen sie.“
„Darf ich es wagen, Euch nach dem Namen zu fragen?“

„Ihr sprecht in Reimen? So seid Ihr also ein Poet?“ Auch Regina lächelte jetzt.
„Ein Dichter bin ich nicht, wohl aber ein Musicus.“
„Wie das?“
„Ich bin Choralist an der Nicolaikirche und Student der Theologie“, erklärte der junge Mann und verbeugte sich.
„Choralist? Ein Sänger also?“
„So ist es. Ein Altus, um genau zu sein. Wir singen sonntags in der Frühmette und die Vesper am Samstag.“
„Mein seliger Herr Vater hat viele Kirchenstücke komponiert. Er war Kantor an der Thomaskirche. Vielleicht kennt Ihr ihn?“
„Ich war selbst Alumnus auf der Thomasschule. Zu meiner Zeit war Kantor Doles schon im Amt.“
„Mein Herr Vater war der Kantor Bach. Das ist aber viele Jahre her.“
„So seid Ihr also eine Bachin?“
Regina nickte.
„Mein Name ist Georg Reinhold Lindemann.“ Der junge Mann verbeugte sich abermals.
Der Auftritt Corona Schröters ging unter großem Beifall zu Ende. Als letztes Stück stand ein Violinkonzert auf dem Programm. Der Solist begeisterte das Publikum mit seinen virtuosen Läufen und einem süß schmelzenden Geigenton. Regina und ihr neuer Bekannter bekamen von alledem wenig mit.
„Ich kenne einige Motetten des alten Bach sehr gut, wir haben sie damals häufig gesungen.“
Das freute Regina sehr. „Ich selbst singe auch ein wenig. Am liebsten die Oden nach Gellert. Mein Bruder Emanuel hat sie in Musik gesetzt.“
„Ihr singt selbst?“ Der Choralist war entzückt. „Wie gerne würde ich Euch einmal singen hören.“
Reginas Antwort ging im Johlen der Menge unter. Auch Constanze, die mit den anderen zum Ausgang strebte, war begeistert. „Wir müssen die Schröter unbedingt zu uns einladen.“

„Lasst uns jetzt gleich zu ihr gehen", schlug Wolfgang vor. Er wartete schon länger auf eine Gelegenheit, die Sängerin anzusprechen.
„Wir brauchen zuerst die Erlaubnis des Herrn Vaters", bremste Bernhard. Aber auch seine Augen strahlten. Unter angeregten Gesprächen trat man den Heimweg an.
„Wo ist eigentlich Regina?", fragte Constanze, nachdem sie wieder am *Silbernen Bären* angelangt waren.
„Sie wird gleich nach Hause gegangen sein", vermutete Bernhard.
„Alleine?"
Bernhard zuckte die Schulter und gähnte. „Morgen wird sie es uns erzählen."

Johanna staunte nicht schlecht, als Regina wenige Tage später in der Fleischergasse auftauchte.
„Seid wann interessierst du dich für weiblichen Putz? Da steckt doch nicht etwa ein Verehrer dahinter?"
Regina lachte verlegen. „Für eine Rüschenhaube oder einen Fächer bin ich noch nicht zu alt. Oder doch?"
„Natürlich nicht!" Johanna zog ihre Schwester in den Laden. „Die Madelmeyerin muss einer Hochwohlgeborenen in der Katharinenstraße aufwarten. Ihro Gnaden lässt sich die Locken so hoch wie ein Turm aufstecken", kicherte sie. „Wir haben also Zeit."
Am besten gefiel Regina eine hohe, weiße Haube mit seitlich aufgesetzten Rüschen. Ihre dunkelbraunen Haare quollen darunter in sanften Wellen hervor.
„Diese Haube kleidet dich vortrefflich."
„Mein Gesicht ist allzu schmal", seufzte Regina, als sie ihr Spiegelbild betrachtete. „Und auf der Stirn sieht man schon die ersten Runzeln."
„Umso schöner sind deine großen blauen Augen, da kann so manch gestandenes Mannsbild leicht darin ertrinken", neckte Johanna.

„Und wenn es nun ein junger Studiosus wäre?“
Die Ladentür wurde mit Schwung aufgerissen. Zwei junge Frauen betraten das Geschäft. Johanna machte einen Knicks. „Mademoiselle Schröter, tretet ein, es ist uns eine Ehre.“ Eilig räumte sie die ausgebreiteten Hauben beiseite. Die junge Sängerin und ihre Begleitung sahen sich noch unentschlossen im Laden um.
„Kann ich behilflich sein? Wir haben gestern erst neue Ware aus Paris bekommen.“ Johanna faltete mit geübten Handgriffen einige kostbare Seidentücher auseinander und drapierte sie auf dem Ladentisch.
„Die Farben sind ein wenig blass“, bemerkte die Sängerin, während sie eines der Tücher prüfend durch ihre Hände gleiten ließ. Ob ich sie ansprechen soll? Ihr etwas vorsingen? Regina war zu aufgeregt, um einen klaren Gedanken zu fassen.
„Meine Schwester ist auch eine Sängerin, Mademoiselle“, kam Johanna ihr zuvor und wies auf Regina.
„So? Und wo treten Sie auf?“
„Einmal habe ich beim Advokaten Graff in der Haynstraße ein kleines Konzert gegeben.“
„Haben Sie schon einmal auf einer Bühne gestanden?“
Regina schüttelte den Kopf.
„Dann singen Sie also nur für den Hausgebrauch.“
Hinter dem Fächer der Begleiterin war ein Prusten zu hören. Regina kämpfte die aufsteigenden Tränen mit Macht herunter, legte die Rüschenhaube zur Seite und verließ das Geschäft ohne ein Wort.
Als sie Stunden später nach Hause kam, saßen die anderen schon beim Abendessen.
„Wo warst du so lange?“, fragte Elisabeth.
„Spazieren.“
„Hat dich jemand gesehen? Ein ehrbares Frauenzimmer geht nicht alleine spazieren, das solltest du wissen.“
„Ein Mann war hier. Er hat um Johannas Hand angehalten.“

Augusta konnte die aufregende Neuigkeit nicht eine Minute länger für sich behalten.
„Er hat fünf Kinder, da braucht er eine tüchtige Frau“, ergänzte Juliana, die hinter der Stubentür gestanden und das Gespräch mit dem fremden Mann belauscht hatte.
„Ihr beiden verschwindet jetzt ins Bett“, ordnete Elisabeth an. Leise murrend verließen die beiden Mädchen die Stube.
„Kenne ich ihn?“, fragte Regina.
„Es ist der Zinngießer am Ende der Straße“, antwortete Elisabeth an Johannas Stelle. „Er ist Witwer und hat drei Kinder, nicht fünf. Die Zinngießerei ist ein rechtschaffenes Handwerk. Und ein einträgliches dazu.“
„Er ist weit über fünfzig und ein Grobian“, wandte Johanna ein. „Seine erste Frau hatte viel zu leiden unter ihm. Das weiß die ganze Haynstraße.“
„Sie war ein launisches Geschöpf und zänkisch dazu, sagt die Wirtin vom Anker.“
Johanna biss schweigend in ihr Butterbrot.
„Wenn du ihn heiratest, hast du ausgesorgt. Das ist nicht wenig.“
„Ich kann gut für mich selber sorgen. So manche ehrbare Witwe hat heute ihr eigenes Auskommen.“
„Bei einer Witwe mag es angehen. Aber du bist eine Jungfer von dreißig Jahren, da muss man froh sein, wenn einen überhaupt noch jemand nimmt.“
„Es ist wegen Schlack, stimmt's?“ Regina bereute ihre Worte sofort.
„Das ist über fünf Jahre her. Willst du dir wegen eines toten Soldatens den Rest deines Lebens die Augen ausweinen? Davon wird er auch nicht wieder lebendig.“
„Er war der Einzige, dem ich von Herzen gut war.“ Johanna stand auf. „Den Grobian aus der Zinngießerei will ich nicht und auch keinen anderen.“ Sie verließ das Zimmer.
Als die beiden Schwestern sich für die Nacht fertig machten,

kam Regina noch einmal auf die Angelegenheit zurück.
„Willst du wirklich nicht heiraten? Du hast einmal gesagt, alles wäre besser, als ein altes Mädchen zu sein."
„So schlimm ist das heute nicht mehr. Ich habe geschickte Hände und werde mir mein Brot schon verdienen." Johanna beugte sich über die Waschschüssel und schrubbte energisch ihr Gesicht.
„Erzähl mir lieber von deinem Studiosus. Woher kennst du ihn? Hat er ehrbare Absichten?"
Regina lächelte. „Reinhold ist Choralist an St. Nicolai und studiert die Theologie."
„Ein Choralist? Die dürfen nicht heiraten." Johanna stellte die Waschschüssel beiseite. „Hat er dir das nicht gesagt?"
„Ich kenne ihn aus dem Konzert im *Drey Schwanen*. Wir haben über Musik gesprochen, nicht übers Heiraten. Was denkst du denn?"
„Lass uns ein andermal weiterreden." Johanna gähnte. „Die Uhr schlägt schon zehn und morgen ist Waschtag."

Der Mund voll Lachen

Von der Haynstraße bis zur Nicolaikirche ging man gut eine Viertelstunde. Regina liebte diese Viertelstunde. Wo an den Werktagen die eisenbeschlagenen Wagenräder ihre Ohren quälten, wo das Getrappel der Pferde bis spät in die Nacht kein Ende nahm, herrschte am Sonntagmorgen beschauliche Ruhe. Die Stadttore waren für Kutschen und Fuhrwerke verschlossen. Kein Lärm sollte die Andacht stören. Regina ging mit leichten, schnellen Schritten. In ihrem frühlingsblauen Kleid mit dem gelben Halstuch fühlte sie sich wie eine Königin. Der große Marktplatz glänzte im Morgenlicht, als sie ihn überquerte. Alles atmete Frische. Schon bald erreichte sie die Nicolaistraße. An anderen Tagen drängten sich hier die Wollhändler und Brezelverkäuferinnen, die Schuhmacher und Marktfrauen mit ihren Ständen. Für Kutschen und Wagen gab es dann kaum noch ein Durchkommen. Heute konnte sie ungestört die breite Straße bis zur Kirche entlanggehen. Die Frühmette begann um halb sechs. Sie war nur mäßig besucht. Auch Kirchgänger schliefen am Sonntag gerne etwas länger. Der Hauptgottesdienst, auch Frühpredigt genannt, fing immerhin zwei Stunden später an. Regina machte das zeitige Aufstehen inzwischen nichts mehr aus. Schon seit Wochen sprang sie in bester Laune aus dem Bett, sobald es hell wurde. Sie trällerte und summte, während sie sich über die Waschschüssel beugte. Johanna schlief um diese Zeit noch. Sie zog sich schimpfend die Bettdecke über den Kopf und war froh, wenn die Schwester endlich aus dem Zimmer war.

Um diese frühe Stunde war der Platz vor der Kirche noch menschenleer. Auch das wusste Regina sehr zu schätzen. Vor der Frühpredigt um halb acht pflegten sich dort nämlich die jungen Männer zu versammeln. Sie legten es darauf an, die vorübergehenden Frauen, vor allem wenn sie nicht verheiratet waren, mit derben Scherzen und Spottworten in Verlegenheit zu bringen. Mit dem Beten hatten sie es dagegen nicht sonderlich eilig. Erst wenn aus der Kirche das gesungene Glaubensbekenntnis zu hören war, trampelten sie schubsend und drängelnd hinein. Dabei machten sie einen solchen Lärm, dass von frommer Andacht keine Rede mehr sein konnte. Auch die strafenden Blicke des Predigers halfen da wenig.

Regina suchte sich einen stillen Winkel auf der Frauenseite. Von hier aus hatte man einen guten Blick auf die Chorempore. Sie stellte sich vor einen der achteckigen Pfeiler, sodass sie sich ein wenig anlehnen konnte, wenn ihre Füße vom langen Stehen müde wurden. Sitzplätze mussten auch in der Nicolaikirche gemietet werden und waren nicht billig. So etwas konnten sich nur die besseren Familien leisten. Aber heute war es leicht, einen guten Stehplatz zu finden. Außer Regina hatten sich nur einige alte Frauen zur Andacht eingefunden. Wie es Sitte war, bedeckte Regina ihr Gesicht mit den Händen und betete still ein Vaterunser. Ob Reinhold schon da war? Sie lugte durch die gespreizten Finger, konnte ihn aber nirgends entdecken.

Die Orgel setzte ein, der Gottesdienst begann. Regina liebte die Orgel nicht. Schon als Kind hatte sie sich voller Schrecken auf den Schoß der Mutter geflüchtet, wenn der Vater oben auf seiner Orgelbank alle Register zog und die Thomaskirche in ein tosendes Meer aus Tönen verwandelte.

„Du brauchst keine Angst zu haben“, hatte die Mutter dann geflüstert und ihre Jüngste sanft wieder auf die Füße gestellt.

Das Orgelvorspiel war zu Ende, der Gesang der Choralisten begann. Regina schaute suchend zur Empore hoch. Wo war Reinhold? Die zwölf jungen Männer in ihren abgewetzten schwarzen Chormänteln standen so dicht gedrängt auf der Empore, dass die Gesichter von unten nicht zu unterscheiden waren. Ob er sie schon gesehen hatte? Jetzt hörte sie seine strahlende Altstimme. Die würde sie unter Hunderten erkennen. Mit einem

Lächeln lehnte Regina sich an die steinerne Säule und überließ sich ganz der Musik. Die uralten liturgischen Gesänge erfüllten das dämmrige Kirchenschiff mit Licht. Wie gerne hätte sie mitgesungen.

„Hat es dir gefallen?"
Reinhold und Regina standen nach dem Gottesdienst in einem Seitenschiff der Kirche noch ein wenig zusammen. Hier konnten sie sich ungestört unterhalten.
„Anton, dieser Windbeutel, hat wieder einmal verschlafen. So waren wir im Alt nur zu zweit." Reinhold strahlte über das ganze Gesicht, was nicht recht zu seinen Worten passen wollte.
„Die Soprane hätten etwas weicher klingen können. Besonders einer singt die hohen Töne gar zu schrill." Auch Regina strahlte jetzt.
„Keiner von denen singt so gut wie du", räumte Reinhold bereitwillig ein. „Wenn Kantor Doles deine herrliche Stimme nur einmal hören könnte!"
„Was würde das nützen?"
„Du hast recht." Reinhold senkte betrübt den Kopf.
„Ob Frauen in anderen Städten wohl in der Kirche singen dürfen?"
Regina hatte über diese Frage schon oft nachgedacht. Selbst Constanze, die stets für die Sache der Frauen Partei ergriff, musste zugeben, dass sie von einer solchen Stadt noch nie gehört hatte.
„In Hamburg soll es früher einmal möglich gewesen sein. Das hat mir ein Freund erzählt", fiel Reinhold ein.
„Hamburg, da ist mein Bruder Emanuel jetzt Musikdirektor. Ob er es auch erlaubt?"
Emanuel hatte seinen Schwestern vor Kurzem geschrieben, dass er die Nachfolge Telemanns angetreten habe. Ein reisender Musiker hatte den Brief zusammen mit einigen Talern im Haus der Breitkopfs abgegeben.

„Lass uns nach oben gehen", schlug Reinhold vor. „Ich darf mir noch eine Arie kopieren. Der Präfekt hat es erlaubt."
„Hat er dir auch erlaubt, eine fremde Jungfer mit auf die Empore zu nehmen?"
„Du bist doch keine fremde Jungfer!" Reinhold sah sich prüfend um. „Außerdem sind schon alle gegangen. Du könntest dort oben singen."
Regina zögerte. Ob sie es wagen sollte? Eine solche Gelegenheit würde vielleicht nie wieder kommen. Nur einmal, ein einziges Mal wollte sie ihre Stimme in einer großen Kirche erproben. Sie griff nach Reinholds Hand und ließ sich von ihm die schmale Wendeltreppe hinaufführen. Auf den Plätzen der Sänger lagen noch die Chormäntel in einem unordentlichen Haufen, daneben die speckigen Stimmbücher. Regina nahm einen der zerfledderten Bände und schlug ihn auf.
„*Florilegium Portense.* Was bedeutet das?"
„Florilegium heißt Blütenlese", erklärte Reinhold. „Das sind altehrwürdige Motetten. Aber die deines Vaters stehen noch weit darüber."
„Kennst du seine Musik gut?"
„Ein wenig. Am 28. Juli sind wir Thomaner immer zum Grab des alten Bach gegangen und haben eine seiner Motetten gesungen."
„An das Begräbnis kann ich mich noch erinnern, es war ein sehr heißer Tag und ich bin in einer Kutsche gefahren. Vorher haben wir gebetet."
Reinhold strich ihr tröstend über die Wange. „Die älteren Alumnen haben oft von deinem Vater gesprochen. Die unmusikalischen nannten ihn eine garstige alte Perücke. Wenn schlecht musiziert wurde, konnte er gewaltig in Harnisch geraten."
Regina nickte zustimmend. „Die Musik ging ihm über alles."
„Einmal soll er einem falsch singenden Primaner seine Perücke an den Kopf geworfen haben. Zu einem anderen hat er gesagt, er solle lieber ein Schuhflicker werden."

Regina lachte.
„Unter Kantor Doles haben wir einmal seine große Passion aufgeführt“, erinnerte sich Reinhold jetzt. „Die Musik des alten Bach ist vortrefflich, aber nicht fasslich genug, hat er damals gesagt.“
„Nicht fasslich genug?“
„Die Leute fingen unter der Musik das Schwätzen an oder liefen gleich nach der Predigt aus der Kirche. Wenn wir einfache Choräle sangen, blieben sie dagegen ruhig sitzen. Da fällt mir ein ...“
Reinhold wandte sich dem wurmstichigen Regal neben der Orgel zu. Nach einigem Suchen zog er mehrere mit einer Kordel zusammengebundene Blätter unter einem Stapel vergilbter Noten hervor. *Der Geist hilft unser Schwachheit auf, Motetta von Johann Sebastian Bach* stand auf der ersten Seite.
„Wollen wir die ersten beiden Stimmen singen?“
Regina besah sich die Noten. „Dafür braucht man eine geläufige Gurgel.“
„Wir können den Anfang ein wenig ruhiger nehmen. So vielleicht.“
Er schlug mit der Hand einen langsamen Dreiachteltakt. Ein kurzer Blick und sie setzten gleichzeitig ein. Reginas Stimme war zunächst kaum zu hören, nach einigen Takten schwang sich ihr silbriger Sopran jedoch zu einem strahlenden Forte auf, das die ganze Kirche ausfüllte. Als sie das fragende *Denn wir wissen nicht, was wir beten sollen* erreicht hatten, verbanden sich ihre Stimmen zum innigen Duett. Reginas Augen glänzten.
„Jetzt das Allabreve.“
In diesem Moment hörten sie Schritte. Jemand stieg schwerfällig die Wendeltreppe hinauf. Es war Anton.
„Ei, eine Jungfer und eine singende noch dazu.“ Der junge Mann blies seine von Flaum bedeckten Pausbacken mächtig auf. „Hat der Präfekt das erlaubt?“
„Was geht’s dich an?“

Reinhold legte eilig die Notenblätter zusammen. Gleichzeitig versuchte er, sich so vor Regina zu stellen, dass sie nicht mehr zu sehen war.
„Du Schlafmütze hast heute zur Frühmette schon wieder gefehlt. Dabei hatte ich dich gründlich wachgerüttelt."
„Es tut mir leid." Anton bemühte sich, ein schuldbewusstes Gesicht zu machen. „Der Präfekt hat mich deshalb schon ernstlich vermahnt. Zur Strafe soll ich hier aufräumen und kehren."
„Ich erledige das für dich. Dafür bewahrst du Stillschweigen über ..." Reinhold machte eine unbestimmte Handbewegung.
„Ich weiß schon." Anton grinste. „Aber ihr müsst euch beeilen, gleich wird schon zur Frühpredigt geläutet."

Am Nachmittag sahen sie sich wieder. Schon eine halbe Stunde vor der vereinbarten Zeit stand Reinhold am Eingang von *Apels Garten*. Unruhig fuhr er sich durch sein volles, aschblondes Haar, das ungepudert und in dichten Locken frei herabfiel. Dann sah er Regina. Lebhaft gestikulierend ging sie zwischen Constanze und Bernhard.
„Ich habe den beiden gerade erzählt, wo ich heute Morgen gesungen habe."
„Wie gut dich das Hellblau kleidet." Reinhold hatte das in der Kirche schon sagen wollen.
„Das Kleid ist noch fast wie neu. Elisabeth hat es für mich passend gemacht. Gefällt es dir?" Regina drehte sich ein wenig hin und her.
„Wir könnten mit einer Gondel fahren", schlug Constanze vor. Bernhard brummte sein Einverständnis. Auch Regina und Reinhold ließen sich gerne überreden. Man beschloss, zunächst die großzügig angelegte Lindenallee bis zum Springbrunnen hinauf zu spazieren. Dort konnte man ein Boot mieten und auf einem der zahlreichen Kanäle entlangfahren. Regina tastete prüfend nach ihrem Geldbeutel. Er enthielt nur wenige Groschen. Ob Reinhold sie einladen würde?

Auf dem Weg zum Springbrunnen kamen sie an einer Reihe antiker Statuen vorbei.
„Die alten Griechen hatten eine Vorliebe für männliche Schönheit", bemerkte Constanze. „Vor allem, wenn sie nackt war."
Bernhard gab seinem Missfallen über diese Bemerkung mit einem Kopfschütteln Ausdruck. Regina und Reinhold gingen schweigend weiter. Dabei vermieden sie es, sich anzusehen. Als sie den Springbrunnen mit seiner hoch aufschießenden Fontäne erreicht hatten, stieg ihnen der Duft von Kaffee und allerlei Buttergebackenem in die Nase. Am Rande des Platzes lag eine Gartenwirtschaft, die schon zahlreiche Besucher angelockt hatte. Man saß an langen, beschirmten Tischen auf grob gezimmerten Holzbänken.
„Wie köstlich das riecht!", rief Constanze.
„Die Bootsfahrt kann warten, erst werden wir uns stärken", entschied Bernhard.
Unter Gelächter und lauten Rufen rückte eine Gruppe Studenten zusammen, um Platz für die Neuankömmlinge zu schaffen. Kaum saßen sie, kam auch schon der Wirt zu ihnen.
„Belieben die Herrschaften zu speisen?"
Bernhard bestellte Kaffee und süßes Gebäck für alle.
„Du bist natürlich eingeladen", flüsterte Reinhold, der glücklich war, neben Regina zu sitzen.
„Ist das nicht ein Choralist von St. Nicolai?", rief jemand vom Nachbartisch herüber. „Man nennt sie auch Kastraten, wie jedermann weiß."
Mit einem frechen Grinsen in ihre Richtung erhob der Störenfried sein Glas und leerte es in einem Zug. Seine Begleiter taten es ihm unter lautem Gelächter nach.
„Den Hundsfott kenne ich", murmelte Reinhold. Er ballte die Fäuste. „Ein Freiherr und verbummelter Student, der seine Zeit mit Zechgelagen und Glücksspiel vertut."
Regina legte beschwichtigend eine Hand auf seinen Arm. Mit

einer unwirschen Bewegung schüttelte er sie ab und stand auf. Sofort eilte der Wirt herbei.
„Der edle Herr vom Nachbartisch hat etwas zu viel von meinem guten Wein genossen. Ich bitte, das nicht ernst zu nehmen. Vielleicht wollen die Herrschaften ein andermal wiederkommen?"
„Edler Herr?", schnaubte Reinhold in voller Lautstärke. „Wohl eher ein Großmaul und Liederling. Er soll gehen, nicht wir."
Auch der Freiherr stand jetzt auf. Leicht schwankend legte er die Hand auf seinen Degen.
„Sei Er froh, dass Er nur ein Schulmeistersohn aus Grimma ist. Für solch einen elenden Wicht ist mir jeder Hieb zu schade. Außerdem, wer duelliert sich schon mit einem Kastraten?", wandte er sich, Zustimmung heischend, an seine Zechgenossen.
Es wurde still am Tisch. Jetzt griff Bernhard ein. Er zog den wutschnaubenden Reinhold zur Seite und bugsierte ihn unsanft aus der Gartenwirtschaft. Die beiden Frauen folgten ihnen.
„Der Kerl ist ein Trunkenbold und Tunichtgut, das weiß jeder", sagte Bernhard. „Aber er ist auch von Adel. Diese vornehmen Pinsel benehmen sich nun einmal, wie es ihnen beliebt."
„Weil jedermann sich feige unterwirft."
Reinhold war immer noch außer sich vor Wut. Er marschierte mit großen Schritten am Springbrunnen vorbei, bog, ohne auf die anderen zu achten, in einen Laubengang ein und hielt erst inne, als er den achteckigen Pavillon am Ende des Weges erreicht hatte. Die drei anderen beeilten sich, zu ihm aufzuschließen. Je weiter man sich von der Gartenwirtschaft entfernte, desto besser.
„Hört ihr das?", fragte Regina, noch ganz außer Atem.
Ein sanfter Klang erfüllte die Luft. Am Dach des hölzernen Pavillons waren rundum kleine Glocken befestigt, die vom Wind in Schwingung versetzt wurden.
„Das E ist etwas zu tief", brummte Reinhold. „Trotzdem eine hübsche Idee."

„Was ist schon vollkommen?“, antwortete Regina. „Wollten wir nicht mit einer Gondel fahren?“
„Der Bootsplatz ist ganz in der Nähe. Man kann die Gondeln für ein oder zwei Stunden mieten“, sprang Constanze ihr bei.
Bernhard nickte zustimmend. Auch Reinhold rang sich ein zustimmendes Lächeln ab. Am Bootssteg angekommen nahmen Constanze und Regina unter einigem Gelächter in einem der bunt bemalten und bedenklich schwankenden Vergnügungsboote Platz, während Bernhard den Bootsverleiher suchte. Reinhold bestand darauf, das Rudern zu übernehmen.
„So ziemt es sich schließlich für einen Schulmeistersohn“, scherzte er bitter.
Gemächlich fuhren sie einen der zahlreichen, aus Seitenarmen der Pleiße angelegten Kanäle hinunter.
„Wollen wir einen Kanon singen?“, schlug Constanze vor.
Bernhard winkte ab. Auch Regina und Reinhold mochten nicht. Regina betrachtete die langsam vorüberziehenden, fremdartigen Uferpflanzen und hing dabei ihren Gedanken nach.
„Letzten Sommer war hier ein großes Wasserfest“, erinnerte sich Constanze. „Am Abend war alles von Fackeln hell erleuchtet und ein Orchester spielte herrliche Musik.“
„Die Stille ist auch sehr schön.“ Regina ließ ihre Hand durch das klare Wasser gleiten und lächelte zu Reinhold herüber.
Sie fuhren bis zur Brücke über den Pleißemühlgraben. Von dort aus gelangte man über einen Fußweg zur Promenade.
„Reinhold und ich bringen das Boot zurück. Ihr Frauenzimmer könnt solange ein wenig herumspazieren.“
Bernhard sprang ans Ufer, um Regina und Constanze beim Aussteigen behilflich zu sein. Die beiden Frauen waren kaum einige Schritte gegangen, da kam Constanze schon zur Sache.
„Das mit dem Kastraten ist natürlich Unsinn.“
„Ich weiß. Ein Altus singt mit der männlichen Falsettstimme.“
„Gewiss. Aber da ist noch etwas. Die Choralisten sind zum ehe-

losen Stand verpflichtet. Auch deshalb werden sie oft als Kastraten verspottet."

„Ein Choralist muss nicht immer einer bleiben."

„Ihre Dienste werden mit einem ansehnlichen Stipendium entlohnt. Man sagt, manch ein Hofmeister hätte gerne ein so gutes Auskommen wie die Choralisten von St. Nicolai. Einige von ihnen bleiben daher ewige Studenten. Heiraten können sie dann freilich nicht."

Regina blieb stehen. „Sollten wir nicht besser auf Reinhold und Bernhard warten?" Sie betrachtete eingehend eine der Linden.

Constanze seufzte. „Wir können natürlich auch über etwas anderes reden. Was machen wir heute Abend?"

Endlich holten die beiden Männer sie ein. Zusammen gingen die Vier weiter in Richtung Ranstädter Tor. Nach wenigen Schritten ließen sich Reinhold und Regina in stillem Einverständnis so weit zurückfallen, dass sie außer Hörweite waren.

„Wir haben noch kaum von meinen persönlichen Verhältnissen gesprochen", begann Reinhold.

„Das stimmt."

„Der Hundsfott von Freiherr hat recht. Mein Vater ist nur ein kleiner Schulmeister in Grimma."

„Das stört mich nicht."

„Meine Mutter und meine Schwester Anna leben auch noch dort. Du musst sie bald einmal kennenlernen."

„Wie soll das gehen?"

„Mit dem Postwagen ist man in vier Stunden da. Sobald wir verheiratet sind, können wir zusammen dort hinfahren."

„Aber ein Choralist darf nicht heiraten."

„Bald werde ich mit dem Studium fertig sein. Schluss mit der Bummelei! Danach suche ich mir eine Stelle als Hilfsprediger und wir heiraten. Einverstanden?"

„Ich bin schon 26."

„Du musst nur noch etwas Geduld haben."

Regina schwieg.

„So ist es also abgemacht?“ Reinholds offenes Gesicht leuchtete vor Freude.
Regina nickte. „Aber du musst noch mit Elisabeth sprechen.“

„Wo bleibt ihr denn?“
Bernhard und Constanze waren stehen geblieben, um auf die Zurückgebliebenen zu warten.
„Es wird schon dunkel. Gleich werden die Stadttore geschlossen“, drängte Constanze.
„Sie werden uns schon noch hineinlassen.“ Bernhard klimperte mit einigen Geldstücken in seiner Hosentasche. „Im schlimmsten Fall bezahle ich die paar Groschen.“
Unterwegs hatten die beiden Wolfgang in Begleitung einer Freundin getroffen.
„Wir haben beschlossen, noch in eine Weinstube zu gehen. Sie gehört dem Vater dieser liebreichen Jungfer.“ Constanze deutete auf Wolfgangs Begleiterin.
„Man kann bei uns wohlfeil speisen. Und es geht sehr vergnüglich zu.“ Die junge Frau machte einen Knicks.
Reinhold zog Regina ein wenig zur Seite. „Musst du nicht nach Hause?“
„Wenn ich Constanze begleite, darf es ruhig später werden. Elisabeth erlaubt es.“
Sie schlüpften gerade noch rechtzeitig durch das Ranstädter Tor. Kurz darauf waren sie in der Schönkopfschen Weinstube am Brühl angelangt.
„Wolfgang macht dieser Käthe schon seit Monaten die Kur“, flüsterte Constanze, als sie mit Regina zusammen das Gasthaus betrat. „Dabei ist sie vier Jahre älter als er!“
Der kleine Schankraum war voller Tabakrauch. Das flackernde Licht der rußenden Talglichter ließ nur schemenhafte Umrisse der zahlreichen Gäste erkennen. Eine Gruppe junger Männer sang und lärmte nach Leibeskräften. Regina hielt sich die Ohren zu. Auch Wolfgang verzog angewidert das Gesicht.

„Diese Schmauchlümmel verpesten die Luft. Wenn mein Liebchen hier nicht zu Hause wäre ..."
„Die Luft mag schlecht sein. Dafür geht es bei uns immer lustig zu." Käthe fuhr ihrem Verehrer mit beiden Händen durch die Haare. „Eine Weinstube ist nun mal nichts für Kopfhänger."
„Ich bin also ein Kopfhänger?", fragte Wolfgang mit gespielter Empörung. „Na warte."
Er zog an den Bändern ihrer Haube. Käthe warf den Kopf zurück und lachte.
„Der Stadtwache haben wir es gezeigt", tönte es vom Tisch der trinkfreudigen Jünglinge herüber. Einer hob seinen Becher. „Auf alle tapferen Studenten!"
„Die Lotterbuben können froh sein, dass sie nicht relegiert wurden", bemerkte Bernhard, nachdem sie sich an den letzten freien Tisch gesetzt hatten. „Sie kamen mitten in der Nacht zum Tor und wollten den Torgroschen nicht bezahlen. Da haben die Wachen sie natürlich nicht passieren lassen. Am nächsten Tag haben die Kerle einen solchen Tumult gemacht, dass Soldaten eingreifen mussten."
„Auf dem Markt sind mehrere Fenster zu Bruch gegangen", ergänzte Constanze. „Die Leute sagen, solche Freigeister gehören aus der Stadt gejagt."
„Ein Freigeist bin ich auch", meinte Wolfgang. „Und ein Genie dazu."
„Wohl eher ein wunderlicher Geck mit dem Kopf voller Grillen."
Constanze lieferte sich nur zu gerne Wortgefechte mit dem allzu selbstbewussten Frankfurter.
„Die Mädgen in Leipzig haben ein gar loses Mundwerk", gab dieser zurück. „Aber gerade das Ungezierte und Natürliche gefällt mir."
„Die Sächsin ist munter, frei und witzig, dabei wohlgesittet und zum Hauswesen gebildet", sprach Bernhard mit tiefer Stimme. Alle lachten.

„Wer sagt das?", wollte Reinhold wissen.
„Ein gewisser Riesbeck", antwortete Constanze. „Seine *Briefe eines reisenden Franzosen* sind gar hübsch zu lesen. Unsere Mutter unterhält damit so manche Tischgesellschaft."
„Zum Hauswesen gebildet, das ist denn doch das Wichtigste", fand Wolfgang. „Erst neulich sprach ich mit dem alten Stock darüber. Während wir beide über einer Kupferplatte schwitzten, fragte er mich, worin er seine Töchter unterrichten lassen solle. In nichts anderem als in der Wirtschaft, habe ich geantwortet. Lasst sie gute Köchinnen werden, das wird für ihre künftigen Ehemänner das beste sein."
Constanze wurde nun ernstlich böse. „Arme Dora, arme Minna. Ab sofort werde ich mich persönlich um ihren Unterricht kümmern."
„Sind das die beiden Mädchen von oben?", fragte Regina.
Constanze bejahte. Kupferstecher Stock bewohnte mit seiner Frau und den beiden Kindern die Mansarde des Breitkopf'schen Hauses.
Eine Bedienung erschien, um die Bestellung aufzunehmen. Bernhard verlangte Wein, dazu Brot mit Butter und Schinken.
Constanze war noch immer aufgebracht. „Wie selbstsüchtig ihr Mannspersonen doch seid. Alle höhere Kultur wollt ihr für euch behalten und dabei von uns bedient und umsorgt sein."
„Ich würde wohl eine schlechte Hausfrau abgeben." Regina sah verlegen zu Reinhold hinüber. „Für mich gab es immer nur die Musik."
„Eben deshalb bist du eine vortreffliche Sängerin geworden", lächelte Reinhold und küsste ihre Hand.
„Die Frau führt im Haus das Regiment und ist damit an die höchste Stelle gesetzt", dozierte Wolfgang. „Der Mann muss sich damit quälen, die Besitztümer herbeizuschaffen. Ihr Frauenzimmer habt also das leichtere Los."
„Wollen wir tauschen?", versetzte Constanze.

Eine Kanne Wein wurde gebracht, dazu vier Zinnbecher und dick belegte Schinkenbrote. Alle griffen kräftig zu.
„Warum darf ich nicht in der Kirche singen?", brach es aus Regina heraus, nachdem sie ihren Becher in einem Zug gelehrt hatte.
„Mulier taceat in ecclesia, heißt es bei Paulus. Das Weib schweige in der Gemeinde. Der Herr Theologicus sollte das eigentlich wissen", stichelte Wolfgang.
„Aber was ist falsch daran?"
Reginas Blick ging zu Reinhold hinüber. Der betrachtete seinen mit Wein gefüllten Zinnbecher, als ließe sich dort eine Antwort finden. Die gute Stimmung war dahin. Bei den Studenten am Nebentisch wurde sie dafür umso besser. Sie begannen, aus rauer Kehle zu singen.

Wer lange leben will, der muss auch lange trinken,
beim Trinken müssen Küsse sein,
denn ohne Küsse schmeckt kein Wein:
Damit wir nun nicht früh ins finstre Grab hinsinken,
so lasst uns öfters küssen, öfters trinken.

Einer der Trunkenbolde nahm das Lied allzu wörtlich. Er hielt eine umhereilende Bedienung an der Schürze fest und versuchte, sie zu küssen. Sie entwand sich ihm mit einer geschickten Drehung. Die Gruppe brach daraufhin in johlendes Gelächter aus und sang noch lauter. Dazu ließen sie ihre leeren Becher wuchtig im Takt der Musik auf den Tisch niedersausen.
„Hier stinkt's nach Füchsen", murmelte Wolfgang. Auch er hatte inzwischen reichlich dem Wein zugesprochen.
„Sei still!" Käthe stieß ihrem Freund den Ellbogen in die Seite. Ihr rundes, meist freundliches Gesicht hatte einen ärgerlichen Ausdruck angenommen. „Mein Herr Vater duldet keinen Raufhandel in seiner Wirtschaft."
„Füchse?" Regina verstand nicht.

„So nennt man die Studenten im ersten Jahr", antwortete Bernhard. „Wolfgang ist offenbar auf Streit aus."
Statt zu antworten, legte der Angesprochene seinen Kopf auf die Arme und schlief sofort ein.
Reinhold stand auf. „Wir sollten jetzt besser gehen."
„Dafür müssen wir erst mal Wolfgang wach bekommen." Bernhard bemühte sich nach Kräften. „Am besten bringen wir ihn nach Hause. Er wohnt in der *Großen Feuerkugel* am Neumarkt. Bei Witwe Straube, soweit ich weiß."
Da der Schlafende noch immer keine Regung zeigte, kniff Käthe ihm in die Nase. Ein unwilliges Grunzen war die Antwort.
Regina und Reinhold beschlossen, draußen zu warten. Die Weinstube war mittlerweile bis auf den letzten Platz gefüllt. Einige Gäste mussten ihren Wein sogar im Stehen trinken. Sie kämpften sich durch das Gewühl bis zum Ausgang. Aufatmend traten sie vor die Tür. Ein Gewitter hatte eingesetzt. Der Regen prasselte hart auf das Pflaster. Es blitzte und donnerte. Ein kräftiger Wind wirbelte Blätter über die Straße.
„Und die Gewitterwinde? Sie tragen den Donner! Wie sie rauschen! Wie sie die Wälder durchrauschen!", deklamierte Reinhold. Er liebte Klopstock.
Regina seufzte tief auf, legte den Kopf auf seine Schulter und schloss für einen Moment die Augen. So standen sie regungslos. Plötzlich riss der Himmel auf und gab den Blick frei auf das Gewirr der Sterne, die im Blau der Nacht funkelten.
„Schön!", sagten beide gleichzeitig und lachten.

Die falsche Welt

Wieder ein Umzug.
Der anfangs trübe Novembertag hatte sich schnell aufgehellt, das Fuhrwerk wurde zügig beladen und rumpelte ohne weitere Zwischenfälle von der Haynstraße bis zum nahe gelegenen Neukirchhof. Dorothea schimpfte trotzdem die ganze Zeit. Über den schon seit Tagen nicht mehr abgefahrenen Gassenkot. Über den fluchenden, ständig ausspuckenden Fuhrmann. Über Emanuels Sohn, der noch immer nicht aufgetaucht war. Hatte er nicht versprochen, seinen Tanten beim Umzug zu helfen?
„In Halle ist aus dir ein rechter Sauertopf geworden", fand Elisabeth. „Den Umzug schaffen wir auch ohne Samuel. Als Studiosus wird er viel zu tun haben."
Auch Elisabeths Stimmung war heute nicht die beste. Sie hatte sich für den Umzug einen Tag freinehmen müssen, den man ihr vom Lohn abziehen würde. Zudem wäre sie lieber im Haus der Graffs geblieben, obwohl es dort nach Dorotheas Rückkehr sehr eng geworden war.
„Wir sind in einer misslichen Lage", hatte die Graffin ihr vor einigen Wochen erklärt, als sie Elisabeth im Hof getroffen hatte. „Leider brauchen wir die obere Wohnung nun selbst. Und das so bald als möglich."
Dr. Graff hatte im Jahr zuvor einen Schlaganfall erlitten. Trotz etlicher Aderlässe und teuer bezahlten Tinkturen kam er danach nicht mehr auf die Beine. Meistens lag er jetzt auf dem verschlissenen Kanapee in der Wohnstube. Das Sprechen fiel ihm schwer. Nur die Graffin verstand noch seine stockend und mit sichtlicher Anstrengung hervorgestoßenen Sätze. An die Fortführung der Advokatur war unter solchen Umständen nicht zu denken.

„Das Erdgeschoss und der erste Stock sind bereits an einen Wachstuchfabrikanten vermietet“, erläuterte die Graffin mit einiger Verlegenheit. „Vom Mietzins werden wir mehr schlecht als recht leben können.“
Da war Elisabeth nichts anderes übrig geblieben, als den baldigen Auszug zu versprechen.

Die Wohnung am Neukirchhof war nur wenig größer als die in der Haynstraße. Noch dazu kostete sie zwölf Taler im Jahr. Im Haus des Advokaten hatten sie mietfrei gewohnt.
„Außer der Küche gibt es nur noch eine kleine Stube und drei Schlafkammern. Wie soll das gehen?“ Dorotheas Laune war mit dem Eintreffen in der neuen Behausung nicht besser geworden. „Einen Brunnen hat das Haus auch nicht.“
„Auf dem Kirchhof ist ein Brunnen, bis dahin ist es nicht weit“, beschwichtigte Elisabeth. „Augusta und Juliana sind jung und stark. Ihnen wird es nichts ausmachen, das Wasser von dort zu holen.“
„Hier stehen die schlechtesten Häuser der Stadt, das weiß jeder“, beharrte Dorothea.
Der Neukirchhof machte in der Tat einen heruntergekommenen Eindruck. Das Kopfsteinpflaster war mit Gras überwachsen. Schweine und Hühner liefen auf der Suche nach Futter umher. Der Geruch von Schweinemist und anderen Abfällen war so stark, dass manch ein Besucher sich beim Überqueren des Platzes ein Schnupftuch vor Mund und Nase hielt. Die Reihe der drei- bis vierstöckigen Fachwerkhäuser auf der Ostseite war in besonders schlechtem Zustand. Der bröckelnde Lehmputz gab den Blick auf verfaulende Holzbohlen frei, bei deren Anblick man um die Standfestigkeit des ganzen Hauses fürchten musste. In einem dieser Häuser hatten die Schwestern eine Wohnung im zweiten Stock angemietet. Das Haus war so schmal, dass seine Vorderfront sich gerade einmal über drei Fenster erstreckte.

„Wir können froh sein, dass wir überhaupt etwas gefunden haben“, gab Johanna zu bedenken, nachdem sie einen beklommenen Blick auf das baufällig wirkende Haus geworfen hatte. „Ohne die Madelmeyerin müssten wir jetzt im Armenhaus um Obdach bitten.“
Zum Glück für die Schwestern war die Madelmeyerin mit der Frau des Tischlers Hubert gut bekannt. Dieser war erst kürzlich durch eine Erbschaft in den Stand gesetzt worden, das Haus am Neukirchhof zu erwerben und seine Werkstatt darin einzurichten. Nachdem die Putzmacherin ihrer Bekannten eine von Johannas bunten Schleifen zugesteckt hatte, war diese bereit gewesen, mit ihrem Mann über die eigentlich schon einem Sattler versprochenen Räume im zweiten Stock zu reden. Als er sich am Sonntag darauf nach dem Essen mit aufgeknöpfter Weste und herabhängenden Strümpfen in seinem Lehnstuhl niedergelassen hatte, war ihr der Zeitpunkt günstig erschienen.
„Über den Sattler hört man nichts Gutes. Er soll ein Trunkenbold und Tunichtgut sein.“
„Hm“, hatte Tischler Hubert gebrummt, herzhaft gegähnt und die Augen geschlossen.
„Der Mann vertrinkt seinen Lohn und die Frau hält die Wohnung nicht reinlich“, hatte die Hubertin nachgelegt.
„Weibergeschwätz.“
„Von wegen. Ich habe es vom Schuster auf der Gerbergasse. Sein Vetter wohnt mit dem Sattler im gleichen Haus.“
„Hm.“
„Dort müssen sie ausziehen, weil sie das Mietgeld schuldig blieben.“
„Das Mietgeld schuldig, so, so.“ Tischler Hubert hatte die Augen geöffnet.
„Die Madelmeyerin hat uns vier Schwestern vorgeschlagen“, war seine Frau mit frischem Mut fortgefahren. „Eine ist Witwe und hat zwei Töchter. Sie geht als Näherin in die Meyßelsche

Fabrik. Eine andere stickt allerlei hübsches Putzwerk für die Madelmeyerin."
„Hm."
„Auch vom Almosenamt bekommen sie etwas. Und in Hamburg soll es einen hochgestellten Bruder geben, der ihnen manchen Taler schickt. "
Tischler Hubert hatte umständlich seine Stummelpfeife gestopft. Er hatte nachgedacht. Ein Bruder von Stand würde sich beim Mietgeld nicht lumpen lassen. Andererseits: Vier Weiber ohne Mann – das brachte womöglich mehr Ärger als Gewinn.
„Nun gut, das Weibervolk kann einziehen", hatte er schließlich beschlossen. „Allerdings kostet die Wohnung jetzt nicht mehr zehn, sondern zwölf Taler im Jahr. Und zwar im Voraus."

Nach dem Abladen trugen die Schwestern ihren Hausstand durch den Flur in einen kleinen Hof, der dem Tischler als Werkstatt und Lagerplatz diente. Von dort aus gelangte man über eine steile Treppe zu den oberen Stockwerken.
„Wir haben noch einen Krämer, einen Budenbesitzer und einen Zimmergesellen im Haus", hatte die Hubertin ihnen gleich bei der ersten Begegnung erklärt. „Alles ehrbare Leute, die pünktlich das Mietgeld zahlen."
Die Schwestern hatten die im Voraus geforderten zwölf Taler nur mit Mühe aufbringen können. Mit den wenigen Groschen vom Almosenamt konnten sie auch bei größter Sparsamkeit unmöglich auskommen. Die sechs Taler im Jahr, die Elisabeth seit Kriegsende aus dem Graff'schen Legat für Witwen bezog, halfen zwar, reichten aber ebenfalls nicht aus. Elisabeth ging deshalb als Näherin in die Meyßelsche Fabrik vor dem Hallischen Tor, verdiente dort aber nicht viel. Johanna wurde für ihre Stickarbeiten etwas besser bezahlt, aber ihre Einkünfte waren unregelmäßig und schwankten stark. Auch Regina konnte nur noch wenig zum Lebensunterhalt beitragen. Constanze Breitkopf legte keinen großen Wert mehr auf ihre Gesellschaft.

Das Interesse der Herangewachsenen galt jetzt eher den zahlreichen Verehrern, die sie umschwärmten. Wenn sie trotzdem noch ab und zu nach Regina schicken ließ, so nur, weil ihre Mutter sie dazu anhielt.

Am Ende hatte Dorothea geholfen. Aus ihrem väterlichen Erbteil waren ihr zehn Taler geblieben, die sie sorgfältig in einer Schatulle verwahrt und vor Friedemann versteckt hatte.

„Ihm zerrann das Geld zwischen den Fingern", erzählte sie Elisabeth, während sie aus den Tiefen ihrer Kleidertruhe ein silbernes Kästchen hervorholte. „So manchen Taler hat er in die Schenken getragen. Auch mit den Oberen lag er ständig im Streit, weil ihm der Verdienst zu niedrig war."

„Seid ihr deshalb nach Braunschweig gezogen?"

„Er dachte, dort eine bessere Stellung zu finden. Aber sie haben einen Jüngeren genommen."

„Das war sicher schwer für ihn."

„Nicht nur für ihn. Er musste die Küchenmagd entlassen. Danach lag die ganze Arbeit auf meinen Schultern. Sein Weib dünkte sich zu fein dafür."

„Und Friedemann?"

„Wollte von häuslichen Sorgen nichts wissen. Lass mich mit dem Weiberkram in Ruhe, hieß es."

„Dann ist gut, dass du zu uns gekommen bist." Elisabeth nahm die zehn Taler in Empfang.

„Damit wird Tischler Hubert vorerst zufrieden sein. Die restlichen beiden Taler geben wir ihm so bald wie möglich.

„Zuerst wird gekehrt, dann gescheuert." Dorothea stand mit in die Hüfte gestemmten Armen in einem der muffigen Räume, die von jetzt an ihr neues Zuhause sein würden.

Elisabeth ging mit einem langen Stiel von Raum zu Raum, auf dem eine Kugel aus Borsten befestigt war. Mit energischen Bewegungen befreite sie die weißgetünchten Decken und Wände so gut es eben ging vom Schmutz der vergangenen Jahre.

Anschließend wurden die Fußböden gescheuert. Augusta und Juliana schleppten einen Wassereimer nach dem anderen über die steile Treppe nach oben, bis alles sauber und halbwegs bewohnbar erschien. Als es an das Aufteilen und Einrichten der Zimmer ging, waren sich alle einig. Dorothea sollte die Kammer mit dem Alkoven für sich alleine bekommen.
„Du bist die Älteste und brauchst in der Nacht deine Ruhe." Johanna strich ihrer Schwester sanft über die ehemals aschblonden, inzwischen ergrauten Haare, die straff nach hinten gekämmt waren.
„Wenn nur meine Kleidertruhe noch hineinpasst. Die hat mich zwei Taler Frachtgeld gekostet."
Elisabeth und Johanna teilten sich die zweite Schlafkammer. In das dritte Zimmer zogen Augusta und Juliana. Dort gab es ein mit Brettern umschlossenes Hochbett, das man über eine kleine Leiter erreichten konnte.
„Ist das nicht eine hübsche Kuhkanzel?", hatte ihr neuer Vermieter bei der Besichtigung gesagt und meckernd gelacht.
Kuhkanzel? Das Wort hatten Augusta und Juliana noch nie gehört.
„In so einem Verschlag schläft normalerweise die Dienstmagd", erklärte ihnen Elisabeth später. „Tischler Hubert hat sicher nur einen Scherz machen wollen."
Augusta verzog angewidert das Gesicht. „Nur ein pöbelhafter Mensch spricht auf solche Weise."
„Seid freundlich zu ihm, er kann uns die Wohnung auch wieder wegnehmen", mahnte Elisabeth.
„Und wo schläft Tante Regina?", fragte Juliana.
Elisabeth dachte nach. „Wenn wir abends den großen Tisch neben das Spinettchen rücken, ist in der Stube noch genug Platz für einen Strohsack."
Dagegen hatte Regina nichts einzuwenden. Ihr war es im Grunde gleich, wo sie schlief. Als sie später in der Kleiderkiste nach ihrer Nachthaube suchte, wäre ihr fast die blaue Dame her-

untergefallen. Sie hatte schon einige Zeit zwischen der Wäsche gelegen.
„Sieh an, Madame Royal ist auch noch da", spottete Dorothea, die sich in dem abgewetzten Lehnstuhl ein wenig ausruhte. „Jünger ist sie freilich nicht geworden in all den Jahren. Ob es Ihro Gnaden wohl in diesen Gemächern gefallen wird?"
Die Puppe hatte ohne Zweifel schon bessere Tage gesehen. Das weit ausgestellte, mit Gold- und Silberfäden durchwirkte Samtkleid war inzwischen vollends ausgebleicht. Am Mund war ein Stück Porzellan abgeplatzt. Die drei weißen Federn auf dem breitkrempigen Hut fehlten ganz.
„Sie ist immer noch schön." Regina legte die Porzellanfigur sorgfältig wieder in die Kleiderkiste zurück. Dann fiel ihr Blick auf das Spinett. Es hatte in einer Ecke notdürftig Platz gefunden. „Der Vogelbauer kann da nicht stehen bleiben."
Johanna hatte den hölzernen Käfig vorläufig auf dem geschlossenen Spinett abgestellt. Er war leer. Der braune Hänfling hatte eines Morgens tot in seinem Käfig gelegen, als Augusta ihm sein Futter geben wollte.
„Der kommt zu uns in die Kammer", bot Augusta an. „Wenn ich erst einmal verheiratet bin, wird mein Gemahl mir einen prächtigen Singvogel für den Käfig kaufen."
„Augusta hat wieder den Kopf voller Grillen."
Elisabeth betrachtete ihre Tochter mit wachsender Sorge. Aus dem stillen Mädchen mit den fest geflochtenen Zöpfen war eine großgewachsene 20-Jährige geworden, die ständig ein Buch vor der Nase hatte. Ihrer Mutter gefiel das gar nicht.
„Meine Älteste ist lesewütig geworden", schimpfte sie, wenn Augusta wieder einmal über einem Buch statt über einer Näharbeit saß. „Lerne lieber etwas Nützliches, Kind."
Augusta scherte sich nicht um das Nützliche. Sie träumte lieber. Dabei halfen ihr billig gedruckte Romane, die sie von einer ebenso lesebegierigen Freundin in der Petersstraße auslieh.
An ihrem ersten Abend in der neuen Wohnung saßen die Sechs

erschöpft um den ovalen Eichentisch in der Stube und aßen Butterbrot.
„Am Sonntag gehen wir nach der Vesper zu Magister Schilling und melden ihm Dorotheas Rückkehr", verkündete Elisabeth kauend.
Nachdem Dr. Graff der Schlagfluss getroffen hatte, musste das Gericht einen anderen Rechtsbeistand für die Altnickolin und ihre Schwestern bestellen. Die Wahl war auf Carl Ludwig Friedrich Schilling gefallen. Er wohnte ebenfalls am Neukirchhof. Der frisch gebackene Magister hatte eben seine Stelle als Lehrer an der Thomasschule angetreten und war in das Haus des Musikdirektors Görner gezogen.
„Müssen wir etwa mit?" Augusta mochte den neuen Kurator nicht.
„Du kannst mit Juliana zu Hause bleiben", entschied Elisabeth. „Aber gelesen wird nicht, hörst du, Augusta? Es sind noch genug Strümpfe zu stopfen."

Am Sonntagnachmittag machten die vier Schwestern sich auf den Weg.
„An den Organisten Görner erinnere ich mich noch von der Thomaskirche her", sagte Dorothea, während sie naserümpfend um einen Misthaufen herumging. „Er muss inzwischen in hohen Jahren stehen."
„Er ist weit über siebzig, versieht aber noch sein Amt als Musikdirektor der Paulinerkirche", wusste Johanna.
„Unserem seligen Herrn Vater hat er so manchen Verdruss bereitet", fiel Dorothea nun ein. „Besonders an eine Sache erinnere ich mich noch gut."
„Wir sind da", unterbrach Elisabeth sie.
Görners Haus lag am oberen Ende des länglichen Vierecks, das den Neukirchhof bildete. Aus massivem Stein, nicht aus Fachwerk gebaut, gehörte es zu den besseren Häusern am Platz. Einen kurzen Moment verharrten die Frauen unschlüssig vor

der Haustür. Dorothea nestelte unruhig an ihrer Haube. Saß sie auch richtig? Noch am Morgen hatte sie ihr Kleid sorgfältig geplättet und ausgebürstet. Jetzt atmete sie mehrmals tief durch. Dann ließ sie den Türklopfer kräftig gegen das kupferbeschlagene Holz schlagen. Eine Dienstmagd öffnete ihnen.
„Ist Magister Schilling zu sprechen?"
Wortlos führte das junge Mädchen sie in den zweiten Stock. Dort öffnete sie die Tür zum Studierzimmer und hieß sie eintreten. Magister Schilling, der trotz seiner jungen Jahre bereits eine Glatze hatte, saß im Morgenrock und barhäuptig an seinem Schreibtisch. Als er die Schwestern bemerkte, setzte er eilig seine gepuderte Perücke auf, erhob sich von seinem Stuhl und gab der Dienstmagd eine Ohrfeige.
„Du sollst mir Besucher melden, bevor du sie hereinführst. Wie oft muss ich dir das noch sagen?"
Das junge Mädchen wich erschrocken zurück, knickste unbeholfen und verließ das Zimmer.
Der Magister wandte sich den Frauen zu. „Nun, was gibt es?"
„Unsere Schwester Dorothea ist nach Leipzig zurückgekehrt und wohnt mit uns beim Tischler Hubert", erklärte Elisabeth. „Bisher war unser Bruder Wilhelm Friedemann ihr Kurator."
„Noch eine Bachin also", knurrte Magister Schilling. Er nahm Dorothea in Augenschein. „Und wieder ein altes Mädchen."
Dorotheas Hals bekam rote Flecken. „Ich habe meinem Herrn Bruder viele Jahre die Wirtschaft geführt", entgegnete sie so ruhig wic möglich.
Elisabeth, die direkt neben ihr stand, legte warnend eine Hand auf ihren Arm.
„Dazu sind die Weiber da", versetzte der Magister.
„Mein Bruder war *Director musices* in Halle."
„Nicht in Hamburg?"
„Das ist ein anderer Bruder", wagte Johanna zu bemerken.
„Wie dem auch sei. Ich werde wohl aufs Amt gehen müssen, um noch eine Almosenfrau anzumelden." Der Magister beugte

sich über seinen Schreibtisch und notierte etwas. „Seid sparsam und fleißig, benehmt euch sittsam, wie es sich ziemt, dann werden wir schon miteinander ins Reine kommen."
Das Gespräch war beendet. Mit einem Knicks verließen die Frauen das Zimmer. Schweigend stiegen sie die Treppe hinab.
„Jetzt haben wir gar nicht nach dem Holzgeld gefragt", fiel Johanna ein, als sie wieder draußen waren.
Aus dem Universitätsalmosen bekamen die Schwestern gelegentlich einige Groschen für Kleidung oder Holz. Auch eine Weihnachtszulage war in guten Jahren möglich. Solche besonderen Zuwendungen mussten aber vom Kurator beantragt werden.
„Ich gehe morgen noch einmal hin", beschloss Elisabeth. „Vielleicht ist seine Laune dann nicht mehr ganz so salzig."

Es war bereits Winter, als Emanuels Sohn das erste Mal in der Wohnung am Neukirchhof auftauchte. Mit schüchternem Lächeln und vom Schnee bestäubten Rock stand er an einem klirrend kalten Dezemberabend plötzlich vor der Tür. Johanna sprang sofort auf.
„Der Rock muss getrocknet werden, sonst erkältest du dich. Zieh am besten auch gleich die Schuhe aus."
Sie führte den jungen Mann in die kleine Wohnstube. Dorothea sah von ihrer Näharbeit auf. „Warum kommst du erst jetzt? Wir hätten dich beim Umzug gut brauchen können." Sie sah keinen Grund, den saumseligen Neffen mit allzu viel Freundlichkeit zu empfangen. Der senkte den Blick und murmelte eine Entschuldigung.
„Nun lass doch den Jungen", verteidigte ihn Johanna. „Es ist schön, dass er seine alten Tanten nicht ganz vergessen hat."
Johann Sebastian Bach der Jüngere wollte unbedingt Maler werden. Für seinen Vater war das eine herbe Enttäuschung.
„Dein Großvater war ein großer Compositeur und du trägst seinen Namen", hielt er ihm vor, als es wieder einmal um das

leidige Thema ging. „Wir Bachs haben Musik gemacht, seitdem unser Vorfahr aus Ungarn ins Thüringische kam. Bedeutet dir das gar nichts?“

In diesem Moment beschloss Sebastian, sich ab sofort Samuel zu nennen. Dann beteuerte er unter Tränen, für alles Musikalische unbrauchbar zu sein. Das habe der Herr Vater doch sicher auch schon bemerkt. Das Zeichnen und Malen nach der Natur sei es vielmehr, wozu er sich berufen fühle. Auf diesem Gebiete gedenke er seinen Weg schon zu machen, wenn man ihn nur ließe.

Nach tagelangem Streit lenkte Emanuel schließlich ein, was Sebastian vor allem seiner Mutter zu verdanken hatte. Schon in Berlin hatte sie dafür gesorgt, dass der Halbwüchsige Mal- und Zeichenunterricht bekam. Ohne ein Studium werde es freilich nicht gehen und alle bisherige Anstrengung sei umsonst gewesen, hielt sie ihrem Mann wieder und wieder vor. Der erklärte sich endlich bereit, Sebastian zur Ausbildung an die Kunstakademie in Leipzig zu schicken. Seinen Freund Immanuel Breitkopf bat er, den Jungen bei sich aufzunehmen. Der Freund kam dieser Bitte gerne nach.

„Professor Oeser ist ein vorzüglicher Maler und ebenso guter Lehrer“, schrieb er nach Hamburg. „Für Kost und Logis in meinem Hause wird gesorgt sein.“

Seit gut einem Jahr besuchte Sebastian, genannt Samuel, jetzt schon die Mal- und Zeichenakademie im Westflügel der Pleißenburg. Emanuel schickte regelmäßig das dafür notwendige Geld. Auch für die Schwestern legte er stets einige Taler dazu.

„Ich komme gerade aus der Wincklerschen Kunstsammlung“, schwärmte der Neffe, während er die durchnässten Schuhe auszog. Johanna räumte ihre Nähsachen beiseite und bot ihm einen Stuhl an. „Das Auge wird gefesselt von vorzüglichen Gemälden aller Art“, fuhr er fort. „So gut will auch ich einmal malen können.“

„Das wird dir sicher gelingen, wenn du fleißig bist“, ermutig-

te ihn Elisabeth. Sie hielt dabei ihre vom Nähen zerstochenen Fingerkuppen, die dick mit schwarzer Salbe bestrichen waren, so gut es ging unter dem Tisch verborgen.
„Ist Geld aus Hamburg angekommen?“, fragte Dorothea.
Samuel verneinte. Erst jetzt nahm er die beengten Verhältnisse, die kleinen Fenster und den muffigen Geruch der neuen Wohnung wahr.
„Vor Weihnachten schickt der Herr Vater bestimmt noch etwas. Ich bringe Euren Teil dann sofort vorbei“, versprach er.
„Aber nicht vergessen“, mahnte Dorothea. „Die große Teuerung macht uns sehr zu schaffen. Wir essen tagaus, tagein nur noch Kohlsuppe.“
Seitdem es in Sachsen gleich mehrere Missernten gegeben hatte, stiegen die Preise für Lebensmittel unaufhaltsam.
„Ein Rest Suppe müsste noch da sein. Soll ich sie dir warm machen?“, bot Johanna an.
„Das ist sehr freundlich von Ihnen, liebe Tante. Aber ich habe schon bei den Breitkopfs gegessen. Dort fehlt es mir an nichts.“
„Ist es wahr, dass in Hamburgs Kirchen auch Frauen singen dürfen?“ Das hatte Regina ihren Neffen schon die ganze Zeit fragen wollen.
Samuel wusste es nicht. Er versprach, sich bei seinem nächsten Besuch in Hamburg danach zu erkundigen.
„Ich hatte auch einen Sohn mit Namen Johann Sebastian.“
Es wurde still um den Eichentisch. Augusta und Juliana wechselten besorgte Blicke. Wenn die Mutter einmal mit diesem Thema anfing, endete das unweigerlich mit Tränen.
„Er wäre jetzt fast so alt wie du.“
Samuel nickte. Auch er hörte die traurige Geschichte nicht zum ersten Mal.
„Ein kräftiger Junge, der schon mit sechs Monaten durch die Stube krabbelte.“
Juliana rieb mit ihrer Schürze ein Loch in das beschlagene Fenster und sah hinaus. „Es schneit nicht mehr.“

„Eines Morgens lag er kalt und starr in seiner Wiege. Keiner wusste, warum." Elisabeths Augen füllten sich mit Tränen. Sie schlug die Hände vor das Gesicht. Die anderen schwiegen.
Nach einer qualvollen Minute beschloss Samuel, das Thema zu wechseln. „In der Katharinenstraße habe ich ein Haus mit Blitzableiter gesehen. Bei uns in Hamburg sind die schon auf jedem Dach."
„Was ist ein Blitzableiter?", fragte Johanna, dankbar für die Ablenkung.
„Eine Stange aus Metall. Dadurch wird der Blitz am Haus vorbei in die Erde geleitet."
Dorothea schüttelte unwillig den Kopf. „Wen der Blitz treffen soll, den trifft er. Dem Zorn Gottes entgeht man nicht." Sie wandte sich zu Elisabeth. „Und gegen seinen Ratschluss dürfen wir nicht aufbegehren."
Elisabeth schaute zu Boden. Ihr Gesicht war schwarz von den Spuren der Salbe, die sich mit ihren Tränen vermischt hatten.
Samuel stand auf. „Für mich wird es Zeit. Bei den Breitkopfs werden heute Gäste erwartet. Da muss ich noch meine Aufwartung machen."
Er log schlecht. Sein weiches, noch jungenhaftes Gesicht mit dem zarten Flaum auf Kinn und Oberlippe war vor Verlegenheit rot geworden.
„Komm bald wieder", bat Johanna, als sie ihm Rock und Schuhe brachte.
Vor dem Haus blieb Samuel einen Moment stehen und sah nach oben. Der Mond stand in vollem Schein über dem Neukirchhof. Die schneebedeckten Dächer schimmerten silbern in seinem Licht. Samuel sog die kalte, frische Winterluft in tiefen Atemzügen ein. Dann ging er mit beschwingten Schritten davon.

Die Zurückgebliebenen sprachen nicht mehr viel an diesem Abend. Augusta und Juliana gingen bald zu Bett. Auch Doro-

thea zog sich in ihre Kammer zurück. Johanna saß über einem Blatt Papier. Sie plante und rechnete. Wenn Emanuel nicht bald Geld schickte, würden sie zu Weihnachten entweder am Holz oder am Essen sparen müssen. Holzgeld würde es erst im Januar geben, hatte Magister Schilling ausrichten lassen. Elisabeth saß schweigend da. Sie dachte noch immer an ihren früh verstorbenen Sohn. Auch Regina hing ihren eigenen Gedanken nach. Sie war froh, dass Samuel nur kurz geblieben war. Er hatte sie im Haus der Breitkopfs einmal im vertrauten Umgang mit Reinhold gesehen. Seitdem fürchtete sie bei jedem seiner Besuche, er könne, und wenn es nur im Scherz wäre, darauf zu sprechen kommen. Johanna war die einzige in der Familie, die Bescheid wusste. Elisabeth würde ihr jeden Umgang mit Reinhold sofort verbieten, wenn sie von der heimlichen Verlobung erführe. Ein verbummelter Student ohne Aussicht auf eine Anstellung kam für eine Bachin nicht infrage. Was Dorothea von der Sache hielt, mochte Regina sich gar nicht erst vorstellen. Die Jahre in Halle hatten die erstgeborene Schwester noch strenger gemacht als zuvor. Vor allem Augusta und Juliana konnten ihr nichts recht machen. Wenn sie frühmorgens zu ihrem täglichen Kirchgang aufbrach, atmeten die beiden Mädchen jedesmal erleichtert auf. Leider kam ihre Tante oft noch schlechter gelaunt aus der Kirche zurück, als sie hingegangen war. Besonders der junge Diakon an der Neukirche missfiel ihr.
„Was soll ich mit so einem Milchbart?“, schimpfte sie. „Seine Predigten sind dünn wie Wassersuppe.“
So ging Dorothea nach der Morgenandacht oft noch zur Mittagspredigt in die Thomaskirche. Aber auch dort wartete so manche Enttäuschung. Niemand erkannte sie, niemand erwies ihr als Tochter des früheren Kantors Respekt. Zu Lebzeiten des Vaters hatte sie einen festen Sitzplatz ganz in der Nähe der Kanzel gehabt. Heute musste sie sich mit einem Stehplatz begnügen. Der anstrengende Rückweg machte die Sache nicht besser.
„Überall sieht man jetzt liederliche Frauenzimmer. Am hell-

lichten Tage posieren sie mit Mannspersonen“, empörte sie sich einmal beim Essen.
„Nun, nun“, versuchte Elisabeth zu beschwichtigen.
Doch Dorothea war nicht zu bremsen. „Solchen Weibsbildern wird es ergehen wie einer Dienstmagd, die ich in Halle kannte.“
„Was war mit ihr?“, fragte Johanna mehr aus Höflichkeit denn aus echtem Interesse.
„Das schamlose Frauenzimmer hat den Sohn ihres Dienstherrn verführt. Als sie schwanger wurde, kam alles ans Licht. Darauf wurde die Kirchenbuße über sie verhängt.“
„Kirchenbuße?“ Davon hatten Augusta und Juliana noch nie gehört.
„Sie musste während der Frühpredigt niederknien und vor der ganzen Gemeinde bekennen, dass sie fleischliche Unzucht getrieben hat. Im Arbeitshaus kam sie später mit einem Knaben nieder und ist im Wochenbett gestorben“, schloss Dorothea mit Genugtuung.
Elisabeth schüttelte ärgerlich den Kopf. „Musst du so etwas unbedingt in Gegenwart der beiden Mädchen erzählen?“
„Gerade die müssen es wissen. Damit sie gewarnt sind.“

Für Reinhold war der Vorfall in der Nicolaikirche nicht ohne Folgen geblieben.
„Anton hat sein Schandmaul natürlich nicht halten können!“ Reinhold schäumte vor Wut, als er Regina bei ihrem nächsten Treffen die schlechte Nachricht überbrachte. Die beiden saßen beim Speisewirt Buch im Klostergässchen, wo man den ganzen Nachmittag bei nur einer Tasse Kaffee verbringen konnte.
„Der Schuft hat gleich am nächsten Tag alles ausgeplaudert. Die anderen haben sich darüber das Maul zerrissen. Ob man die hübsche Jungfer im hellblauen Kleid nicht auch einmal kennenlernen könne? Ob sie wohl auch mit anderen Männern auf die Empore ginge? Ich möchte jetzt noch dreinschlagen, wenn ich daran denke.“

Auch dem Chorpräfekten war die Sache schließlich zu Ohren gekommen. Er befahl Reinhold zu sich. In barschem Ton verlangte er zu wissen, wer die fremde Jungfer gewesen sei, die er gegen alle Regel auf der Empore habe singen lassen.
„Deinen Namen habe ich natürlich nicht gesagt", stellte Reinhold klar und lächelte zu Regina herüber. „Man hat schließlich eine Ehre im Leibe."
Wenig später wurde Reinhold wegen unsittlichen Betragens aus der Gemeinschaft der Choralisten ausgeschlossen. Seine Stube hatte er bis zum Monatsende zu räumen. Damit entfiel auch das großzügige Stipendium. Wie sollte er jetzt die Kosten für das Studium aufbringen? Sein Vater war nur ein Schulmeister, von ihm war keine Unterstützung zu erwarten. Regina beschloss, Constanze um Hilfe zu bitten.
„Wenn du zu stolz bist, ich bin es nicht", erklärte sie, als Reinhold sie davon abhalten wollte. Gleich am nächsten Tag ging sie zu Constanze und erzählte ihr alles.
„Was sind das nur für hartherzige Philister!" Constanze dachte nach. „Auch wenn der Herr Vater noch immer böse auf mich ist. In dieser Sache wird er Rat wissen."
Im Hause Breitkopf war es kurz zuvor zu einem heftigen Streit gekommen. Nachdem Corona Schröter ein gern gesehener Gast im *Silbernen Bären* geworden war, wurden unter ihrer Anleitung verschiedene kleine Stücke einstudiert und im Gesellschaftszimmer aufgeführt. Alle waren begeistert bei der Sache. Die Schauspielerin schlug daraufhin vor, die Aufführungen nicht auf den privaten Kreis zu beschränken, sondern sich auch einmal an einen öffentlichen Ort damit zu wagen. Für genügend Publikum wolle sie schon sorgen. Der Plan wurde als Erstes der Mutter unterbreitet. Madame Breitkopf schien zunächst nicht abgeneigt. Ihr Einverständnis machte sie allerdings von der Erlaubnis ihres Mannes abhängig. Man einigte sich, Constanze vorzuschicken. Ihr konnte der Vater nur schwer etwas abschlagen. Am folgenden Sonntag, als man nach dem Mittag-

essen noch ein wenig beisammen saß, brachte sie ihr Anliegen vor. Der Vater sprach von einem närrischen Einfall. Constanze widersprach. Da schlug er mit der Faust auf den Tisch.
„Meine Tochter prostituiert sich nicht in der Öffentlichkeit! Womöglich willst du nach der Vorstellung mit einem Hut herumgehen, wie es die Gaukler machen?"
„So halten Sie Corona Schröter für eine Gauklerin?"
„Es schickt sich nicht für dich, dabei bleibt es", entschied der Vater. „Und das Komödienspiel in meinem Hause hat ab sofort ein Ende", fuhr er, einmal in Fahrt geraten, fort. Seit diesem Tag gingen alle auf Zehenspitzen, um den Hausherrn nicht noch weiter zu verärgern.
Immanuel Breitkopf saß wie gewöhnlich in seinem Arbeitszimmer, als Constanze am Morgen nach Reginas Besuch an seine Tür klopfte.
„Nun, was gibt es? Wenn du mich umstimmen willst, schlag dir das aus deinem hübschen Köpfchen."
Constanze zwang sich zur Ruhe. Sie berichtete in aller Sachlichkeit, was Regina ihr erzählt hatte. War es denn gar so schlimm, dass die beiden auf der Kirchenempore zusammen gesungen hatten?
„Sie haben nur gesungen? Weiter ist nichts vorgefallen?"
„Gewiss nicht."
Constanzes Vater dachte nach. „Ein Choralist von St. Nicolai also. Kann er schnell und sauber Noten kopieren?"
Seitdem Immanuel Breitkopf das Geschäft von seinem Vater übernommen hatte, blühte der Handel mit handschriftlichen Noten. Aus verschiedenen Nachlässen hatte er in den letzten Jahren ein umfangreiches Archiv aufgebaut. Auf Bestellung wurden einzelne Werke daraus kopiert und zu einem festgelegten Seitenpreis verkauft. Gute Kopisten konnte der Verlag daher immer gebrauchen.
Constanze bejahte auf gut Glück. Soweit sie wisse, sei Reinhold ein geübter Kopist.

„Nun gut. Er soll sich am Montag früh im Kontor einfinden, dann wird man sehen."
Statt einer Antwort fiel Constanze ihrem Vater um den Hals.

Am angegebenen Tag wurde Reinhold im Breitkopf'schen Kontor vorstellig. Um einen guten Eindruck bemüht, hatte er vorher noch seinen besten Rock ausgebürstet und die Schuhe blank geputzt. Auf seine schon arg mitgenommene Perücke hatte er in Ermangelung echten Puders etwas Mehl gestreut, sodass man die kahlen und verfilzten Stellen kaum noch sah. Nach einem kurzen Gespräch mit Herrn Breitkopf bekam er die Stelle. Der Verdienst war nicht gerade üppig, aber sein neuer Brotherr verschaffte ihm einen Freitisch. Bei einem Instrumentenmacher in der Petersstraße würde er täglich ein kostenloses Mittagessen bekommen. Dort fand sich unter dem Dach auch eine winzige Kammer, in die er sofort einziehen konnte.
„Wenn ich morgens zeitig aufstehe, bleibt nach der Arbeit noch genügend Zeit für das Studium", erzählte er Regina, als sie am Sonntag darauf im Rosental spazieren gingen.
„Ich gäbe wohl auch eine gute Kopistin ab. Die Gottschedin war immer sehr zufrieden mit mir."
„In dem Kontor arbeiten nur Mannspersonen."
„Dann werden sie mich nicht nehmen", seufzte Regina. „Bekommst du auch genug zu essen?"
Reinhold zögerte mit der Antwort. Die Wahrheit war, dass die Frau des Instrumentenmachers nicht viel von der Großzügigkeit ihres Mannes hielt. Jeder Bissen, den Reinhold zu sich nahm, wurde von ihr missgünstig beäugt. Warum sollte sie einen mittellosen, noch dazu stets hungrigen Studenten durchfüttern? Wo doch die Lebensmittelpreise so hoch waren wie seit dem Kriege nicht mehr.
„Ich habe mich nicht zu beklagen", antwortete Reinhold schließlich. Er bot Regina, die fast über eine Baumwurzel ge-

stolpert wäre, seinen Arm. „Bald werde ich ohnehin die Prüfungen machen und wir können heiraten."
Doch Reinhold kam mit dem Studium nicht so gut voran, wie er vorgab. Zeitlich wäre es zu schaffen gewesen. Auch sein Lohn als Kopist reichte bei größter Sparsamkeit gerade aus, um die anfallenden Kosten zu decken. Anfangs besuchte er nach der Arbeit auch regelmäßig die Vorlesungen oder setzte sich in die Bibliothek. Vor allem im Hebräischen hatte er noch große Lücken. Schon bald erlahmte sein Eifer jedoch. Sobald er das Paulinum betrat, wurde er angefeindet und schikaniert. Mal verschwanden die Federkiele, die er sich eben zurechtgeschnitten hatte, mal ergoss sich das Tintenfass eines Sitznachbarn über seine Notizen. Der Vorfall in *Apels Garten* hatte sich schnell unter den Studenten herumgesprochen. Sein Kontrahent dachte gar nicht daran, die Sache auf sich beruhen zu lassen. Der Adlige residierte standesgemäß im *Hôtel de Saxe* in der Klostergasse. Dorthin ließ er sich jede Gemeinheit melden, mit der seine Freunde Reinhold zu vergraulen suchten. Je mehr der Freiherr sich dabei amüsierte, desto spendabler wurde er.
Regina erfuhr von alledem nichts. Wenn sie sich trafen, beteuerte Reinhold regelmäßig, alles sei in bester Ordnung. Als ihr sonntäglicher Spazierweg sie wieder einmal vor das Grimmaische Tor führte, war gleich neben der Postmeilensäule ein provisorisches Podest errichtet. Es diente einer durchreisenden Schauspielergesellschaft als Wanderbühne. Den angeschlagenen Plakaten war zu entnehmen, dass die erste Vorstellung schon bald beginnen würde.
„Sieh mal, sie geben eine italienische Oper!", rief Reinhold.
Sie traten näher an das Plakat heran. *Pergolesi: La serva padrona,* las Regina.
„Wollen wir hineingehen?"
„Besser nicht." Regina kam die grob gezimmerte Bühne allzu schäbig vor. „Außerdem kostet es drei Groschen Eintritt."
„Wir können umsonst hinein. Ich habe schon mit dem Prinzi-

pal gesprochen. Er sucht einen Altus. Sängerinnen nehmen sie auch."

Regina begriff, dass sie nicht zufällig hier waren. „Du elender Narr!", rief sie so laut, dass einige Spaziergänger zu ihnen hinüberblickten. „Soll ich mit dir umherziehen wie irgendein liederliches Frauenzimmer?"

„Wir könnten vorher heiraten."

„Dazu brauchst du eine sichere Anstellung. Sonst wird mein Vormund es nicht erlauben."

Reinhold gab sich einsichtig. Die gute Stimmung war allerdings dahin. Regina wollte so schnell wie möglich nach Hause. Schweigend gingen sie zusammen bis zum Marktplatz. Dort trennten sich ihre Wege.

Erst nach Wochen sahen sie sich wieder. Regina war einer der selten gewordenen Einladungen in das Haus der Breitkopfs gefolgt. Als sie im *Silbernen Bären* ankam, hatte sie außer einer dünnen Wassersuppe nichts im Magen. Die große Teuerung machte inzwischen selbst einen Laib Brot zu einer Kostbarkeit. Bei den Breitkopfs war von diesen Problemen wenig zu spüren, mochten auch die aufgetischten Speisen etwas einfacher sein als gewohnt.

„Sehen Sie nur, wer heute unser Gast ist." Constanze wies auf die gegenüberliegende Fensterseite, nachdem sie Regina begrüßt hatte. Am Fenster stand Reinhold. Noch hatte er sie nicht bemerkt.

Regina erschrak. „Ist Samuel etwa auch hier?"

Constanze zwinkerte verschwörerisch. „Keine Angst, Ihr Neffe hat Unterricht bei Professor Oeser."

Zögernd ging Regina auf Reinhold zu. „Geht es dir gut?"

„Mein Herr Vater ist gestorben", brach es aus ihm heraus.

„Das tut mir leid. Warst du zur Beerdigung in Grimma?"

Reinhold nickte. „Ich bin eben zurück. Ein polnischer Graf will mich als seinen Sekretär in Dienst nehmen."

„Und das Studium?"
„Muss warten. Ich habe jetzt Mutter und Schwester zu versorgen. Der Graf zahlt mir fünf Taler im Monat."
„Du wirst nie die Prüfungen machen."
„Seine Durchlaucht wird schon bald nach Italien aufbrechen. Stell dir vor, Italien!"
Regina wandte sich ab. Ohne ein weiteres Wort ging sie zu einem der Fenster und sah hinaus. Es wurde schon dunkel. Der *Goldene Bär* gegenüber war nur noch schemenhaft zu erkennen. Hinter ihr stimmte jemand eine Geige. Sie sah sich um. Es war Bernhard. Als er mit der Intonation zufrieden war, trat der frisch gebackene Magister zu seiner Verlobten ans Clavichord. Mit einem Kopfnicken gab er den Einsatz. Sie begannen mit einem schmelzenden Adagio. Schnell drehte Regina sich wieder zum Fenster. Sie war froh, als der letzte, gefühlvoll gespielte Ton verklungen war. Als nächstes Stück kündigte Bernhard ein Lied an. Es hieß *Die Nacht*.
„Unser lieber Wolfgang Goethe, der in diesem Hause so oft mit uns beisammen war, hat es unserer Freundin Friederike Oeser gewidmet. Ich habe mir erlaubt, eine Melodie hinzuzusetzen."

Gern verlass ich diese Hütte,
meiner Schönen Aufenthalt,
und durchstreich mit leisem Tritte
diesen ausgestorbnen Wald.
Luna bricht die Nacht der Eichen,
Zephir melden ihren Lauf,
und die Birken streun mit Neigen
ihr den süß'ten Weihrauch auf.

Regina beschloss zu gehen, sobald das Lied zu Ende war.

Schauer, der das Herze fühlen,
der die Seele schmelzen macht,

wandelt im Gebüsch im Kühlen.
Welche schöne, süße Nacht!
Freude! Wollust! Kaum zu fassen!
Und doch wollt ich, Himmel, dir
tausend deiner Nächte lassen,
gäb mein Mädchen eine mir.

Das Publikum lachte. Der Sänger und seine Begleiterin verbeugten sich. Noch während applaudiert wurde, steuerte Regina geradewegs auf die Tür zu. Constanze hielt sie auf.
„Hat unser Frankfurter Grillenfänger nicht ein drolliges Gedicht geschrieben?“
„Ja, sehr hübsch.“
„Reinhold ist gerade gegangen. Er will Ihnen so bald wie möglich aus Italien schreiben. Die Briefe schickt er an meine Adresse.“
Regina nickte. Dann ging sie nach Hause.

Als Samuel seine Tanten das letzte Mal besuchte, war er gerade erst von einer schweren Krankheit genesen. Kurz vor Ostern hatte er einen Blutsturz erlitten, der mit hohem Fieber einherging. Der herbeigerufene Arzt ließ ihn mehrfach zur Ader und verordnete strenge Bettruhe. Dem Kranken sei außerdem dreimal täglich eine kräftigende Fleischbrühe zu reichen. Samuel wurde im *Silbernen Bären* bestens umsorgt. Trotzdem sehnte er ungeduldig den schon lange geplanten Umzug nach Dresden herbei.
„Nun ist der Mai fast vorüber und ich bin immer noch in Leipzig“, klagte er, kaum dass er Dreispitz und Rock im Flur der kleinen Wohnung abgelegt hatte. „Dabei wollte ich längst in Dresden sein. Im Hause des Bürgermeisters ist schon seit Wochen ein Stübchen für mich bereitet.“
Bereits im Jahr zuvor waren einige seiner Tuschzeichnungen in Dresden gezeigt und positiv aufgenommen worden. Ein Rezen-

sent hatte sogar von vortrefflichen Blättern gesprochen, die viel Gutes für die Zukunft verhießen. Seitdem brannte Samuel darauf, dort weitere Werke auszustellen.

Dorothea beeindruckte das alles wenig. „Hat dein Vater uns Geld geschickt?“

Statt einer Antwort zog Samuel einen ledernen Beutel aus seiner Westentasche. Mit breitem Lächeln legte er ihn auf den Tisch. Elisabeth schichtete die Geldstücke sorgfältig vor sich auf. Es waren zehn blanke Reichstaler. Sofort hellte sich die allgemeine Stimmung merklich auf. Sogar Dorotheas inzwischen zahnloser Mund öffnete sich zu einem Lächeln.

„Gleich können wir essen. Es gibt Erdäpfel.“ Johanna stand auf und ging in die Küche.

Brot war inzwischen so teuer geworden, dass es bei den Schwestern gar nicht mehr auf den Tisch kam. Der Getreidepreis hatte sich innerhalb von drei Jahren verzehnfacht. Stattdessen aßen sie jetzt hauptsächlich Kartoffeln. Die kosteten nicht viel und machten satt. Zuerst hatten die Schwestern mit den fremdartigen Knollen nichts anzufangen gewusst. Doch die stets für alles Neue aufgeschlossene Madelmeyerin kannte sich aus. Sie zeigte Johanna, wie man die Kartoffeln erst schälte, dann weich kochte und unter Hinzugabe von etwas Milch, Salz und Butter einen schmackhaften Brei daraus machte.

„Man kann sie auch braten“, wusste Samuel zu berichten, als Johanna ihm den Brei servierte. „Madame Stock hat sie einmal so für mich gemacht.“ Während sie aßen, erzählte er von seinen weiteren Plänen. „Von Dresden aus geht es weiter nach Rom. Wer als Künstler heute etwas gelten will, muss nach Italien. Licht und Farben sollen dort unvergleichlich sein, der Himmel von samtenem Blau.“

„Wie weit ist es bis Italien?“, fragte Regina.

„Man fährt mit dem Postwagen immer nach Süden, erst durch Baiern, dann über die Alpen. Das dauert sicher einige Wochen.“ So genau wusste Samuel es auch nicht.

„Ist das nicht gefährlich?"
„Es soll Banditen und Straßenräuber geben. Aber ich werde mich schon zu wehren wissen", prahlte er.
„Kann man von dort einen Brief nach Leipzig schicken?"
Alle, außer Johanna, wunderten sich über Reginas Fragen.
„Das sollte wohl möglich sein. Ich kann aber nicht versprechen, dass ich schreibe."
„Das erwarten wir auch nicht", versicherte Elisabeth.
Während Augusta und Juliana den Tisch abräumten, öffnete Samuel seine mitgebrachte Zeichenmappe. „Zum Abschied möchte ich Ihnen diese beiden Bilder schenken."
Die Schwestern beugten sich über das zuoberst liegende Bild.
„Das ist die Brettmühle zu Markkleeberg", erklärte er. „Bestimmt waren Sie schon einmal dort. Mit der Kutsche oder zu Pferde ist es nicht weit von hier."
„Kutschfahrten sind nicht eben wohlfeil", gab Elisabeth zu bedenken.
„Oder siehst du hier irgendwo ein Pferd?", spottete Dorothea.
Auf dem Bild war eine verfallene Wassermühle zu sehen. Es war ganz in tristen Braun- und Grüntönen gehalten.
„Mein Professor hält es für recht gelungen."
„Ei was", murmelte Dorothea.
Das zweite Bild zeigte eine Turmruine, zu der eine alte Holzbrücke führte. Auch hier herrschten wieder gedeckte Farben vor.
„Auf diese morsche Brücke würde ich keinen Fuß setzen", bemerkte Johanna.
„Es geht nicht so sehr um die Einzelheiten. Die Bilder sollen das Gemüt in eine empfindsame Stimmung versetzen", erklärte Samuel.
„Mir gefallen sie", erklärte Augusta, nachdem sie aus der Küche zurückgekehrt war. „Kann ich das auch lernen?"
Niemand antwortete.

Am 14. Januar 1774 starb Dorothea. Am Tag nach Neujahr war sie ganz gegen ihre Gewohnheit bis zum Mittag noch nicht aufgestanden. Dadurch versäumte sie sowohl die Morgenandacht in der Neukirche als auch die Mittagspredigt in der Thomaskirche. Das hatte es noch nie gegeben. Schließlich klopfte Elisabeth bei Dorothea. Nichts rührte sich. Sie öffnete die Tür.
„Das Essen ist fertig, kommst du?"
Dorothea antwortete nicht.
„Bist du krank?"
Dorothea lag mit geschlossenen Augen und verrutschter Nachthaube in ihrem Alkoven. Mühsam setzte sie sich auf.
„Mir ist nicht wohl."
„Soll ich dir eine Brühe machen?" Dorothea schüttelte den Kopf. „Lass mich nur ein wenig ausruhen. Morgen stehe ich wieder in aller Frühe auf und gehe zur Andacht. Müßiggang ist des Teufels Ruhebank!"
Doch auch an den folgenden Tagen blieb Dorothea im Bett. Es stellte sich heraus, dass sie schon seit geraumer Zeit Magenschmerzen hatte. Elisabeth versuchte, sie zu einem Brei aus gestampften Kartoffeln zu überreden.
„Iss wenigstens ein bisschen davon", bat sie. „Ich habe ihn ganz frisch gekocht."
Dorothea sträubte sich zuerst, nahm dann aber doch einige Löffel zu sich. Kurze Zeit später erbrach sie alles wieder. Elisabeth war nun ernstlich beunruhigt.
„Ich werde Magister Schilling nach einem guten Arzt fragen."
„Das ist viel zu teuer. Unser Leben ist in Gottes Hand, daran kann auch ein Quacksalber nichts ändern."
Die folgenden Tage brachten keine Besserung. Dorothea aß jetzt überhaupt nichts mehr. Auch den Kamillentee, den Elisabeth ihr einzuflößen versuchte, konnte sie nicht bei sich behalten.
Als sie spürte, dass es zu Ende ging, verlangte Dorothea nach dem Prediger der Thomaskirche. Johanna und Regina waren

nicht zu Hause, also schickte Elisabeth ihre Älteste. Augusta kam mit dem Diakon aus der Neukirche zurück.

„In der Thomaskirche war niemand zu sprechen“, berichtete sie. „Da bin ich zur Neukirche gegangen.“

Der junge Diakon hatte es sichtlich eilig. „Ist auch Wein vorhanden?“, fragte er und stellte zwei Kerzen und ein Kruzifix auf den Hocker neben Dorotheas Alkoven.

Elisabeth verneinte. „Augusta, lauf schnell zur Hubertin und bitte um etwas Wein. Sag ihr, wir brauchen ihn für eine Privat-Communion.“

„Das dauert zu lange“, entschied der Diakon. „Habt Ihr nicht erst kürzlich das heilige Nachtmahl genossen und zuvor die Beichte abgelegt?“

Dorothea gelang es mit Elisabeths Hilfe, sich ein wenig aufzurichten. „Am Neujahrstag“, antwortete sie.

„So wird das Sakrament seine Kraft noch nicht verloren haben.“

Dorothea nickte.

Der Diakon kniete nieder, schlug die Bibel auf und begann, den 130. Psalm zu lesen.

„Aus der Tiefe rufe ich, Herr, zu dir“, sprach Dorothea leise mit.

„So vertraue denn auf Gottes Hilfe. Er hat dir die Krankheit als Prüfung und väterliche Züchtigung geschickt. Bereue deine Sünden und nehme Zuflucht zu Gottes Barmherzigkeit“, schloss der Diakon und verabschiedete sich.

Dorothea starb noch in der gleichen Nacht. Die Schwestern waren bei ihr.

Kein feste Burg

Nach Jahren sah sie ihn wieder. Auf dem Weg zum Bäcker hatte Regina gerade den Naschmarkt überquert, als nur wenige Meter von ihr entfernt eine vornehme Kutsche hielt. Ein Mann stieg aus. Er half zuerst einem kleinen Jungen, dann einer Frau im dunklen Reisekleid auf das Pflaster. Der Mann war Reinhold. Die Haare trug er jetzt gepudert und in einen steifen Zopf gebunden. Das Gesicht war voller geworden, aber er war es ohne jeden Zweifel. Geistesgegenwärtig duckte Regina sich hinter eine Sänfte, die vor der Börse auf Kundschaft wartete. Ob er sie ebenfalls erkannt hatte? Auf dem Platz herrschte trotz der frühen Stunde bereits reges Treiben, da mochte er sie übersehen haben. Erst wenige Tage zuvor war die Ostermesse ausgeläutet worden, viele Kaufleute und Schaulustige hielten sich noch in der Stadt auf. Die allgemeine Stimmung konnte nicht besser sein. Nach Jahren des Mangels war die Hungerkrise überwunden, der Handel entwickelte sich prächtig. Alles wärmte und sonnte sich an diesem Morgen im frischen Glanz des Frühlings. Ein Sänftenträger im blauen Livreerock scheuchte Regina auf. „Weg da“, herrschte er sie an und öffnete einem unternehmungslustigen Kaufmann den Schlag. „Bitte Platz zu nehmen.“ Der schwere Mann ließ sich schnaufend in den gepolsterten Tragesessel fallen. Ein zweiter Träger eilte herbei und stellte sich hinter die Sänfte. Auf das Kommando des Vorderen ergriffen beide die hölzernen Trageholme und stapften ächzend davon. Regina drehte sich um. Sie wollte auf keinen Fall erkannt werden. Ihr Herz trommelte ein rasendes Presto.

„Eine Chaise für Madame zum *Hôtel de Saxe*!“, rief Reinhold. Seine Stimme klang ganz so wie früher. Ob er noch sang? Regina zwang sich, zu den Kaufmannsgewölben auf der anderen

Seite des Platzes zu gehen, ohne sich noch einmal umzusehen. Ihre Knie zitterten so sehr, dass die Bäckersfrau ihr einen Schemel zum Ausruhen anbot.
Als sie nach Hause kam, war niemand da. Elisabeth war zu einem Barbier in die Haynstraße gegangen. Nachdem sie ihre immer heftiger werdenden Zahnschmerzen einige Zeit vergeblich mit Bilsenkraut behandelt hatte, musste der Zahn nun wohl oder übel gezogen werden. Johanna war im Geschäft der Madelmeyerin. Juliana steckte vermutlich wieder bei ihrer neuen Freundin, einer Spitzenwäscherin im Schustergässchen. Regina legte das frische Brot in den Vorratskorb. Dann ging sie hinüber in die Schlafkammer. Seit Dorotheas Tod schlief sie wieder mit Johanna in einem Zimmer, während Elisabeth die Kammer mit dem Alkoven bezogen hatte. Angezogen wie sie war, legte Regina sich auf das Bett. Der Brief fiel ihr ein. Einmal, ein einziges Mal hatte Reinhold ihr aus Italien geschrieben. Als sie die Hoffnung schon fast aufgegeben hatte, händigte Constanze ihr eines Tages ein fleckiges, mit einfachem Wachs versiegeltes Blatt aus. Was hatte sie sich nicht alles ausgemalt in den langen Jahren des Wartens. Womöglich hatte der polnische Graf seinen Sekretär mittellos in irgendeiner Stadt zurückgelassen, weil er unzufrieden mit ihm war. Regina wusste, was für ein Hitzkopf Reinhold sein konnte. Oder er war Straßenräubern in die Hände gefallen. In Italien wimmelte es von Wegelagerern und Banditen, davon hatte sie einmal bei den Breitkopfs reden hören. Vielleicht siechte er auch von aller Welt verlassen in einem Spital dahin. Wer wusste schon, was dort in der Fremde für Krankheiten umgingen. Auch Samuel war nach monatelanger Krankheit in Rom gestorben. Das hatte Emanuel ihnen geschrieben.
Regina zog ihre Kleiderkiste unter dem Bett hervor und holte den Brief heraus. Sie faltete das an den Seiten eingerissene Papier auseinander und las noch einmal, was sie doch längst auswendig kannte.

Mein liebstes Mädchen!
Befindest Du Dich wohl? Ich kann solches von mir nicht sagen. Der Graf hält mich wie einen Kammerdiener und plagt mich unablässig mit seinen Launen und Befehlen. Ich muss ihm beim An- und Auskleiden helfen, sein Zimmer in Ordnung halten, die Kleidung ausbürsten, sogar den Nachttopf ausleeren. Dabei entlohnt der Knicker mich schlecht und oft gar nicht. Die Reise ist teuer, da sind Kost und Logis Lohn genug, heißt es. Sobald das Wetter es zulässt, will der Graf nach Sizilien übersetzen und von dort geht es weiter nach Griechenland. Da ich fast ohne eigene Mittel bin, werde ich ihn auch dahin begleiten müssen. Dabei würde ich nichts lieber tun, als nach Leipzig zurückkehren. Gebe Gott, dass es bald geschehen wird.
Nun lebe tausendmal wohl und denke manchmal an mich.
Dein Reinhold

Als Johanna die Schlafkammer betrat, lag Regina immer noch auf dem Bett.
„Was ist mit dir?"
Statt einer Antwort bedeckte Regina ihr Gesicht mit den Händen.
„Ist jemand gestorben? Nun rede doch!"
Schluchzend setzte Regina sich auf. „Am Naschmarkt habe ich Reinhold gesehen. Er hatte Frau und Kind bei sich."
„Reinhold? Bist du sicher?
Ohne zu antworten, händigte Regina ihrer Schwester den Brief aus. „Den habe ich vor dir verborgen. Er ist schon vor einer Weile gekommen."
Johanna begann zu lesen. „Hier steht *Anno 1776*. Das ist fünf Jahre her." Sie las den Brief bis zum Ende. „Der polnische Graf scheint ein gestrenger Herr zu sein. Und ein Geizhals dazu."
„Sie stiegen aus einer Kutsche. Die Frau war sehr hübsch. Er hat für sie eine Sänfte ins *Hôtel de Saxe* bestellt."

Johanna setzte sich zu ihrer Schwester auf das Bett. „Dort logieren Fremde von hohem Rang."
„Fast hätte er mich gesehen. Ob er mich aber erkannt hätte? Bestimmt hat er mich vergessen."
Regina ließ ihren Kopf auf Johannas Schulter sinken und schloss für einen Moment die Augen. Johanna legte tröstend einen Arm um sie. „Wir wissen nicht, was ihm in den letzten Jahren widerfahren ist. Womöglich konnte er nicht anders handeln."
„Nicht anders handeln? Er hat eine bessere gefunden als mich."
„Eine bessere als dich gibt es nicht. Vielleicht bekam die andere eine gute Mitgift. Dann hat er das Geld geheiratet, nicht die Person."
Jemand betrat die Wohnung. Regina putzte sich die Nase, strich den zerknitterten Brief glatt und versteckte ihn unter der Bettdecke.
Elisabeth kam ins Zimmer. Sie schien Schmerzen zu haben, ihre rechte Wange war stark angeschwollen. „Hier seid ihr also. Ist Juliana nicht da?"
„Vielleicht ist sie drüben bei Augusta", mutmaßte Johanna wider besseres Wissen.
Augusta war das vierte Jahr mit dem Siegellackfabrikanten Ernst Friedrich Ahlefeldt verheiratet. Ihr Mann, aus dem mecklenburgischen Städtchen Gadebusch stammend, hatte bei seinem Onkel in Leipzig das Handwerk des Siegelmachers erlernt. Als der kinderlos gebliebene Onkel bald darauf starb, hinterließ er seinem einzigen Neffen ein nicht unbedeutendes Vermögen. Ahlefeldt entschloss sich daraufhin, die kleine Werkstatt am Barfußgässchen aufzugeben und ein größeres Fabrikgebäude vor dem Peterstor anzumieten. Er sollte die Entscheidung nicht bereuen. Sein in Stangen gegossener Siegellack, den er in drei Farben anbot, wurde schon bald bis nach Berlin und Hamburg verkauft. Auch Emanuel gehörte inzwischen zu seinen Kunden. Das Geschäft ging so gut, dass Ahlefeldt für sich und seine Frau

eine Wohnung im *Apelschen Haus* am Markt anmieten konnte. „Hier haben Könige residiert", erklärte er voller Stolz jedem, der es hören oder auch nicht hören wollte. „Seine Majestät Friedrich der Zweite hat anno 1760 einen ganzen Winter in diesem Haus zugebracht."

So willkommen der vermögende Schwiegersohn in Elisabeths Augen war, so sehr wurde er von Juliana abgelehnt. Sie hielt den Schwager für einen Freigeist und Religionsspötter. In seinen kostbaren Bücherschränken stand nicht einmal eine Bibel. Zudem verlor er gelegentlich hohe Summen beim Kartenspiel. Das hatte Augusta ihr unter dem Siegel der Verschwiegenheit anvertraut.

„Bei Augusta ist Juliana bestimmt nicht. Dabei könnte die Hilfe gut brauchen", schimpfte Elisabeth.

„Sie kommt sicher bald zurück", beschwichtigte Johanna.

Augusta hatte im Jahr zuvor ihr erstes Kind bekommen. Christiana Johanna Ahlefeldt war ein kräftiges, lebhaftes Mädchen, das ihre Mutter rund um die Uhr auf den Beinen hielt.

„Womöglich hockt sie wieder bei dieser Betschwester", vermutete Elisabeth. Die schmerzende Wange machte ihre Laune nicht besser.

Juliana war für alle überraschend zu einer frommen jungen Frau geworden. Zuvor war sie nie durch besonderen Glaubenseifer aufgefallen. Den sonntäglichen Gottesdienst in der Neukirche hatte sie zwar ohne Murren regelmäßig besucht, sich dort aber nicht sonderlich wohl gefühlt.

„Mich friert es dort", hatte sie einmal zu ihrer Mutter gesagt. „Der Prediger spricht so hochgeschraubt, dass ich den Glauben gar nicht recht aufnehmen kann."

Eines Tages lud die Hubertin sie zu einer häuslichen Andacht ins Schustergässchen ein.

„Wir treffen uns im Haus einer ehrbaren Witwe", flüsterte sie, als Juliana ihr im Treppenhaus begegnete. „Es geht alles sittsam zu, ohne Tand und Eitelkeit. Personen von Stand sind auch

dabei." Ängstlich sah sie sich um. Ihr Mann durfte von diesen Treffen nichts wissen.
Juliana war sich nicht sicher, was sie von dieser Einladung halten sollte. „Ist es auch nicht zu gelehrt? In der Kirche schwirrt mir oft der Kopf nach der Predigt."
„So geht es nur in der kalten Mauerkirche zu", versicherte die Hubertin. „Bei uns wird ohne alle Künstelei gesprochen. Gott sieht das Herz an, nicht den Verstand. Wir nennen uns *Die Stillen im Lande.*"
Juliana hatte sich in diesem Kreis auf Anhieb heimisch gefühlt. Der Glaube wurde in einfachen Worten erklärt, alle begegneten ihr freundlich, niemand machte viel Aufhebens um seine Person. Von nun an besuchte sie jede Woche die Betstunde im Haus der Spitzenwäscherin. Elisabeth hielt davon gar nichts. Der Diakon hatte in einer Predigt ausdrücklich vor häuslichen Andachten gewarnt, ja sogar von einer gefährlichen Neuerung und Sektiererei gesprochen. Juliana focht das nicht an. Sie war jetzt 25, also alt genug, in Fragen der Religion selbst zu entscheiden. Das musste auch ihre Mutter schließlich einsehen.

Elisabeth ging in die Wohnstube und ließ sich ächzend auf einen Stuhl fallen. Ihre rechte Wange pochte vor Schmerzen.
Johanna ging ihr nach. „Soll ich dir einen kalten Umschlag machen?"
Elisabeth nickte zustimmend. Der Barbier hatte seine Zange mehrmals ansetzen müssen, ehe der Backenzahn endlich gezogen werden konnte. An einem Tag wie diesem war sie froh, nicht mehr in die Fabrik zu müssen. Mit ihren 55 Jahren war sie ohnehin nicht mehr die Jüngste. Ihre Sehkraft hatte nachgelassen, oft plagten sie Rückenschmerzen. Das stundenlange Nähen in gebückter Haltung war ihr dadurch zur Qual geworden. Trotzdem vermisste sie manchmal ihre Arbeit. Bei aller Plackerei war es oft lustig zugegangen unter den Näherinnen. So manche Neckerei war zwischen den Arbeitstischen hin- und hergeflogen. Aber

nicht nur das, auch die Sorgen hatte man miteinander geteilt. Dass sie gleich nach Augustas Heirat die Stelle aufgegeben hatte, war auf Ahlefeldts Wunsch hin geschehen.
„Fabrikarbeit ist für die niederen Stände. Sie schickt sich nicht für die Schwiegermutter eines Siegellackfabrikanten“, hatte er gleich bei seinem Antrittsbesuch am Neukirchhof erklärt. „Ihren Verdienstausfall übernehme ich selbstredend.“
Elisabeth fügte sich ihrer Tochter zuliebe. Es war ein Glücksfall, dass sich Augusta trotz fehlender Mitgift so gut verheiratet hatte. Ahlefeldt übernahm die gesamte Miete und noch etwas mehr. Nicht nur Brot, auch Butter und sogar Fleisch kam jetzt regelmäßig auf den Tisch. Sogar eine Magd für die Wäsche konnten sie sich nun leisten.
War auch die ältere Tochter jetzt bestens versorgt, machte die jüngere Elisabeth umso größere Sorgen. Seit Juliana sich zum Pietismus bekehrt hatte, ging sie immer strenger mit sich und anderen ins Gericht. Jede auch noch so kleine Annehmlichkeit lehnte sie ab. Nach Augustas Auszug hatte sie als Erstes den Strohsack beiseite geschafft und schlief nun auf den harten Brettern des Hochbetts.
„Unser Wohlleben ist Gott ein Gräuel“, verkündete sie der überraschten Mutter.
Auch von den schönen Künsten wollte sie nichts wissen. Sie sprach verächtlich von weltlichem Tand, der nur dem Vergnügen und damit der Sünde diene. So hatte man es ihr bei den Zusammenkünften im Schustergässchen erklärt. Nicht einmal die Kirchenmusik fand Gnade vor ihren Augen. Allenfalls einfache Lieder, die nicht von Gottes Wort ablenkten, seien erlaubt. Elisabeth wurde ernsthaft böse, als sie das hörte. „Weißt du nicht, dass dein seliger Herr Vater Organist war? Und dein Großvater Kantor? Bei einer andächtigen Musik ist allezeit Gott mit seiner Gnaden-Gegenwart.“
Juliana legte ihre hohe Stirn in Falten, zog es aber vor zu schweigen. Regina gab auf ihre Art eine Antwort. Sie ging zum Spi-

nett, öffnete den Deckel und spielte *Dir, dir, Jehova, will ich singen*. Juliana verließ daraufhin das Zimmer.
„Es wird Zeit, dass du unter die Haube kommst!", rief Elisabeth ihr hinterher. „Und in das Schustergässchen gehst du nicht mehr, hast du mich verstanden?"

Dann kam der Sommer. Die Zahl der Todesfälle nahm plötzlich zu. Es dauerte nicht lange, da machten erste Gerüchte die Runde. Von einer Seuche zu sprechen, wagte zu diesem Zeitpunkt noch niemand. Ein großes Übel schleiche in der Luft umher, hieß es stattdessen. Besonders der Abendtau sei zu meiden, die Fenster streng geschlossen zu halten, flüsterte man bald darauf auf dem Markt und in den Kaufmannsgewölben. Die weniger Ängstlichen taten solches Gerede als Unfug und Weibergeschwätz ab. Tischler Hubert erklärte über seinem Sägebock, das Übel entstünde in einem heißen Sommer wie diesem durch die Ausdünstungen der Pleiße. Von deren Ufer habe man sich fernzuhalten, damit sei alles getan.
Die ärmeren Viertel traf es zuerst. Im Salzgässchen wurde eine sechsköpfige Familie innerhalb weniger Tage ausgelöscht. Schon bald griff das Übel aber auch auf die besseren Häuser über. Es begann mit heftigen Leibschmerzen und blutigem Durchfall. Wenig später kam hohes Fieber dazu. Die herbeigerufenen Ärzte ließen die Kranken zur Ader und rieten zu Brechpulver, ein wenig Franzbrot, dazu Kamillen- oder Fliederblumentee. Die Fenster seien unbedingt geschlossen zu halten, die Zimmer regelmäßig mit Essig zu sprengen. Wer sich angesteckt hatte, starb trotz aller ärztlichen Ratschläge oft schon nach wenigen Tagen an Entkräftung. Nur wenige überlebten.
Die in der Stadt umherlaufenden Gerüchte trieben immer groteskere Blüten. Schuldige wurden gesucht. Man sprach von auswärtigen Giftmischern und ihren teuflischen Künsten. Ein Kutscher wollte eine Gruppe zwielichtiger Gestalten gesehen haben, die in aller Frühe etwas auf Hauswände gestrichen hat-

ten. Ob das vergiftete Salbe gewesen war? Obwohl die ganze Stadt nach den Übeltätern suchte, konnten sie nicht gefunden werden. Die sonst so belebten Straßen und Plätze leerten sich von Tag zu Tag mehr. Wer es sich leisten konnte, blieb zu Hause. Wer das Haus verlassen musste, schützte sich so gut es ging. Viele hielten sich ein mit Essig getränktes Tuch vor den Mund. Argwöhnisch um sich blickend, zu allen Fremden gebührenden Abstand haltend, strebten sie so schnell wie möglich ihrem Ziel entgegen.

Anfang Juli starb die Graffin. Johanna erfuhr es von einer Dienstmagd, die im Geschäft der Putzmacherin eine Bestellung für ihre Herrschaft abholte.

„Erst hatte sie nur eine Schwäche in den Beinen, dann ka men Leibschmerzen hinzu", berichtete die gut unterrichtete Dienstmagd. Sie arbeitete für einen Gastwirt in der Haynstraße „Schließlich befiel das Übel die Gedärme, wenn Ihr versteht." Das junge Mädchen kicherte verschämt. „Eines Morgens soll sie tot auf dem Hof gelegen haben."

Nachdem der Advokat einen zweiten Schlaganfall nicht überlebt hatte, war die Graffin in die Mansarde gezogen. Das Haus verkaufte sie an ihren bisherigen Mieter, den Wachstuchfabrikanten.

„Warum hat sie nicht um Hilfe geschickt, als sie krank war? Ich wäre sofort zu ihr gegangen", sagte Johanna.

„Besser nicht." Die Dienstmagd blickte ängstlich um sich. „Sie soll an dem großen Übel gestorben sein."

Wenig später erreichte die Seuche auch den Neukirchhof. Zwei Verstorbene wurden noch vor der Frühpredigt aus einem der geduckten Fachwerkhäuser getragen.

„Es waren Schneider Lange und sein Eheweib", wusste die Hubertin und erzählte es am nächsten Morgen Juliana. „Ein Stadtknecht hat sogleich die Wohnung mit Chlor ausgeräuchert. Das gesamte Hab und Gut wurde im Hof verbrannt."

„Kann das Übel auch zu uns kommen?", fragte Juliana ängstlich.

„Gott züchtigt das Sündenbabel." Die Hubertin sprach so laut, dass ihre Stimme im ganzen Haus zu hören war.
Juliana senkte den Kopf.
„Aber die Bußfertigen verschont er", fuhr die Hubertin, nun etwas leiser, fort. „Ihr solltet wieder in unsere Betstunde kommen. Seit das große Übel in der Stadt umhergeht, halten wir täglich eine Andacht."
„Ich darf nicht", flüsterte Juliana. „Die Frau Mutter hat es verboten."
„Ehre deinen Vater und deine Mutter, wie es dir der Herr, dein Gott, zur Pflicht gemacht hat", deklamierte die Hubertin. „In diesem Fall allerdings ..."
Juliana dachte nach. „Morgen ist die Mutter den ganzen Tag bei Augusta, da könnte ich vielleicht kommen."
Die Hubertin nickte befriedigt. „Gleich nach dem ersten Vesperläuten gehen wir zusammen los. Bevor es dunkel wird, sind wir wieder hier."
Als Elisabeth am nächsten Abend von ihrer Ältesten zurückkehrte, war sie in heller Aufregung.
„Augusta reist schon morgen zu Ahlefeldts Eltern nach Gadebusch. Christiana nimmt sie mit."
„Gadebusch, ist das nicht weit?", fragte Johanna.
„Mit dem Postwagen sind sie in fünf Tagen da."
„Ist es wegen des großen Übels?" Juliana war gerade noch rechtzeitig vor ihrer Mutter nach Hause gekommen.
„Rede nicht von Dingen, die du nicht verstehst, Kind."
„Nicht weit von hier sind zwei daran gestorben", verteidigte sich Juliana. „Die Hubertin sagt, es ist wegen der losen Sitten."
„Lose Sitten? Schneider Lange und sein Eheweib waren ehrbare Leute", schnaubte Johanna. Auch sie hatte schon von den beiden Sterbefällen gehört.
„Das Raisonnieren bringt uns nicht weiter. Wir müssen uns vorsehen, so gut es geht. Ahlefeldt hat mir dies mitgegeben."
Elisabeth stellte ein silbernes Fläschchen auf den Tisch, um des-

sen Hals ein dünnes Lederband gewickelt war. Sie öffnete es mit größter Vorsicht. Auf dem Grund waren einige Tropfen Quecksilber zu erkennen.
„Das Quecksilber saugt jeden bösartigen Einfluss auf und macht ihn unschädlich. Man kann sich die Flasche auch um den Hals hängen.“ Sie führte es gleich vor. „So wird jede Krankheit abgewehrt, die in der Luft umhergeht.“
Johanna war nicht überzeugt. „Das ist alles recht gut, aber ob es auch helfen wird? Die Madelmeyerin isst jeden Tag eine Suppe mit Ingwer. Und morgens hält sie die Fenster geschlossen, bis aller Tau verdunstet ist.“
Regina machte sich als einzige keine Sorgen. „Ein bisschen Magengrimmen wird mich schon nicht umbringen“, meinte sie. „Und wenn doch, was liegt daran?“, fügte sie in Gedanken hinzu.

Johanna traf es zuerst. Anfangs schien es sich nur um harmlose Bauchschmerzen zu handeln.
„Ich habe wohl zu viele Borsteräpfel gegessen“, scherzte sie. „Die schmecken aber auch gar zu süß.“
Doch in der Nacht ging es ihr so schlecht, dass sie Regina weckte. „Mir ist so elend.“ Sie bedeckte ihren Unterleib mit beiden Händen. „Bring mir den Nachttopf, schnell.“
Als Johanna nach qualvollen Stunden endlich ein wenig eingenickt war, ging Regina zu Elisabeth hinüber. Sie rüttelte unsanft an ihrer Schulter. „Johanna ist krank.“
„Was hat sie?“, fragte Elisabeth, noch im Halbschlaf.
„Leibschmerzen und Durchfall.“
Jetzt war Elisabeth hellwach. „Sie braucht eine kräftige Suppe. Juliana soll sofort frisches Wasser holen.“
Regina weckte Juliana und schickte sie zum Brunnen. Dann ging sie in die Schlafkammer zurück. Johanna war schon wieder wach. Regina half ihr, sich zu waschen und ein sauberes Hemd anzuziehen. Um frische Luft hereinzulassen, öffnete sie

anschließend das kleine Fenster zum Hof. Der Hof lag wie ausgestorben. Weder Tischler Hubert noch sein Lehrjunge waren zu sehen. Um diese Zeit war sonst schon das ganze Haus von ihrem Sägen und Hobeln, Schreien und Fluchen erfüllt. Regina atmete tief durch, die frische, kühle Morgenluft tat ihr gut. Elisabeth brachte die Suppe.
„Denk an den Morgentau", warnte sie und schloss das Fenster. „Die Sonne muss erst hell scheinen, dann können wir lüften."
Johanna lag blass und schweigend da. Als Elisabeth ihr die dampfende Suppe unter die Nase hielt, drehte sie den Kopf zur Seite.
„Iss wenigstens ein bisschen. Ich habe eigens Ingwer hineingerieben."
Gehorsam schluckte Johanna einige Löffel herunter, die sie aber nicht bei sich behalten konnte. Ihre Leibschmerzen wuchsen sich im Laufe des Tages zu regelrechten Koliken aus. Auch der Durchfall verschlimmerte sich. Gegen Abend kam hohes Fieber dazu. In der folgenden Nacht wechselten Elisabeth und Regina sich ab. Sie legten der Fiebernden ein kaltes Tuch auf die Stirn, wischten ihr den Schweiß von Hals und Gesicht, halfen ihr auf den Nachttopf. Johanna begann zu fantasieren. Sie sprach von der Mutter. Die lächelte und gab ihr den silbernen Fingerhut. Nur ihr. Ob er im Nähkorb war? Nur mit Mühe konnte Regina sie am Aufstehen hindern. „Wir suchen später danach", versprach sie.
Kurz darauf erkrankte auch Elisabeth. Die Hände auf ihren schmerzenden Bauch gepresst, rief sie Regina zu sich.
„Auch mich hat das Übel heimgesucht." Ihre Stimme klang ruhig und sachlich. „Kümmere du dich weiter um Johanna. Wir Bache haben gesundes Blut, das wird uns durchhelfen. Alles Weitere müssen wir Gott anheimstellen."
Wenigstens Johanna schien es etwas besser zu gehen. Als Regina ihr etwas zu essen brachte, war sie wach. Sie sah mit großen Augen in der kleinen Kammer umher, als sähe sie die eng bei-

einanderstehenden Betten, den Hocker am Fenster, die Kleidertruhe neben der Tür zum ersten Mal. Der silberne Fingerhut fiel ihr ein.

„Hast du schon im Nähkorb nachgesehen?"

Seufzend leerte Regina den gesamten Inhalt des Nähkorbs kurzerhand auf ihr Bett aus. Im bunten Wirrwarr der Flicken und Knäuel fand sie ihn schließlich.

„Hier ist er." Vorsichtig legte sie ihrer Schwester den stark angelaufenen Fingerhut in die Hand.

Johanna betrachtete ihn mit einem Lächeln. „Den hat Mutter mir geschenkt, weißt du noch?"

„Ja, aber jetzt musst du etwas essen."

Gehorsam setzte Johanna sich auf und schluckte einige Löffel weich gekochtes Gemüse. Von der Anstrengung erschöpft schloss sie die Augen und schlief sofort ein.

Elisabeth ging es unterdessen von Tag zu Tag schlechter.

„Geh noch heute zum *Apelschen Haus* und frage nach Ahlefeldt", bestimmte Elisabeth, nachdem Juliana sie gewaschen hatte. „Sage ihm, dass ich krank bin, aber auf dem Wege der Besserung. Augusta soll unbedingt in Gadebusch bleiben, hörst du? Wir schaffen es auch so." Juliana lief sofort los, um ihrem Schwager die Nachricht zu überbringen, traf aber lediglich eine Dienstmagd an. Auch Ahlefeldt hatte die Stadt inzwischen verlassen.

Johannas Zustand verschlechterte sich plötzlich wieder. Regina konnte ihr jetzt nicht mehr helfen. Auch sie hatte sich angesteckt. Eines Morgens wachte sie mit einer leichten Übelkeit auf, abends glühte sie bereits im Fieber. An die folgenden Tage konnte sie sich später nur in Bruchstücken erinnern. Oder waren es Wochen? Die Zeit dehnte sich und verschwamm an den Rändern. Tag oder Nacht, hell oder dunkel, alles war Schmerz und Übelkeit. Ein Fremder im schwarzen Rock stand plötzlich in der Tür. Gevatter Tod war gekommen, sie zu holen. Der Tod sprach schnell und leise. Sie verstand ihn nicht. Jemand weinte.

Sie fiel zurück in die Dunkelheit. Als sie wieder zu sich kam, roch es nach Essig. Vom Hof dröhnten laute Männerstimmen herauf. Beißender Qualm drang durch das kleine Fenster ins Zimmer. Jemand sang. Eine leise, vage vertraute Melodie. Julianas Gesicht tauchte vor ihr auf. Oder war es Reinhold? Er lächelte. *Der Geist hilft unserer Schwachheit auf,* murmelte Regina. Die Musik trug sie wie auf Flügeln über alles Schwere hinaus. Nun sah sie Reinhold ganz deutlich. Die gepuderten Haare, der steife Zopf. Jetzt lächelte auch sie.

Juliana legte ihr prüfend eine kühle Hand auf die Stirn. „Sind Sie wach, Tante?“

Regina öffnete die Augen. Erst jetzt wurde ihr die Leere im Zimmer bewusst.

„Johanna?“

Juliana nahm ihre Hand. „Johanna ist nicht mehr bei uns.“

„Was redest du?“

„Der Herr hat sie zu sich gerufen.“

Regina versuchte vergeblich, das Gehörte zu begreifen. „Sie ist gestorben? Wann?“

„Vor gut zwei Wochen, am 16. August. Sie ist schon begraben. Die Mutter folgte ihr eine Woche später.“

Regina schloss die Augen.

„Wollen wir beten?“, fragte Juliana.

Regina gab keine Antwort.

Juliana wartete noch einen Moment, dann verließ sie das Zimmer.

Im September 1781 ließ der Magistrat eine Bekanntmachung in alle Zeitungen setzten. Dem umherlaufenden Gerücht, Leipzig sei von einer Seuche heimgesucht, sei keinesfalls Glauben zu schenken. Zur Sorge bestehe kein Anlass. Was zur Beruhigung gedacht war, verstärkte eher die Angst. In den Kirchen herrschte ein Andrang wie schon lange nicht mehr. Mehrmals täglich wurden eigens angesetzte Bußandachten abgehalten. Das große

Übel sei ein Zeichen des Himmels, verkündeten die Prediger. Wo die Verachtung des Glaubens immer mehr um sich greife, dürfe man sich über die Strafe nicht wundern. Die Bußfertigen wurden zum Fasten und zur Enthaltsamkeit aufgerufen. Nur durch ernstliche Besserung des sündhaften Lebens könne man dem erzürnten Gott in die Rute fallen.

An Regina ging dies alles vorbei. Meistens schlief sie. War sie wach, wirkte sie dennoch abwesend.

„Lass mich, ich bin müde", wies sie ihre Nichte zurecht, wenn diese sie zum Aufstehen ermuntern wollte.

Doch Juliana blieb hartnäckig. „Ich helfe Ihnen, Tante. Einmal bis zur Tür und zurück, dann können Sie wieder ausruhen."

Irgendwann gab Regina nach. Nach einigen Tagen schaffte sie es am Arm ihrer Nichte bis in die Stube. Erschöpft ließ sie sich auf einen Stuhl fallen. Sie betrachtete ihre zarten, jetzt noch schmaler gewordenen Hände. Ob sie damit überhaupt noch würde spielen können? Das Spinettchen stand in der Ecke, als wäre nichts geschehen. Auf dem geschlossenen Deckel lag Schemellis Gesangbuch. Elisabeth hatte es aus Naumburg mitgebracht und immer in Ehren gehalten. Kurz bevor sie krank wurde, hatte sie ein Lied daraus gesungen, als sie abends in der Stube beisammen saßen. Regina nahm das noch aufgeschlagene Notenheft und sah hinein.

Der Tag ist hin, die Sonne gehet nieder.
Der Tag ist hin und kommet nimmer wieder
mit Lust und Last. Er sei auch wie er sei,
bös oder gut, es heißt: Er ist vorbei.

Sie schluchzte auf. Dann klappte sie das Heft zu und legte es beiseite.

Wochen später war Regina so weit genesen, dass sie sich an der Seite ihrer Nichte einen längeren Fußmarsch zutraute. Ihr erster

Weg sollte zum Johannisfriedhof führen. An einem herbstlich klaren Nachmittag brachen sie auf. Vorsichtig stieg Regina die schmale Holztreppe bis zum Hof hinunter. Juliana ging langsam hinter ihr her, jederzeit bereit, sie zu stützen. Treppenhaus und Hof lagen wie ausgestorben. Nachdem innerhalb kurzer Zeit erst die Hubertin, dann Elisabeth und Johanna an der Blutruhr verstorben waren, hatten die anderen Mieter das Haus fluchtartig verlassen. Nachmieter hatten sich noch keine gefunden. Niemand wollte in einem Seuchenhaus wohnen. So wurde das Hubertsche Haus nach den drei Todesfällen inzwischen genannt.

Regina wunderte sich über den leergeräumten Hof. „Hat Tischler Hubert die Werkstatt ganz aufgegeben?"

„Der sitzt von früh bis spät in der Schenke", antwortete Juliana. „Seit die Hubertin von uns gegangen ist, hat er sich ganz dem Trunke ergeben."

Tischler Hubert war zwar wie durch ein Wunder von der Krankheit verschont geblieben. In der Arbeit sah er dennoch keinen Sinn mehr.

„Keiner bestellt Möbel in Zeiten wie diesen. Und ein Sargtischler mag ich nicht sein", erklärte er mit großer Geste seinen Zechgenossen, woraufhin sie trübsinnig ihr Einverständnis nickten.

Regina blickte gleichgültig um sich, als sie nach Monaten zum ersten Mal wieder vor die Haustür trat. Der Neukirchhof lag ruhig im Nachmittagslicht. Eine Katze hatte sich neben der Tür ein warmes Plätzchen gesucht. Wohlig streckte sie ihren Rücken der Sonne entgegen. Einige Hühner stolzierten gemächlich pickend umher. Menschen waren nicht zu sehen. An Julianas Arm überquerte Regina langsam den Platz. Sie bogen in die Klostergasse ein und erreichten schließlich den Markt. Regina wurde mit jedem Schritt langsamer.

„Sollen wir umkehren?"

Regina schüttelte den Kopf. „Ich muss nur ein wenig ausruhen."

Sie lehnte sich an eine Häuserwand und schloss die Augen. Die von der Herbstsonne gewärmten Steine gaben ihr Kraft.
An der Poststation vor dem Grimmaischen Tor blieb Regina ein zweites Mal stehen. Wo sonst die Pferde gewechselt, Kisten abgeladen und Ankommende begrüßt wurden, stand an diesem Nachmittag nur ein verwaistes Fuhrwerk. Kein Mensch war zu sehen. Doch je näher sie dem Johannisfriedhof kamen, desto mehr Kranke begegneten ihnen. Sie wandten ihre vom Fieber geröteten Gesichter den beiden Frauen zu, als sei von ihnen Hilfe und Rettung zu erwarten. Eine fast schon zum Skelett abgemagerte, vor Dreck starrende Bettlerin saß am Rande des Straßengrabens. Laut über ihren Hunger klagend streckte sie den Vorbeigehenden einen leeren Holzlöffel entgegen. Zwei zerlumpte Kinder kauerten neben ihr.
„Gib ihr einen Groschen“, wies Regina ihre Nichte an.
Juliana legte schützend eine Hand auf den fast leeren Geldbeutel unter ihrer Schürze. „Wir haben selber nichts. Die beiden Beerdigungen haben viel Geld gekostet.“
„Konnte Ahlefeldt das nicht bezahlen?“
„Der ist nie da, wenn ich nach ihm frage.“
„Und Emanuel?“
„Magister Schilling hat schon an ihn geschrieben. Bis das Geld aus Hamburg eingetroffen ist, sollen wir uns so behelfen.“
Sie hatten den Friedhof neben der Johanniskirche erreicht. Gleich an mehreren Stellen waren Arbeiter mit dem Ausheben neuer Gräber beschäftigt. Juliana ging zielstrebig zur Südpforte der Kirche. Nur wenige Schritte davon entfernt waren zwei frische Grabstellen zu erkennen.
„Hier ist es.“
Regina sah sich um. „Ganz in der Nähe sind auch deine Großeltern begraben.“
Juliana war in Gedanken bei ihrer Mutter. „Ob Gott ihrer Seele gnädig war?“
„Gewiss. Hat jemand bei der Beerdigung gesungen?“

„Nein, es ging alles ganz schnell."
„Magister Schilling hätte dafür sorgen müssen."
„Er sagt, es war ein Viertel der Schule bestellt."
„Das sind vier Knaben."
„Vielleicht wurden sie woanders gebraucht. Durch das Übel sind viele gestorben."
Regina fiel ein Lied aus Schemellis Gesangbuch ein, das Johanna sehr gern gehabt hatte. Prüfend sah sie sich um. Von den Totengräbern war nichts zu sehen. Auch sonst war niemand in der Nähe.

Brunnquell aller Güter,
Herrscher der Gemüter ...

Statt einer Melodie brachte sie nur ein Krächzen hervor. Sie holte tief Luft und setzte erneut an, diesmal in einer tieferen Tonlage. Wieder nur ein Krächzen. Sie gab auf.
„Wir könnten ein Vaterunser beten", schlug Juliana vor. Regina nickte. Beide senkten stumm den Kopf.
Nach einer Weile richtete Regina sich auf. „Gehen wir."
Juliana zögerte. „Tante Johanna hatte den silbernen Fingerhut bis zum Schluss in ihren Händen", brach es schließlich aus ihr heraus. „Ich habe ihn mit in den Sarg gelegt, als niemand hinsah."
„Du hast recht getan", beruhigte Regina nach kurzem Überlegen. „So hat sie auch im Grab noch etwas von ihrer Mutter bei sich."
Schweigend machten sie sich auf den mühsamen Rückweg. Zu Hause angekommen ging Regina als Erstes zum Spinett in der Wohnstube, nahm Schemellis Gesangbuch, riss die Seiten auseinander und legte sie zum Anmachholz. Dann zog sie sich in ihre Kammer zurück.

Zum Jahreswechsel zogen Regina und Juliana zu Augusta ins

Apelsche Haus am Markt. Die Seuche war mit Eintritt des Winters auf ebenso geheimnisvolle Weise wieder aus der Stadt verschwunden, wie sie gekommen war. Auch Augusta war inzwischen aus Gadebusch zurückgekehrt. Sie hatte ihren zunächst widerstrebenden Gatten davon überzeugen können, ihre Schwester und Tante aufzunehmen.

„Regina bekommt oben ein Stübchen bei den Dienstboten. Und Juliana kann in der Kammer neben der Kinderstube schlafen. Auch für deinen Sohn wäre dann bestens gesorgt."

Augusta war wieder schwanger. Da sich das ungeborene Kind schon bald durch kräftige Tritte bemerkbar machte, gingen die glücklichen Eltern fest davon aus, demnächst den ersehnten Stammhalter in den Armen zu halten.

Ahlefeldt hatte seinen anfänglichen Widerstand vor allem wegen eines Briefes aufgegeben, der vor Kurzem aus Hamburg eingetroffen war. In ihm hatte Emanuel nicht nur eine große Menge Siegellack bestellt, sondern sich auch bereit erklärt, weiterhin zum Unterhalt seiner Verwandten beizutragen.

Vor allem Juliana war froh, die alte Wohnung verlassen zu können. Tischler Hubert hatte nach dem Tod seiner Frau begonnen, ihr nachzustellen. Als sie einmal noch spät abends den Abort im Hof aufgesucht hatte, stand er plötzlich hinter ihr und legte heftig schnaufend beide Arme um sie. Nur mit Mühe hatte sie sich von ihm losmachen können. Von da an hatte sie sich kaum noch alleine durch das dunkle Treppenhaus gewagt. Nach ihrem Umzug atmete sie auf. Die kleine Christiana nahm sie schon bald so sehr in Anspruch, dass die Zeit am Neukirchhof verblasste. Doch dass sie während des großen Übels von jeder Ansteckung verschont geblieben war, vergaß sie nie mehr. Jeden Abend dankte sie Gott dafür. Schon bald besuchte sie auch wieder die Hausandachten im Schustergässchen.

Viel nahmen die beiden Frauen nicht mit in ihre neue Bleibe. Die Stadtknechte hatten die gesamte Habe von Johanna und Elisabeth verbrannt. Die wenigen Möbel wurden verkauft. Nur den abgewetzten Lehnstuhl behielt Regina für sich. Das kleine Spinett ließ sie dagegen ohne Bedauern zurück. Als sie das Instrument beim Ausräumen beiseite schob, entdeckte sie dahinter ein Bündel vergilbter Noten, das von einer einfachen Kordel zusammengehalten wurde. Sie öffnete den Bindfaden, um sich die Blätter genauer anzusehen. Einige waren gedruckt, andere mit der Hand geschrieben. Zwischen einigen handgeschriebenen Seiten stieß sie auf ein graues Heft, das ihr bekannt vorkam. *A. M. B. / 1725* stand auf der Vorderseite. Das war ihre Handschrift. Sie schlug das Heft auf. *Clavier-Büchlein von Anna Magdalena Bachin* war auf der Innenseite zu lesen. Nun fiel es ihr wieder ein. Emanuel hatte bei seinem letzten Besuch in der Haynstraße das Büchlein für sich beansprucht. Vor seiner Abreise hatte sie sich hingesetzt und alle Stücke abgeschrieben. Wie wichtig ihr damals die Musik gewesen war. Nach einigem Überlegen legte sie den Boden ihrer Kleiderkiste mit den Noten aus und schichtete ihre Wäsche darüber.

An ihrem ersten Tag in dem winzigen Mansardenzimmer schob Regina die Kleiderkiste unter das Bett und rückte den alten Lehnstuhl an das Fenster. Lange sah sie in die frühe Winterdämmerung hinaus. Nach dem Abendbrot, das ihr Juliana hinaufbrachte, verriegelte sie sorgfältig die Tür und ging zu Bett.

Bald darauf brachte Augusta ein gesundes Mädchen zur Welt. Das Kind wurde auf den Namen Carolina Friederica getauft.

Warum sich betrüben

Du weltgepriesenes Geschlechte,
du in dich selbst verliebte Schar,
prahlst allzusehr mit deinem Rechte,
das Adams erster Vorzug war.

„Etwas leiser, bitte, man hört uns sonst“, bat Regina und sah furchtsam um sich.

Doch soll ich deinen Wert besingen,
der dir auch wirklich zugehört;
so wird mein Lied ganz anders klingen,
als das, womit man dich verehrt.

deklamierte Constanze in unveränderter Lautstärke. Die beiden Frauen saßen im Gesellschaftszimmer der Ahlefeldts. Regina freute sich einerseits über den unerwarteten Besuch. Andererseits schämte sie sich für ihre winzige Schlafkammer unter dem Dach zu sehr, als dass sie die anspruchsvolle Bekannte dort hätte empfangen wollen. Sie hatte es daher vorgezogen, Constanze in das repräsentative Gesellschaftszimmer zu bitten. Der Dienstmagd trug sie auf, Kaffee zu servieren.

„Sind das nicht vortreffliche Verse? Geistreich und voller Witz?“, fragte Constanze.

Regina nickte und lächelte gequält. Auf dem Flur waren die Schritte eines Mannes zu hören. Wenn nur Ahlefeldt nicht vorzeitig nach Hause kam.

„Die Dichterin hieß Christiane Mariane von Ziegler und war im ganzen Reich berühmt. Meine selige Frau Mutter hat sie noch persönlich gekannt.“

Regina atmete auf. Die Schritte waren an der Tür zum Gesellschaftszimmer vorbeigegangen. Vermutlich hatte der Hausknecht Brennholz in die Küche gebracht.
„Auch ich will eine Schriftstellerin werden“, verkündete Constanze. „Schließlich kenne ich jetzt das Leben.“

Constanze Oehme, geborene Breitkopf, hatte drei Jahre zuvor ihren Mann verlassen. Ohne Gepäck, nur mit ihrer kleinen Tochter auf dem Arm, war sie eines Morgens unbemerkt aus dem Haus geschlichen und hatte sich in die Postkutsche nach Leipzig gesetzt. Während der Fahrt kreisten ihre Gedanken unaufhörlich um die beschämenden Ereignisse der letzten Tage. Ihre sofortige Abreise war unumgänglich gewesen, das würde auch der Herr Vater einsehen müssen. Am späten Abend stand sie mit verweintem Gesicht vor der Tür ihres Elternhauses. Madame Breitkopf verschwieg man zunächst die Rückkehr der Tochter. Sie war an der Auszehrung erkrankt und schon so schwach, dass sie das Bett nicht mehr verlassen konnte. Den erschrockenen Vater konnte Constanze nach einer längeren Unterredung davon überzeugen, dass eine Scheidung unausweichlich war. Gleich am folgenden Tag reiste er mit Extrapost nach Dresden. Dort machte er seinem Schwiegersohn klar, dass Constanze unter keinen Umständen zu ihm zurückkehren werde. Die Ursache dafür wolle er aus Gründen der Schicklichkeit vorläufig nicht nennen. Sein Herr Schwiegersohn kenne sie wohl selbst am besten. Dr. Oehme wurde blass. Nach kurzem Überlegen willigte er nicht nur in die Scheidung ein, sondern erklärte sich auch damit einverstanden, die gemeinsame Tochter im Hause der Breitkopfs aufwachsen zu lassen. Noch am selben Abend kehrte Vater Breitkopf nach Leipzig zurück und verkündete einen Sieg auf ganzer Linie. Im Übrigen wünsche er nicht, dass der Name Oehme in seiner Gegenwart noch einmal erwähnt werde.
An den Kaffeetafeln und Spieltischen der gehobenen Gesell-

schaft sprach sich Constanzes Rückkehr in Windeseile herum. Genüsslich malte man sich eine notwendig gewordene Flucht bei Nacht und Nebel aus. Nur so habe sich die auf frischer Tat ertappte Ehebrecherin vor der Wut ihres Mannes retten können. Eine Frau von Ehre würde sich unter keinen Umständen ohne männliche Begleitung in eine Postkutsche setzen, darin war man sich einig. Die Vermutungen und Verdächtigungen schossen erst recht ins Kraut, als erst Constanzes Mutter, bald darauf auch Dr. Oehme starb. Besonders Fantasiebegabte wollten von einem Duell zwischen ihm und einem in ganz Dresden für seine Affären bekannten schmucken Offizier gehört haben. Je eiserner Constanze über die näheren Umstände ihrer nur acht Jahre währenden Ehe schwieg, desto sicherer war man sich, dass die Schuld allein bei ihr zu suchen war. „Sie hat erst die Mutter und dann den Ehemann ins Grab gebracht", wurde so manchem streng gespitzten Mund zwischen Mandeltorte und Portwein zur Gewissheit. War die kleine Breitkopf nicht schon als Mädchen ein Wildfang mit allzu keckem Betragen und Mundwerk gewesen?
Regina bekam von alledem nichts mit. In den ersten Monaten nach ihrem Einzug in *Apels Haus* verließ sie nur zu den Mahlzeiten ihre kleine Kammer. Wenn Ahlefeldt sich beim Abendbrot gelegentlich mit nur mühsam unterdrückter Gereiztheit erkundigte, was sie denn eigentlich tue den lieben langen Tag, schlug sie stumm die Augen nieder. Wie hätte sie ihren Zustand erklären sollen? Schon das morgendliche Aufstehen, Waschen und Anziehen ging fast über ihre Kräfte. Hatte sie es endlich bewältigt, ließ sie sich erschöpft in ihren Lehnstuhl fallen. Das von der Magd gebrachte Frühstück rührte sie nicht an. Gegen Mittag klopfte Juliana an ihre Tür, um sie zum Essen nach unten zu holen. In der Hoffnung, ihre Tante ein wenig aufzumuntern, brachte sie manchmal die kleine Carolina mit und setzte sie ihr auf den Schoß. Doch nicht einmal das vergnügte Glucksen des Mädchens konnte Regina aufheitern. Nach dem

Mittagessen ging sie gleich wieder nach oben. Durch das Mansardenfenster konnte sie ungestört den vorbeiziehenden Wolken nachsinnen. Ob Johanna ihr vom Himmel aus zusah? Ob Reinhold noch manchmal an sie dachte? So saß und grübelte sie bis zum Abend.
Augusta war froh, dass Juliana ihr die Sorge um die schwermütige Tante abnahm. Sie hatte mit dem Hauswesen, dem sie nun vorstand, genug zu tun. Zum Lesen kam sie für ihren Geschmack viel zu selten. Dabei hätte sie endlich aus dem Vollen schöpfen können, seit es die Leihbücherei in der Haynstraße gab. Diese Bücherei war die erste in Leipzig, die auch Frauen offen stand. Für eine wöchentliche Leihgebühr von einem Groschen konnte man unter mehr als 3000 Bänden auswählen. Augusta liebte es, im Hauskleid auf dem Kanapee zu liegen und einen Roman nach dem anderen zu verschlingen. „Im Gegensatz zu deinem Kartenspiel ist mein Vergnügen wohlfeil", verteidigte sie sich, wenn ihr Mann wieder einmal über die Lesewut der Weiber schimpfte.

„Wo bleibt nur der Kaffee?" Regina betätigte zaghaft und zum ersten Mal in ihrem Leben die Dienstbotenklingel. Verstohlen sah sie dabei zur Uhr auf dem Kaminsims hinüber. Es war kurz nach elf. Augusta und Juliana waren mit den beiden Mädchen im Garten. Sie würden so bald nicht zurückkehren. Der Hausherr selbst konnte allerdings jeden Moment auftauchen. Ob er es gutheißen würde, dass Regina für ihren Besuch das Gesellschaftszimmer beanspruchte? Wenn Ahlefeldt Geschäftsfreunde mitbrachte, setzten sie sich oft zum Kartenspiel an den eigens dafür angefertigten Tisch aus schwerem Mahagoni, der neben dem Kamin stand. Die Anwesenheit von Frauen war dabei nicht erwünscht.
Die Küchenmagd kam und servierte den Kaffee.
„Ein hübsches Service", bemerkte Constanze, nachdem sie das Meißener Porzellan im Blumendekor mit Kennerblick gemus-

tert hatte. Auch die von vier kleinen Löwenfüßen getragene silberne Zuckerdose fand ihren Beifall. „Ihre Nichte ist eine Blumenfreundin?" Auf dem zierlichen Kaffeetisch mit eingelegten Intarsien prangte ein Strauß gelb und rot flammender Nelken. Regina nickte. „Sie züchtet sie im eigenen Garten."
„Eine schöne Liebhaberei. Doch was ist mit Ihnen? Sie sehen recht angegriffen aus, mit Verlaub. Schon in St. Thomas schienen Sie mir nicht bei bester Gesundheit."
Dort waren Regina und Constanze sich vor Kurzem zufällig wiederbegegnet. Constanze nahm gerade den Kirchenstuhl ihrer verstorbenen Mutter in Augenschein, den sie auf Drängen des Vaters endlich übernehmen wollte, als ihr Blick auf Regina fiel. Sie saß halb verborgen am Rande der Frauenseite.
„Sind Sie es, Regina?"
Regina öffnete erschrocken die Augen. Sie war in die Kirche gegangen, um der Unruhe in *Apels Haus* zu entfliehen. Alle außer ihr schienen dort etwas zu tun zu haben. Je geschäftiger die Dienstboten treppauf und treppab liefen, desto überflüssiger kam sie sich vor.
Regina richtete sich in der Kirchenbank auf. „Constanze?" Sie versuchte vergeblich, ihrer Stimme einen erfreuten Klang zu geben.
Im Gegensatz zu ihr freute Constanze sich wirklich über das Wiedersehen. Ihr einst großer Freundeskreis war zusammengeschmolzen, seit sie aus Dresden zurückgekehrt war. Genau genommen war ihr nur noch Friederike Oeser geblieben. In die ersten Häuser der Stadt wurde sie als Geschiedene nicht mehr eingeladen. Da half es auch nichts, dass sie sich nach Oehmes Tod als seine hinterlassene Witwe bezeichnete. Für die tonangebenden Familien der Leipziger Gesellschaft war und blieb sie eine Frau mit zweifelhafter Vergangenheit. Auch vom Vater konnte Constanze wenig Unterstützung erwarten. Er hatte sich nach dem Verlust seiner Frau ganz in sich zurückgezogen. Mit Constanze sprach er nur wenig. Meistens saß er in seiner Biblio-

thek und führte von dort aus die Geschäfte, so gut es eben ging. Eine Spielkartenfabrik, die er erst vor wenigen Jahren gekauft hatte, musste er mit großem Verlust wieder verkaufen. Ihre Brüder waren Constanze ebenfalls keine Hilfe. Bernhard lebte inzwischen in St. Petersburg. Nachdem seine geliebte Minna im Wochenbett gestorben war, hatte er dort ein zweites Mal geheiratet. Auch Christoph war selten in Leipzig. Er unternahm lieber ausgedehnte Reisen, die ihn durch ganz Europa führten. „Er ist mehr fürs Vergnügen als für Geschäfte", flüsterte man hinter vorgehaltener Hand, wenn es um den künftigen Erben des Hauses Breitkopf ging.

Regina trank den heißen Kaffee in kleinen, langsamen Schlucken. „An mir ist nicht viel gelegen", antwortete sie schließlich. „Ich wollte nur, Gott hätte mich zusammen mit meinen Schwestern abberufen."

„So dürfen Sie nicht reden, Regina. Sie müssen hinaus in die freie Natur. Sonst werden Sie noch stubensiech wie mein Vater. Er kränkelt ständig."

„Wenn ich nur nicht so schnell ermüden würde. Selbst der Weg zur Kirche scheint mir oft zu weit."

„Haben Sie Reinhold noch einmal wiedergesehen?" Diese Frage hatte Constanze schon die ganze Zeit stellen wollen.

Regina antwortete nicht. Ihr Gesichtsausdruck war Antwort genug.

„Uns beide hat ein schwerer Verlust getroffen. Aber sollen wir uns davon für alle Zeit niederdrücken lassen? Besser gelacht als geweint, das war von jeher mein Wahlspruch."

Regina seufzte. „Wenn das nur so einfach wäre."

„Sie sind immer noch eine hübsche Jungfer, die leicht einen Mann finden könnte."

„Hübsch?" Regina musste lachen. Sie hatte sich noch nie hübsch gefunden. Jetzt, in der Mitte der Vierziger, fand sie sich hässlich. Um ihren Mund hatten sich tiefe Falten eingeprägt. Das kastanienbraune Haar war von grauen Strähnen durchzogen. Seit Kurzem fehlte ihr ein Vorderzahn.

„Ich bin ein altes Mädchen ohne Mitgift. Wer will schon so eine nehmen?“
Constanze hielt es für klüger, das Thema zu wechseln. „Haben Sie noch das kleine Spinett? Die Musik hat Ihnen doch immer große Freude bereitet. “
„Das Spinettchen habe ich am Neukirchhof gelassen. Durch die Feuchtigkeit war es ganz verzogen.“
„Unser altes Clavichord steht nur unnütz herum. Ich könnte es Ihnen herbringen lassen, wenn mein Herr Vater es erlaubt.“
„Ich spiele schon lange nicht mehr.“ Regina griff erneut nach der Kaffeetasse. Sie war leer.
„Noch besser wäre ein Fortepiano aus der Silbermannschen Fabrik“, fuhr Constanze unbeirrt fort. „Das sollen wahre Wunderwerke sein.“
„Der Mann meiner Nichte will eines kaufen, sobald die beiden Mädchen im richtigen Alter sind. Bis dahin macht der Vogel die Musik, sagt er.“
Augusta hatte sich zur Hochzeit einen prächtig gefiederten gelben Kanarienvogel gewünscht und ihn auch bekommen. Lebhaft zwitschernd hüpfte er jetzt in seinem alten Vogelbauer umher.
„Das Tierchen tiriliert allerliebst, doch das ist nichts gegen eine schöne Stimme. Wie oft habe ich Ihren Gesang bewundert. Wie sehnlich habe ich mir gewünscht, es Ihnen gleichzutun.“
„Damals waren wir noch Kinder. Da hat man den Kopf voller Grillen.“
„Haben Sie von Hillers Singschule gehört? Die Frauen, die er unterweist, treten sogar im Gewandhaus auf. “
„Meine Stimme ist brüchig geworden, sie schmeichelt dem Ohr nicht mehr.“
Vom Flur her waren laute Männerstimmen zu hören. Regina wurde rot. Sie stellte in aller Eile die Kaffeetassen zusammen. Ahlefeldt und ein weiterer Mann betraten den Raum.
„Der Einfaltspinsel dachte, ein gutes Geschäft zu machen“,

lachte er. „Dabei bin ich es, der den Gewinn hat." Sein rundes Gesicht war hochrot vor Aufregung.
„Fürwahr ein vortrefflicher Handel. Ein schneller Kopf ist heute Goldes wert", pflichtete der andere ihm bei.
„Man muss sein Glück nur beim Schopfe packen." Ahlefeldt rieb sich vergnügt die Hände. Dann erst bemerkte er die beiden Frauen. „Wir haben Besuch?"
„Eine Bekannte von früher. Wir wollten gerade gehen", versicherte Regina.
„Mit wem habe ich das Vergnügen?"
Constanze setzte sich in Positur. „Theodora Sophia Constantia Breitkopf, verwitwete Oehme."
Ahlefeldts Gesicht hellte sich auf. „Ah, eine Breitkopf. Aus bester Familie also. Hatte Ihr Herr Vater nicht eine Spielkartenfabrik vor dem Peterstor? Ganz in der Nähe liegt meine Siegellackfabrik."
„Über das Geschäftliche bin ich nicht im Bilde. Wir wohnen im *Silbernen Bären* auf dem Alten Neumarkt."
„Ich verstehe", entgegnete Ahlefeldt. „Falls Ihr Herr Vater einmal Siegellack von bester Qualität benötigt, es wäre mir eine Ehre."
„Madame Oehme wollte gerade gehen", behauptete Regina.
„Warum so eilig?", widersprach Ahlefeldt. „Wir kommen gerade von der Börse und haben allen Grund zu feiern. Ich lasse uns einen guten Tropfen bringen." Er klingelte energisch nach der Dienstmagd. „Bring uns eine Flasche Rheinwein, dazu kalten Braten, Brot und alles, was die Speisekammer sonst noch hergibt."
Ahlefeldt und sein Geschäftsfreund, ein großgewachsener Mann in den Fünfzigern, ließen sich auf dem Kanapee nieder.
„Hier oben soll also der preußische König logiert haben?" Der Geschäftsfreund sah sich halb bewundernd, halb zweifelnd um.
Ahlefeldt zögerte mit der Antwort. „Seine Majestät wird wohl der Bequemlichkeit halber in einem der unteren Stockwerke Quartier genommen haben."

Die Küchenmagd erschien mit dem Braten. Dazu stellte sie Brot, Butter und eine Schüssel mit gezuckerten Erdbeeren auf den Tisch. Beim Anblick der Speisen hellte sich das Gesicht des Gastgebers merklich auf. „In ganz Leipzig gibt es keine so wohlschmeckenden Erdbeeren wie diese", prahlte er. „Ich ziehe sie im eigenen Garten."

Man ließ es sich schmecken. Sogar Regina verspürte Appetit. Der Geschäftsfreund begann, von seinen zahlreichen Reisen zu erzählen. Von seiner Heimatstadt Hamburg aus reiste er oft nach London. Die Stadt hatte es ihm besonders angetan.

„Im Hafen liegen unzählige Schiffe und Boote dicht gedrängt beieinander", schwärmte er. „Auch auf den Straßen übertrifft das Gewühl von Menschen, Wagen und Pferden alles, was ich je zuvor gesehen habe."

„Ist das nicht gefährlich?", fragte Regina.

„Die Straßenseiten sind mit großen Quadersteinen gepflastert, die kein Wagen befahren darf. Auf diesen Wegen wandelt man sicher wie in Abrahams Schoß. Die Laternen stehen so dicht beieinander, dass die Straßen auch des Abends hell erleuchtet sind. Ein deutscher Prinz, der dies zum ersten Mal sah, glaubte im Ernst, die Stadt sei ihm zu Ehren illuminiert worden. Dabei war es nur die gewöhnliche Beleuchtung."

Alle lachten.

„Gehen die Frauen von Stand auch alleine aus dem Haus?", wollte Constanze wissen.

„Gewisse Damen sieht man sogar des Nachts ohne Begleitung. Wenn sie hübsch sind, findet sich schnell ein Galan, will ich meinen." Der Kaufmann lachte meckernd.

„Mit Verlaub", hüstelte Ahlefeldt, „es sind Frauenzimmer anwesend."

Sein Geschäftsfreund besann sich. „Die Ladies fahren nach dem Morgentee mit dem Wagen einkaufen. Um nicht aussteigen zu müssen, lassen sie sich tausend Dinge zur Ansicht in die Kutsche bringen, sodass um sie herum aller Verkehr ins Stocken

gerät. Man erzählt, dass ein Trupp Matrosen, denen so eine Equipage im Wege war, ohne Umstände den Schlag öffnete und einer nach dem anderen hindurch spazierte."
Wieder lachten alle.
„Da wird die vornehme Dame aber Augen gemacht haben", kicherte Regina. Sie trank selten Wein.
Constanze seufzte tief. „Ich möchte wohl auch einmal so eine Reise machen. Als Frauenzimmer sieht man gar wenig von der Welt."
„Mit größtem Vergnügen würde ich Sie auf meine nächste Reise mitnehmen", erklärte der Hamburger und richtete sich auf.
Constanze entfuhr ein gurrendes Lachen. „Als Ihr Eheweib nehme ich an?"
In das verlegene Schweigen hinein klingelte Ahlefeldt ein zweites Mal. Als die Magd nicht sofort erschien, ging er zur Tür und brüllte „Hedwig!" in den Flur. Die Gerufene wischte sich noch im Laufen die nassen Hände an der Schürze ab. „Was befehlen der Herr?"
„Sag Heinrich, dass er anspannen soll." Er drehte sich mit einer angedeuteten Verbeugung zu Constanze. „Darf ich die Anwesenden in allen Ehren zu einer kleinen Ausfahrt einladen? Einen Freudentag wie diesen sollte man nicht ungenutzt verstreichen lassen."
Ahlefeldt besaß seit Kurzem ein eigenes Pferd, dazu einen leichten Wagen mit halbem Verdeck. Pferd und Einspänner waren in einem nahe gelegenen Stall untergebracht. Heinrich, der Hausknecht, übernahm bei Bedarf auch das Amt des Kutschers.
Constanze blickte fragend zu Regina hinüber. Sie selbst schien nicht abgeneigt. Regina zögerte. Ob Ahlefeldt für die Kosten aufkommen würde? Seid dem Tod der Schwestern wurden ihr zwar sechs Groschen wöchentlich aus dem Universitätsalmosen ausgezahlt. Die Hälfte davon gab sie jedoch für Kost und Logis ab. Bisher hatte Emanuel ihr zum Todestag des Vaters stets etwas Geld geschickt, diese Zuwendung war in diesem

Jahr jedoch ausgeblieben. Wie gewohnt war sie am 28. Juli zum *Silbernen Bären* gegangen, um zu fragen, ob etwas für sie eingelaufen sei. Doch Herr Breitkopf hatte diesmal bedauernd mit dem Kopf geschüttelt und sie war unverrichteter Dinge wieder gegangen.
„Wir könnten nach Reudnitz in *Hendels Kuchengarten* fahren“, schlug Ahlefeldt vor.
„Über dieses Gasthaus hört man viel Gutes“, bemerkte der andere Kaufmann. „Es soll vortreffliches Bier geben und auch eine Kegelbahn.“
Ahlefeldt nickte bestätigend. „Bei gutem Wetter wird im Garten zum Tanze aufgespielt. Manchmal wird sogar gewalzt.“
„Gewalzt? Von diesem Tanz habe ich reden hören. Ganz Wien dreht sich im Walzertakt, heißt es!“, rief Constanze und schaute erneut zu Regina herüber.
„Sie sind meine Gäste, das versteht sich von selbst“, erklärte Ahlefeldt, dem Reginas Zögern nicht entgangen war. Nun war auch sie einverstanden. In gelöster Stimmung begab man sich nach unten.

Schon nach wenigen Minuten fuhr Heinrich mit der Kutsche vor. Der Hamburger half Constanze den Tritt hinauf, ihnen gegenüber nahmen Ahlefeldt und Regina Platz.
„Zu Hendels Kuchengarten!“, befahl Ahlefeldt.
Sie fuhren über die Grimmaische Gasse stadtauswärts. „Schneller!“, rief Ahlefeldt, sobald sie das Schönefelder Tor passiert und den Weg durch die Kohlgärten nach Reudnitz eingeschlagen hatten. Der Kutscher schnalzte und gab dem Pferd die Peitsche, das daraufhin in einen scharfen Trab fiel. Constanze jauchzte auf. Mit ausgestrecktem Arm griff sie nach den tief herabhängenden Zweigen der Alleebäume. Regina hielt ihr Gesicht mit geschlossenen Augen dem Fahrtwind entgegen. Die kühle Frische tat ihr gut. Als sie Reudnitz schon fast erreicht hatten, verlor Constanze ihren Hut. Von einem Windstoß erfasst drehte

der breitrandige, mit langen Bändern geschmückte Strohhut sich einmal um die eigene Achse, bevor er in einem Haufen noch dampfender Pferdeäpfel landete. Constanze schrie auf. Heinrich brachte das Pferd zum Stehen, sprang vom Kutschbock und lief zurück. Doch als er ihr den traurigen Anblick des zerdrückten Hutes vor Augen brachte, schüttelte Constanze angewidert ihre blonden Locken.
„Der gehört auf den Kehricht!"
Die beiden Männer wiesen lachend auf die besudelten, ehemals blauen Hutbänder, was Constanze nur noch mehr verärgerte.
„Ohne Hut kann ich nicht in den Kuchengarten."
Ahlefeldt wollte sich den schönen Tag nicht wegen eines ruinierten Hutes verderben lassen. „Kein Mann von Geschmack trägt heute noch eine Perücke. Warum soll sich nicht auch ein Frauenzimmer barhäuptig in der freien Natur ergehen?"
Constanze zögerte. „Wenigstens eine Haube wäre vonnöten."
Ahlefeldts Geschäftsfreund pflichtete ihr bei. „In England würde keine Lady es wagen, ohne Kopfbedeckung auch nur über die Straße zu gehen. Der Pöbel würde sie anstarren, als hätte sie die größte Unanständigkeit begangen."
„Wir könnten zurückfahren und einen anderen Hut holen", schlug Regina vor. Vorsorglich band sie die Bänder ihrer eigenen, von Johanna vor langer Zeit mit Blumen bestickten Haube noch etwas fester.
„Wenn wir jetzt umkehren, lohnt die Fahrt nicht mehr." Constanze ließ den Kopf hängen. Alle Heiterkeit war verflogen.
„Wir fahren zu meinem Garten", entschied Ahlefeldt schließlich. „Vor fremden Blicken ist man dort durch eine Hecke geschützt."
„Ist das nicht zu weit?", fragte Constanze.
„Der Garten ist auf der Bettelgasse, das ist keine Viertelstunde von hier."
„Ob Ihre Gattin aber auf Besuch eingerichtet ist?"
„Sie wird hoch erfreut sein, Ihre Bekanntschaft zu machen."

„Schön und gut. Nur das vortreffliche Merseburger Bier hätte ich zu gerne gekostet", seufzte der Kaufmann resigniert. „Und der dritte Mann zu einem Lomberchen hätte sich wohl auch gefunden."
„Dem steht nichts im Wege!" Ahlefeldt wurde plötzlich wieder ganz vergnügt. „Wir setzen die Frauenzimmer im Garten ab und fahren ohne sie nach Reudnitz."
So geschah es. Der Kutscher wendete und fuhr ein Stück des Weges zurück. Über die Quergasse kommend passierten sie den fast ausgetrockneten Hospitalteich und bogen schließlich in die Bettelgasse ein. Noch ehe Heinrich den Kutschentritt herunterlassen konnte, sprang Constanze leichtfüßig aus dem Wagen. Nach kurzem Zögern tat Regina es ihr nach.
„Gehen Sie einfach hinein, Madame." Ahlefeldt wies auf das schmiedeeiserne Gartentor zu seiner Linken. „Wir holen Sie später wieder hier ab."

Seit sie den Garten hatten, waren Augusta, Juliana und die beiden Kinder so oft wie möglich dort. Von Anfang Mai bis Ende September zogen die vier bei gutem Wetter täglich durchs Grimmaische Tor hinaus in die Vorstadt. Auch an diesem Morgen waren sie schon in aller Frühe aufgebrochen. Juliana trug einen Korb mit Essen, neben ihr ging Christiana. Augusta führte die kleine Carolina an der Hand. In der anderen Hand hielt sie einen aufgespannten Sonnenschirm, dessen elfenbeinernen Griff sie graziös hin- und herzudrehen wusste. Die beiden sechs- und vierjährigen Mädchen konnten den weiten Weg schon gut bewältigen. Vor allem Christiana brannte darauf, in den geliebten Garten zu kommen. Sie lief immer wieder voraus und trieb die Zurückgebliebenen zur Eile. Carolina hingegen trödelte gerne. „Ist es noch weit?", frage sie immer wieder.
„So weit wie immer", antwortete Augusta und zog ihre Jüngste energisch hinter sich her.
Als sie die Bettelgasse endlich erreicht hatten, gab es für Chris-

tiana kein Halten mehr. Sie hüpfte zum Gartentor, holte voller Stolz den ihr anvertrauten Schlüssel aus der Schürzentasche und schloss es mit triumphierendem Lächeln auf.

„Eine artige Jungfer macht kleine, zierliche Schritte. Sie springt nicht umher wie ein Gassenjunge", rief Augusta ihr nach. Doch Christiana war längst im Garten verschwunden.

Betrat man das durch eine hochgewachsene Weißdornhecke eingefriedete Grundstück, führte ein sanft geschwungener Weg zunächst in den Blumengarten. Unzählige Nelken, Malven und Narzissen blühten und dufteten dort der Besucherin entgegen. Der Garten hatte aus Augusta eine leidenschaftliche Blumenfreundin gemacht. Zu Hause sorgte sie stets dafür, dass alle Zimmer mit einem frischen Strauß geschmückt waren. Auch auf den Tapeten und Vorhängen prangten Blumen in den unterschiedlichsten Formen und Farben. Selbst der vorspringende Erker im Gesellschaftszimmer war jetzt mit gelb glasierten Blumentöpfen so eng bestückt, dass man ihn nicht mehr betreten konnte. Die schönsten Blütenblätter presste sie und klebte sie anschließend auf Papier. Im Winter verbrachte sie viel Zeit damit, die Seiten zu beschriften und die getrockneten Blüten liebevoll zu betrachten.

Gleich hinter den Blumenbeeten befand sich der Nutzgarten. Dies war Julianas Reich. Sie pflanzte, jätete und harkte nach Leibeskräften. Ihrer Arbeit war es zu verdanken, dass regelmäßig frisches oder eingelegtes Gemüse auf den Tisch des Hauses kam. Ging man den mit Sand bestreuten Weg weiter, führte er auf eine Wiese mit knorrigen Obstbäumen, die noch von einem der Vorbesitzer stammten. Am Ende des Gartens stieß man auf einen Geräteschuppen und eine kleine Laube. Ein leicht gezimmertes Lattengerüst, durch ein Geflecht von Kletterpflanzen begrünt, bot Schutz vor Wind und Sonne. Augusta saß am liebsten in der Laube, fürchtete sie doch stets, allzu braun zu werden. Eine Frau von Stand sollte nach ihrer Meinung nicht wie eine sonnenverbrannte Bäuerin daherkommen.

Als Regina und Constanze die Wiese hinter dem Gemüsegarten erreicht hatten, kam ihnen Carolina mit rot verschmiertem Mund und einer Schüssel frisch gepflückter Erdbeeren entgegen. „Tante Regina ist gekommen!", rief sie zur Laube hin. „Und eine Madame."
„Komm aus der Sonne!", mahnte die Mutter
Die Vierjährige fasste Constanze zutraulich an der Hand und führte sie in die schattige Laube. Um einen Schiefertisch herum waren Bänke aufgestellt, die Platz für mehrere Personen boten. Während Augusta in einem Buch las, saß Juliana vor einem Berg Bohnen, die geputzt werden mussten. Vor Christiana stand ein Kästchen mit Wasserfarben, daneben lag das schon fast fertige Bild.
„Ei, was für ein schönes Bild!", rief Constanze. „Hast du es gemalt?"
Christiana nickte. „In der Mitte der Wiese steht ein Baum", erklärte sie voller Stolz. „Darunter habe ich verschiedene Blumen gesetzt. Der Himmel fehlt noch."
„Womöglich wirst du später einmal eine berühmte Malerin", lobte Constanze. „Ganz so wie meine Freundin Dora. Als sie so alt war wie du, hat sie bei uns im Hause gewohnt."
„Kann sie auch Wolken malen?"
„Bestimmt. Am liebsten malt sie aber Gesichter hochgestellter Personen. So weiß man später noch, wie sie aussahen."
„Man soll dem Mädchen keine Flausen in den Kopf setzen", bemerkte Juliana.
Augusta sah von ihrem Buch auf. „Meine Tochter wird einmal eine gute Partie machen. In ihren Mußestunden kann sie dann malen, so viel sie will. Mit wem habe ich übrigens die Ehre?"
„Verzeihen Sie, ich vergaß, mich vorzustellen. Ich bin Constanze Breitkopf, verwitwete Oehme. Regina hat mich früher einmal im Gesang unterrichtet."
„Dein Mann hat uns hier abgesetzt. Wir wollten eigentlich in den Kuchengarten. Aber Madame Oehme hat unterwegs ihren Hut verloren", erklärte Regina.

„Tante Regina hat uns früher oft vom Hause Breitkopf erzählt." Augusta lud die Besucherin mit einer Handbewegung ein, sich neben sie zu setzen. „Ich habe es mir immer wie ein Schloss vorgestellt."

Constanze lächelte geschmeichelt. „Ein Schloss ist es nicht gerade. Aber der *Silberne Bär* darf wohl als eines der besten Häuser von Leipzig gelten."

„In unserem Haus hat einmal ein König gewohnt", verkündete Carolina und rückte ein wenig zur Seite, um für Regina Platz zu schaffen.

„Einen König hat unser Haus freilich nicht zu bieten", räumte Constanze ein. „Wohl aber so manche vergnügte Stunde in guter Gesellschaft. Zu meiner Jugendzeit gab es jede Woche Musik und Tanz, zuweilen haben wir sogar Theaterstücke aufgeführt."

„Wie viele Arme hätte man von diesem Geld speisen können." Juliana kappte mit einer energischen Handbewegung die Enden einer Bohne und warf sie in die vor ihr stehende Schüssel.

„Ahlefeldt holt uns später wieder hier ab", sagte Regina in das Schweigen hinein. „Er ist mit einem Geschäftsfreund aus Hamburg unterwegs."

„Ein recht vorwitziger Herr, dieser Hamburger", fand Constanze. „Aber er hätte mir vielleicht das Walzen beibringen können."

„Den Männern ist ohne uns Frauenzimmer leichter ums Herz. Sie können dann zechen und ihre derben Späße machen ohne allen Zwang."

Augusta wusste nur zu gut, dass ihr Mann hierin keine Ausnahme war.

Constanzes Blick fiel auf das Buch, das Augusta bei ihrer Ankunft beiseitegelegt hatte.

„Sie lesen *Die Geschichte des Fräuleins von Sternheim*? Wie gefällt sie Ihnen?

„Das Buch zeugt von einer wahrhaft edlen Gesinnung. Romane lese ich überhaupt für mein Leben gern."

„Dann kennen Sie vielleicht auch *Werthers Leiden*?"

Augusta verneinte.
„Das Buch ist in Leipzig verboten. Ich habe es mir aber dennoch zu verschaffen gewusst“, prahlte Constanze. „Schließlich kenne ich den Verfasser Goethe noch aus Jugendtagen.“
„Von dem Manne habe ich reden hören“, fiel Augusta nun ein. „Endet der Roman nicht im Selbstmord?“
„So ist es. Viele verdammen das Buch deshalb. Besser sollte man Mitleid haben mit dem unglücklich liebenden Jüngling.“
„Gewisse Handlungen sind und bleiben lasterhaft“, versetzte Juliana. „Die Religion verbietet den Selbstmord.“
„Manches Leid übersteigt das menschliche Vermögen. Dürfen wir den Schwachen deshalb verurteilen?“, gab Constanze zu bedenken.
„Gott legt uns viele Lasten auf, doch nie mehr, als wir tragen können“ beharrte Juliana.
„Eine unglückliche Liebe also.“ Augustas Interesse war geweckt. „Man müsste den Roman lesen, um sich selbst eine Meinung zu bilden.“
„Ich borge Ihnen das Buch gerne.“
Augusta dankte für das Angebot mit einem Lächeln.
„Genug geredet.“ Juliana stand auf. „Christiana, du holst die Harke aus dem Schuppen. Carolina, du hilfst mir beim Jäten.“
Auch Regina hielt es nicht länger in der Laube. Ohne Constanze zum Mitkommen aufzufordern, stand sie auf und überquerte die Obstwiese. Zwischen zwei hochgewachsenen Brombeerbüschen hatte Ahlefeldt eine mit Moos bedeckte Steinbank errichten lassen. Dort war man vor Blicken geschützt. Regina setzte sich auf das weiche Moos. Wie schön es hier war. Vereinzelte Sonnenstrahlen drangen durch das dichte Blätterwerk der Büsche und tauchten sie in flirrendes Licht. Sie lehnte sich zurück und schloss die Augen.

„Schlafen Sie?“ Constanze berührte Regina vorsichtig an der Schulter.

Regina schlug die Augen auf. „Ist es schon Abend?“
Die Luft war inzwischen merklich abgekühlt, der Himmel hatte sich zugezogen.
„Es ist immer noch Nachmittag. Die anderen sind trotzdem schon gegangen, Carolina hat Bauchweh.“
„Bestimmt hat sie zu viele Erdbeeren gegessen.“
In diesem Moment begann es zu regnen. Zunächst fielen nur vereinzelte, warme Tropfen, schon bald wurde jedoch ein heftiger Schauer daraus.
„Sollten wir nicht besser in die Laube gehen?“, fragte Constanze.
„In die Laube wird es hineinregnen, der Schuppen ist besser“, entschied Regina.
Das grün gestrichene kleine Bretterhäuschen bot neben einigen Arbeitsgeräten auch eine einfache Sitzgelegenheit. Auf zwei eingegrabenen Pfählen war ein ungehobeltes Brett genagelt, das normalerweise als Abstellfläche diente. Nachdem Regina einige Blumentöpfe beiseite geräumt hatte, nahmen die beiden Frauen Platz. Der Regen trommelte auf das Dach.
„Immerhin ist es trocken“, stellte Constanze fest. „Ich habe Ihrer Nichte versprochen, gleich morgen einen Boten mit *Werthers Leiden* zu ihr zu schicken. Möchten Sie es auch lesen?“
„Das Lesen ermüdet mich schnell.“
„Dieses Buch werden Sie nicht eher aus der Hand legen, als bis Sie zum Ende gelangt sind. Es ist gar zu ergreifend.“
„Wenn es mich nur nicht zu sehr ergreift.“
„Goethe selbst hat mir eine Widmung hineingeschrieben. Wer hätte damals gedacht, dass aus dem jungen Stutzer ein großer Dichter wird.“
„Haben Sie ihn hier in Leipzig getroffen?“
„Er war hier, um Corona Schröter für sein Theater in Weimar zu gewinnen.“
„Corona Schröter. Wie gerne wäre ich wie sie gewesen!“
„Auf der Bühne verblüht die Schönheit schnell. Was wird dann

aus einer Schauspielerin? Der Herzog soll ihr immerhin noch gewogen sein."
Der Regen hatte aufgehört. Sie beschlossen, in die Laube zurückzukehren. Zwischen Schuppen und Laube stand eine Pfütze, der Regina mit gerafftem Rock auszuweichen suchte. Constanze sprang mit einem Satz hinüber. „Daran hatte ich schon als Kind das größte Vergnügen!"
In der Laube fanden sie den Schlüssel für die Gartenpforte. Darunter lag ein frisch gemaltes Bild. Das Gesicht einer Frau war darauf mehr zu erahnen als zu erkennen, zumal seine Konturen durch einige Regentropfen verwischt worden waren. Auf dem Kopf der Gestalt türmte sich sonnengelbes Haar, das fast wie eine Krone aussah.
„Ob ich das sein soll?" Lächelnd nahm Constanze das Blatt zur Hand. „Schade, dass der Regen es verdorben hat."
Regina nahm den Schlüssel an sich. „Es wird bald dunkel. Ahlefeldt wird uns doch wohl nicht vergessen haben?"
Constanze legte das Bild zurück auf den Tisch. „Er wird schon kommen. Wenn nicht, gehen wir eben zu Fuß."
„Lassen Sie uns an der Gartenpforte warten", schlug Regina vor.

Die Dämmerung hatte bereits eingesetzt, als Ahlefeldt endlich auftauchte. Sein Gesicht war gerötet, die Weste schief zugeknöpft. Das Halstuch fehlte ganz.
„Beeilung, gleich werden die Tore geschlossen!", rief er mit schwerer Zunge.
In aller Eile bestiegen die beiden Frauen die Kutsche. Der Hamburger saß nicht mehr darin.
„Hat Ihr Geschäftsfreund es vorgezogen, im Kuchengarten zu bleiben?", fragte Constanze.
Statt einer Antwort stieß Ahlefeldt lediglich ein grimmiges Schnauben aus. „Fahr schneller!", befahl er dem Kutscher.
Obwohl Heinrich das Pferd nach Kräften antrieb, erreichten sie das Grimmaische Tor nicht mehr rechtzeitig. Die Schließ-

wachen hatten es bereits mit einem eisernen Gatter verriegelt. Auch die Laterne war schon ausgehängt und angezündet. Mit ihr wurde angezeigt, dass nun Sperrgeld zu entrichten war.
„Jetzt heißt es, in den sauren Apfel beißen." Heinrich wandte sich nach hinten, um den Torgroschen in Empfang zu nehmen. Ahlefeldt zog umständlich seinen Geldbeutel hervor. Er war leer. Fluchend suchte er in den Taschen seines Rocks, dann in den Hosentaschen nach Geld. Die vor dem Tor postierten Wachen verfolgten das Schauspiel mit einigem Interesse.
„Vom Spieltische und vom Weibe ist schon mancher mit leerem Beutel gekommen", feixte einer.
In der Westentasche wurde Ahlefeldt schließlich doch noch fündig. Heinrich sprang vom Bock und händigte einem der Wächter das Torgeld aus. Man ließ sie passieren. Die Wachen versäumten dabei nicht, einen neugierigen Blick auf die hübsche Frau ohne Kopfbedeckung zu werfen.
„Mit der möchte ich wohl auch einmal eine Kutsche besteigen", rief einer. Die anderen lachten.
„Man sollte die Kerle mit der Rute züchtigen", murmelte Constanze.
Ahlefeldt grunzte unbestimmt, was wohl als Zustimmung aufgefasst werden konnte. „Fahr zuerst zum Alten Neumarkt", wies er seinen Hausknecht an.
Als sie am Gewandhaus vorbeikamen, das zum Konzertsaal umgebaut worden war, wies Constanze auf das imposante Gebäude. „Waren Sie schon einmal dort? "
Regina verneinte.
„Sie sollten mich unbedingt einmal zu einem Konzert begleiten. Erst neulich wurde eine Symphonie Ihres Bruders Johann Christian gespielt. Sie fand großen Beifall."
Regina konnte sich kaum noch an Christian erinnern. Nur schemenhaft stieg das Bild eines schmalen Vierzehnjährigen vor ihr auf, der mit seinem schweren Reisesack über den Thomaskirchhof ging. Der immer gut gelaunte Bruder war mit nur 47

Jahren in London an der Brustkrankheit gestorben, das hatte Emanuel ihr geschrieben.

Man verabschiedete sich ohne viele Worte. Constanze hatte es eilig, ins Haus zu kommen. Ihr Vater liebte es nicht, wenn sie nach Einbruch der Dunkelheit noch unterwegs war.

„Nach Hause!", kommandierte Ahlefeldt, nachdem die Tür hinter Constanze ins Schloß gefallen war. Die Rathausuhr schlug neun, als sie das *Apelsche Haus* erreichten. Kaum war Regina ausgestiegen, setzte Heinrich das Pferd wieder in Bewegung.

„Ich muss noch etwas erledigen", murmelte Ahlefeldt und fuhr davon.

Regina tastete sich durch das dunkle Treppenhaus langsam nach oben. Im vierten Stock drangen die hellen Stimmen von Carolina und Christiana durch die Wohnungstür. Sie ging weiter bis zur Mansarde. Dort war alles ruhig, die Dienstboten waren noch bei der Arbeit. Im fahlen Licht des aufgegangenen Mondes zog Regina sich bis auf das Hemd aus. Wie stickig die Luft in der kleinen Kammer war. Sie ging zu dem schmalen Dachfenster und öffnete es. Dann begann sie zu weinen.

Ach wie flüchtig

Im März 1787 starb Carolina an den Masern. Sie wurde fünf Jahre alt. Der herbeigerufene Arzt hatte wie üblich die Behandlung mit Blutegeln angeordnet, die am schmerzenden Hals des Kindes angesetzt wurden. Danach weinte Carolina umso mehr. Von Hustenanfällen und fiebrigen Krämpfen geschwächt verlor sie in der Nacht zum 7. März das Bewusstsein. Wenige Stunden später verstarb sie. Christiana war der Tod der kleinen Schwester lange nicht begreiflich zu machen. Auch sie hatte sich angesteckt, war jedoch schnell wieder auf dem Weg der Besserung. Bei jeder Gelegenheit fragte sie jetzt nach ihrer Schwester. Eben noch hatten sie zusammen am Stickrahmen gesessen, sich gezankt und wieder vertragen, und nun sollte Carolina für immer fort sein? Juliana kümmerte sich um das verstörte Mädchen, so gut sie konnte. Sie betete mit ihr und versicherte, Carolina sei nun im Himmel. Dort sei es allemal schöner als im irdischen Jammertal.

Augusta flüchtete sich nach Carolinas Tod noch stärker als zuvor in das Lesen. Jede Woche musste die Dienstmagd nun einen ganzen Korb voller Romane aus der Haynstraße herbeischaffen. Ahlefeldt war nur noch selten zu Hause, manchmal ließ er sich tagelang nicht blicken. Wenn Augusta ihren Mann deshalb Vorwürfe machte, schob er dringende Geschäfte vor. In Wahrheit überließ er die Manufaktur immer mehr sich selbst. Zwar verbrachte er den Vormittag meistens im Kontor, um die nötigste Korrespondenz zu erledigen. Die Abrechnungen, die man ihm bei diesen Gelegenheiten vorlegte, nahm er jedoch kaum zur Kenntnis. Wenn sein Sekretär ihn mit gewundenen Worten darauf hinwies, dass man auch aus einer florierenden Firma nicht unbeschränkt Kapital ziehen könne, schalt er ihn

einen Griesgram und Pfennigfuchser. Dann ließ er sich die Zeitungen bringen und blätterte sie bei einer Tasse Kaffee lustlos durch. Punkt zwölf Uhr fuhr endlich Heinrich mit der Kutsche vor. In flottem Trab ging es zum Ranstädter Tor hinaus bis zur *Funkenburg*. In dieser stets gut besuchten Gartenwirtschaft gab es nicht nur eine üppige Mittagstafel, auch für Unterhaltung war bestens gesorgt. Im großen Saal des Gasthauses wurde ab dem Nachmittag zum Tanz aufgespielt. Das für seine durchschlagende Wirkung bekannte Gosebier floss dabei in Strömen. Der sogenannte Herrentisch gleich neben der Tür war für das Kartenspiel reserviert. An ihm fanden sich jeden Nachmittag dieselben Stammgäste ein. Ahlefeldt war einer von ihnen. Neben ihm saß ein Advokat von zweifelhaftem Ruf, dessen abgeschabter, schwarz glänzender Samtrock im seltsamen Kontrast zu den üppigen Spitzenmanschetten stand, die aus seinen Ärmeln hervorquollen. Ein Ring- und Kettenmacher mit auffällig roter Nase war ebenfalls mit von der Partie. Vervollständigt wurde die Runde durch einen wortkargen Torschreiber. So manche Kostbarkeit zweigte dieser Mann aus Warenlieferungen ab, die er am Stadttor zollfrei passieren ließ.
Die vier Männer spielten Lomber oder Pharao. Je mehr Ahlefeldt dabei verlor, um desto höhere Einsätze spielte er. Mit schlecht gespieltem Gleichmut holte er Taler um Taler aus seinem Geldbeutel und schichtete sie vor sich auf. Gewann er, was selten genug vorkam, verlor er das Gewonnene bald wieder. Wenn er zu viel getrunken hatte, wurde er unberechenbar. Der Wirt musste ihn manches Mal aus dem Saal schaffen lassen, um Handgreiflichkeiten zu verhindern. Die Hausknechte brachten den sich heftig Wehrenden dann zum Ausnüchtern in ein Nebengebäude. Dort ließen sie ihn unsanft auf ein Schlaflager aus Stroh fallen und versäumten dabei nicht, sich ein Geldstück als Belohnung für ihre Dienste einzustecken. Hatte er seinen Rausch ausgeschlafen, setzte er sich nicht selten gleich wieder an den Spieltisch.

An einem drückend heißen Sommertag, einige Monate nach Carolinas Tod, vermisste Augusta ihre silberne Halskette. Die schwere Kette mit dem rot leuchtendem Granatstein war das Brautgeschenk ihres Mannes gewesen. Nach der Hochzeit hatte sie das kostbare Stück in ein Kästchen aus Palisanderholz gelegt, das ihr als Schmuckschatulle diente. Um sicher zu gehen, leerte sie den gesamten Inhalt der Schatulle auf das Bett aus. Die Kette war nicht dabei. Sie klingelte nach der Dienstmagd. Hedwig beteuerte, nichts über den Verbleib des Schmuckstücks zu wissen. Noch nie habe sie die Schatulle auch nur angerührt, das schwöre sie bei Gott. Auch Juliana konnte nichts zur Aufklärung beitragen. Sie lehnte ohnehin jeden Schmuck als überflüssigen Zierrat ab. Regina hatte die Kette ebenfalls seit Augustas Hochzeit nicht mehr gesehen. In allen Zimmern, einschließlich der Dienstbotenkammern, wurde daraufhin das Unterste zuoberst gekehrt. Die Halskette blieb verschwunden. Augusta war außer sich. Sie war überzeugt, dass nur Hedwig den Schmuck genommen haben konnte. Am liebsten hätte sie die vermeintliche Diebin sofort vor die Tür gesetzt. Ohne ihren Mann konnte sie jedoch eine solche Entscheidung nicht treffen. Die zu Unrecht Verdächtigte beteuerte unter Tränen ihre Unschuld. Am Abend konnte Regina durch die dünne Wand ihres Mansardenzimmers hören, wie das junge Mädchen nebenan schluchzte. Was sollte aus ihr werden, wenn sie mit Schimpf und Schande davongejagt würde? Ihre Eltern hatten sie nach Leipzig in Stellung gegeben, weil ihr kleiner Bauernhof die siebenköpfige Familie nicht mehr ernähren konnte. Dorthin konnte sie auf keinen Fall zurück.

Ahlefeldt kam erst zwei Tage später nach Hause. Er war müde und denkbar schlechter Laune. Die Verluste beim Kartenspiel waren so hoch gewesen, dass er dem Advokaten einen Schuldschein hatte ausstellen müssen. Er ging ohne ein Wort ins Schlafzimmer, warf sich vollständig bekleidet auf das Bett und schlief sofort ein.

Augusta ging ihm nach. „Hedwig hat meine silberne Halskette gestohlen!“ Sie rüttelte ihren Mann unsanft an der Schulter.
„Ich bin müde“, grunzte Ahlefeldt. Er drehte sich auf die andere Seite.
Augusta ging zum Fenster und öffnete es. Ihr Mann stank nach Bier und Tabak. Sie ging zurück an sein Bett.
„Dein Brautgeschenk ist verschwunden!“, rief sie, so laut sie konnte.
Ahlefeldt öffnete widerwillig die Augen. „Die Kette musste ich neulich dem Ringmacher als Pfand geben. Heute Abend gewinne ich, dann löse ich sie gleich wieder aus.“
„Du hast also wieder mit dem Kartenspiel angefangen? Diese elende Grille wird uns noch an den Bettelstab bringen!“
Ahlefeldt hatte seiner Frau schon mehr als einmal versprochen, das Glücksspiel aufzugeben. Sein schlechtes Gewissen machte ihn jetzt nur noch wütender.
„Was bist du doch für ein zänkisches Weib geworden! Warum gönnst du mir nicht das kleinste Pläsier?“
„Pläsier? Was du Vergnügen nennst, stürzt uns ins Unglück“, versetzte Augusta.
Ahlefeldt stand auf. „Wenn du dich beruhigt hast, reden wir weiter.“
Er verließ das Zimmer, wenig später fiel die Wohnungstür ins Schloss. Augusta begann zu weinen. Als sie sich etwas beruhigt hatte, öffnete sie die Schmuckschatulle und nahm eine goldene Münze heraus. Nachdem Thomaskantor Doles erfahren hatte, dass die Frau des Siegellackfabrikanten Ahlefeldt eine Nichte des berühmten Emanuel Bach war, hatte er sich bereit erklärt, das Patenamt für die kleine Carolina zu übernehmen. Zur Taufe in der Thomaskirche überreichte er den Eltern die kostbare Münze als Taufgeschenk. Auf der Vorderseite sah man den auferstandenen Christus im Strahlenkranz, auf der Rückseite war *Wer da glaubet und getauft wird, soll selig werden* kunstvoll eingraviert. Nachdenklich betrachte Augusta den goldenen

Taler. Dann versteckte sie ihn zwischen ihrer Leibwäsche. Anschließend klingelte sie nach der Dienstmagd. Hedwig kam mit rotgeweinten Augen zu ihr.
„Du kannst bleiben, die Sache hat sich aufgeklärt."

Kurz darauf starb Ahlefeldt. Zu Beginn der Herbstmesse hatte er wie jedes Jahr seinen Verkaufsstand vor Kochs Hof aufgebaut. Die Geschäfte liefen dieses Mal allerdings nicht so gut wie sonst. Der Markt wurde durch billigen Siegellack aus englischen Fabriken überschwemmt. Auch hatte sich inzwischen herumgesprochen, dass seine Ware nicht mehr die gewohnte Qualität bot. Am Tag vor seinem Tod fühlte Ahlefeldt sich so elend, dass er ganz gegen seine Gewohnheit schon am frühen Abend nach Hause kam.
„Mir ist, als wenn ein ganzes Klafter Holz auf meiner Brust liegt", klagte er. „Bauchweh habe ich auch."
„Das kommt vom starken Gosebier", gab Augusta ungerührt zurück. „Henriette fiebert, ich bleibe die Nacht bei ihr."
Augusta hatte gerade erst eine weitere Tochter zur Welt gebracht. Ahlefeldt, der ein weiteres Mal vergeblich auf einen Sohn gehofft hatte, nahm das Neugeborene kaum zur Kenntnis.
„Kann Juliana sich nicht um die Kleine kümmern?"
„Juliana muss sich ausruhen, sie hat seit Tagen kaum eine ruhige Minute gehabt."
Ahlefeldt nickte ergeben. Ungewohnt schweigsam legte er sich angezogen, wie er war, auf das Bett. Sein Gesicht war blass, auf der Stirn standen Schweißperlen.
Augusta machte sich nun doch Sorgen. „Soll ich nach dem Doktor schicken? Er könnte auch gleich nach Henriette sehen."
Ahlefeldt schüttelte den Kopf. „Wir warten ab bis morgen."
Zu vorgerückter Stunde sah Augusta noch einmal nach ihrem Mann. Er schien fest zu schlafen. Leise schloss sie die Tür hinter sich, ging zurück in die Kinderstube und setzte sich an Henriettes Wiege. Der Kleinen ging es immer noch nicht besser. Mit

einem kalten Tuch betupfte sie wieder und wieder die fiebernde Stirn. Ein Lied kam ihr in den Sinn, das die Mutter vor dem Einschlafen manchmal für sie und Juliana gesungen hatte.

Nun ruhen alle Wälder,
Vieh, Menschen, Städt' und Felder,
es schläft die ganze Welt;
ihr aber, meine Sinnen,
auf, auf, ihr sollt beginnen,
was eurem Schöpfer wohlgefällt.

Wo bist du, Sonne, blieben?
Die Nacht hat dich vertrieben …

Weiter wusste sie nicht, aber das war nicht schlimm. Sie sang und summte die Melodie wieder und wieder, dabei schaukelte sie sanft die Wiege. Henriette schien das Lied zu gefallen, sie wurde ruhiger. Doch sobald die Mutter mit dem Singen aufhörte, fing sie wieder an zu weinen. Augusta nahm die Kleine auf den Arm und ging mit ihr auf und ab. Die Turmuhr hatte bereits zwei Uhr geschlagen, da fielen Mutter und Tochter endlich in einen unruhigen Schlaf.
Als die Magd am frühen Morgen in der Küche das Herdfeuer schürte, wachte Augusta auf. Bald würde es hell werden. Sie weckte Juliana und übergab ihr Henriette. Dann ging sie ins Schlafzimmer.
„Geht es dir besser? Henriette hat ein wenig geschlafen. Sie wird doch wohl nicht die Masern haben?"
Ahlefeldt gab keine Antwort. Augusta ging zum Fenster und öffnete es. In tiefen Atemzügen sog sie die frische Morgenluft ein. Dann trat sie zu ihrem Mann an das Bett und rüttelte an seiner Schulter.
„Friedrich?"
Sie griff nach seiner Hand. Die Hand fühlte sich kalt an. Sie

betrachtete sein Gesicht. Das Gesicht wirkte fahl. Sie lief zu Juliana in die Kinderstube.
„Lauf und hol den Doktor aus der Katharinenstraße!"
„Was ist denn?" Juliana war gerade dabei, Henriette die Windel zu wechseln.
„Friedrich ist nicht wohl. Beeil dich!"
Juliana legte ihrer Schwester das Kind in den Arm und lief los. Der Kleinen schien es besser zu gehen, auch wenn sich die Stirn immer noch heiß anfühlte. Ihr ruhiger, gleichmäßiger Atem füllte die Kinderstube mit Leben. Christiana tappte ins Zimmer. Sie hatten die Nacht bei Juliana geschlafen.
„Gibt es bald Frühstück?"
„Geh zu Hedwig in die Küche und lass dir ein Butterbrot geben."
Augusta bemühte sich, ihrer Stimme einen ruhigen, festen Klang zu geben, konnte aber ein leichtes Zittern nicht unterdrücken. Sie räusperte sich. „Wir anderen essen später."
Christiana sah ihre Mutter verwundert an, tat aber, wie ihr geheißen wurde.
Wo nur der Doktor blieb? Mit Henriette auf dem Arm ging Augusta noch einmal ins Schlafzimmer. Die Morgensonne schien nun direkt in Ahlefeldts fahles Gesicht. Eine schwere, grünschwarz schimmernde Fliege kreiste schwerfällig über ihm, bis sie schließlich auf seiner Stirn landete.
Endlich kam der Arzt. Noch unrasiert und ohne Halsbinde hatte er sich unter einigem Murren einen Mantel über sein Nachthemd geworfen und war der zur Eile drängenden Juliana ins *Apelsche Haus* gefolgt. Nur mit Mühe hatten sie sich einen Weg zwischen den dicht an dicht stehenden Messebuden und der langen Schlange von Fuhrwerken bahnen können, die sich schon in aller Frühe vor der Ratswaage aufgereiht hatten. Alle nach Leipzig eingeführten Waren mussten hier gewogen und registriert werden. Augusta führte den Doktor sofort ins Schlafzimmer. Er trat an das Bett, ergriff die Hand des Patienten und

tastete nach dem Pulsschlag. Es gab keinen. Er schlug die Decke zurück und legte ein Ohr auf Ahlefeldts Brustkorb. Es war kein Herzschlag zu hören. Er nahm einen kleinen Spiegel aus seiner Arzttasche und hielt ihn dem Verstorbenen vor den Mund. Das Glas beschlug nicht.

Er wandte sich zur Witwe. „Euer Gatte ist abgeschieden."

„Und wenn es nur so scheint? Ich las einmal von einer Mannsperson, die lebendig begraben wurde."

Seufzend griff der Arzt ein weiteres Mal in seine Tasche, nahm eine Feder heraus und hielt sie dem Toten vor die Nase.

„Seht her, die Feder bewegt sich nicht. Will sagen, der Atem ist ihm ausgefahren", schloss er gewichtig.

Augusta wurde blass. „Aber wieso denn? Er war ein Mann in den besten Jahren."

„Befand er sich wohl in letzter Zeit?"

„Er war immer ganz gesund. Nur gestern klagte er über Brustschmerzen."

„Eventualiter lag unerkannt eine falsche Mischung der vier Körpersäfte vor. War er von aufbrausendem Temperament?"

Augusta nickte.

„Choleriker leiden unter zu viel gelber Galle. Er hätte Diät halten müssen."

Augusta sank auf ihrer Seite des wuchtigen Ehebettes in sich zusammen. Sie starrte ins Leere.

Der Arzt sehnte sich nach einer Tasse Kaffee. „Bringt mir Papier und Tinte für den Totenschein", verlangte er. „Damit müsst Ihr noch heute zum Prediger gehen. "

Nachdem der Arzt gegangen war, kam Christiana an Reginas Hand in das Sterbezimmer. Die Siebenjährige blieb wenige Schritte vor dem Toten stehen und sah scheu zu ihm hinüber.

Regina legte tröstend einen Arm um ihre Nichte. „So wie du habe ich auch einmal am Sterbebett meines Vaters gestanden."

„Waren Sie traurig?"

„Ja, sehr."

„Haben Sie auch geweint?"
„Nicht sofort. Ich war ganz durcheinander."
Juliana rief Hedwig herein. „Bis er in den Sarg kommt, legen wir ihn auf ein weißes Laken", ordnete sie an. „Danach muss er gewaschen werden."
Die Dienstmagd ging, um das Nötige zu besorgen. Augusta stand mühsam vom Bett auf. Ihr schwindelte, wenn sie an die Zukunft dachte.

Ernst Friedrich Ahlefeldt war kaum unter der Erde, da gaben sich Lieferanten und Gläubiger aller Art die Klinke in die Hand. Als Erster präsentierte der Advokat im abgeschabten Rock einen Schuldschein über 200 Taler. Auch der Ring- und Kettenmacher machte Ansprüche geltend. Von einer ihm als Pfand überlassenen silbernen Halskette wollte er nichts wissen. Schon bald stellte sich Ahlefeldts völliger Bankrott heraus. Der für die Witwe eingesetzte Kurator machte ihr nach Durchsicht aller Unterlagen klar, dass sie nicht nur die Wohnung aufgeben, sondern auch das Pferd samt Kutsche, die Möbel und alle andere bewegliche Habe würde verkaufen müssen, um die Schulden zu begleichen. Jeden Tag wurden jetzt Tische, Sessel und Schränke aus dem Haus getragen. Die mit kostbarer Bronze verzierten Bücherschränke mussten wegen der gebotenen Eile weit unter Wert verkauft werden. Hinter ihren Glasscheiben befand sich, in feinstes Leder gebunden, eine Gesamtausgabe der Werke Voltaires, deren Blätter noch nicht einmal aufgeschnitten waren. Auch sie fand nur für kleines Geld einen Käufer. Der zierliche Kaffeetisch mit eingelegten Intarsien, den Augusta besonders geliebt hatte, wurde von der Fabrikantenfamilie im ersten Stock übernommen. Auch den Garten konnten sie nicht halten. Wie sich herausstellte, hatte Ahlefeldt das Grundstück nicht gekauft, sondern nur gepachtet. Bis zum Jahresende war die Pacht bezahlt, die weitere Pacht würden sie nicht aufbringen können. Der Kurator erreichte immerhin, dass die Manufak-

tur nicht geschlossen, sondern von Ahlefeldts früherem Sekretär übernommen wurde. Er übernahm als Gegenleistung nicht nur einen Teil der Schulden, sondern setzte darüber hinaus der Witwe eine bescheidene Leibrente aus. So wurde Augusta zumindest der Gang zum Almosenamt erspart. Heinrich kam bei einem Pferdehändler als Stallknecht unter. Hedwig hatte nicht so viel Glück. Sie war gezwungen, in einer Schenke von zweifelhaftem Ruf als Bedienung anzufangen.
Am meisten litt Christiana unter den Veränderungen. Sie hatte innerhalb weniger Monate Vater und Schwester verloren. Dass sie auch den Garten würde aufgeben müssen, verschwieg man ihr vorläufig. Auch die kleine Henriette spürte die allgemeine Unruhe. Sie weinte viel und fand kaum noch in den Schlaf. Augusta war seit dem Tod ihres Mannes wie gelähmt. An manchen Tagen blieb sie einfach im Bett, las oder grübelte über Vergangenheit und Zukunft, ohne je zu einem Ergebnis zu kommen. Regina kümmerte sich so gut sie konnte um die beiden Mädchen. Mit Christiana übte sie die Buchstaben, was jedoch oft an der Unaufmerksamkeit ihrer Schülerin scheiterte. Immer wieder fragte Christiana nach ihrem Vater. Es konnte passieren, dass sie mitten in der Unterrichtsstunde aufsprang und zur Tür lief, weil sie glaubte, seine Schritte gehört zu haben. Den größten Teil der Last hatte aber Juliana zu tragen. Nachdem Hedwig ausgezogen war, übernahm sie die Arbeit der Dienstmagd. Sie kochte, putzte und wusch für die ganze Familie. Für den Umzug packte sie die übrig gebliebene Habe in Kisten und Kästen. Das Meißner Porzellan trug sie zu einem Händler in der Katharinenstraße. Dort verhandelte sie so geschickt, dass sie einen angemessenen Preis für das Service bekam. Bei alledem war sie die Ruhe selbst. Nichts konnte ihren Glauben erschüttern, dass Gott alles zum Guten wenden werde. Als sie am Abend vor dem Umzug in gedrückter Stimmung ein letztes Mal im fast leergeräumten Gesellschaftszimmer beisammen saßen, nahm sie ihr Gebetbuch, schlug es wie so oft an einer zufällig gewählten

Stelle auf und las: „So dunkel ist keine Nacht, dass Gottes Auge nicht drüber wacht."
Triumphierend blickte sie in die Runde.

Das Kupfergässchen war nicht weit vom *Silbernen Bären* entfernt. Trotzdem lag es in einer anderen Welt. In der schmalen Gasse mit den geduckten Häusern wimmelte es von ärmlich gekleideten Tagelöhnern, Dienstmägden und Handwerksgesellen. Zerlumpte Alte und Kranke huschten nach Einbruch der Dunkelheit von Haus zu Haus. Obwohl das Betteln innerhalb der Stadtmauern bei Strafe verboten war, hofften sie, ein wenig altes Brot oder abgestandenes Bier zu ergattern.
Das einzig Gute, was sich über die neue Wohnung sagen ließ, war, dass sie nicht viel kostete. Sie lag direkt über einer Gaststätte, die den stolzen Namen *Zum goldenen Hahn* trug. Für wenige Groschen wurde hier dünnes Bier und saurer Wein ausgeschenkt. Vom frühen Abend bis spät in die Nacht drang der Lärm der Zecher durch die dünnen Wände und Decken des Hauses. Dichter Tabakrauch quoll aus dem Schankraum, sobald die Tür geöffnet wurde. Genau genommen bestand die Wohnung nur aus einem Zimmer. Die angrenzende Küche mussten sich die neuen Mieterinnen mit dem Gastwirt und seiner Frau teilen. Hinter der Küche gab es noch einen Alkoven, der eigentlich für eine Dienstmagd gedacht war. Hier schlief Regina. Außer einem kleinen Ofen, zwei Betten, einem Stuhl und Augustas Kleidertruhe passte nichts in das einzige Zimmer hinein. Henrietta schlief deshalb bei ihrer Mutter im Bett, Christiana bei Juliana. Augusta hatte gehofft, wenigstens einen ihrer großen, gelb glasierten Blumentöpfe auf der Fensterbank unterbringen zu können, doch die war dafür zu schmal. Auch für Reginas alten Lehnstuhl gab es in der neuen Wohnung keinen Platz mehr. Sie überließ ihn dem Hausknecht für einen halben Taler.
Sie sparten jetzt an allem. War ein Kleid verschlissen, wurde es

geflickt und gewendet. Zu essen gab es Kartoffeln mit Salz oder eine dünne Suppe, in die sie altes Brot tunkten. Um möglichst wenige Talglichter zu verbrauchen, gingen sie zu Bett, sobald es dunkel wurde. Dort lagen sie stundenlang wach, bis auch unten in der Gaststätte endlich Ruhe einkehrte. Nachdem der Wirt Augusta erlaubt hatte, einige Töpfe und mit Erde gefüllte Kisten in den winzigen Hof zu stellen, lebte sie auf. Sie pflanzte Specklilien, die sich an der kahlen Häuserwand emporranken sollten, dazu Blumenbohnen, ihrer leuchtend roten Blüte wegen. Juliana sorgte dafür, dass einer der Kästen mit Kohl, ein anderer mit Kräutern bepflanzt wurde. Die Freude währte nicht lange. Nachts schwankten Betrunkene über den dunklen Hof, um den Abort aufzusuchen. Manch einer trat dabei mutwillig gegen die Kisten und Töpfe, obwohl sie eng an der Hauswand aufgestellt waren. Andere urinierten auf die Pflanzen. Schon nach wenigen Tagen lag der kleine Hofgarten in Trümmern.
„Das sind Männer von niedrigstem Stande", bemerkte Augusta bitter, als sie mit Juliana die stinkenden Scherben zusammenfegte. „Da war es sogar am Neukirchhof noch besser."
Selbst Juliana wusste hierauf keine Antwort.
Von Emanuels Tod erfuhr Regina, als sie nach langer Zeit wieder einmal im Breitkopf'schen Haus nach einer Geldsendung aus Hamburg fragte. Sie fürchtete stets, Constanze dort zu begegnen, auch deshalb kostete sie jede Vorsprache im *Silbernen Bären* Überwindung. Zu groß war die Scham über die neue, schlechte Adresse. Nicht auszudenken, wenn Constanze dort aufgetaucht wäre und die heruntergekommene Schenke, die kleine Stube, den Alkoven in der Küche gesehen hätte. Doch dann verlor Augusta ihre Leibrente. Ahlefeldts ehemaliger Sekretär hatte den Bankrott der Siegellackmanufaktur letztlich nicht abwenden können. Wie schon ihre Mutter war nun auch Augusta gezwungen, sich auf dem Amt als Almosenwitwe einzuschreiben. Nun hatten sie noch weniger Geld als zuvor. Regina blieb keine Wahl. An einem klirrend kalten Februarmorgen

trat sie vor die Haustür, wandte sich nach links und erreichte nach wenigen Schritten den Alten Neumarkt. Die kalte Nässe des Schnees drang schnell durch ihre löchrigen Schuhe. Auch ihr dünner Wintermantel bot wenig Schutz. Frierend und mit nassen Füßen erreichte sie den *Silbernen Bären*. Sie zog an der Türglocke. Der alte Hausknecht erschien und führte sie in das Arbeitszimmer des Hausherrn. Doch heute kam Constanzes Vater hinter seinem Schreibtisch hervor, nahm Reginas Hand und drückte sie.

„Haben Sie die Nachricht bereits erhalten?"

„Welche Nachricht?"

„Ihr Bruder Emanuel ist am dritten Advent gestorben. Seine Frau schrieb es mir aus Hamburg." Er räusperte sich. „Ein großer Verlust für uns alle."

Regina brach der Schweiß aus. Damit hatte sie nicht gerechnet. Das prasselnde Kaminfeuer, das ihr eben noch als Wohltat erschienen war, brannte auf ihrem Gesicht. Sie schwankte leicht.

„Verzeihen Sie, ich hätte Ihnen längst einen Platz anbieten sollen." Der Gastgeber fasste sie unter dem Ellbogen. „Soll ich eine Erfrischung bringen lassen?"

Regina schüttelte den Kopf. Ohne ein Wort ließ sie sich zu einem der lederbezogenen Stühle führen, die vor dem Schreibtisch standen. Sie zwang sich, ihre Gedanken zu ordnen.

„So werden also keine Zahlungen aus Hamburg mehr eintreffen?"

„Wohl nicht. Aus dem Nachlass Ihres Bruders sind zunächst seine Witwe und eine Tochter zu versorgen."

Regina nickte zustimmend. Sie stand auf, um sich zu verabschieden.

Doch Herr Breitkopf hatte noch etwas auf dem Herzen. „Auch wir hatten einen Todesfall in der Familie." Er räusperte sich. „Constanze musste im letzten Winter ihr Töchterchen zu Grabe tragen."

„Das tut mir leid."

„Ein Besuch wäre ihr sicher willkommen. Soll ich nach ihr schicken lassen?"
„Ein andermal gerne. Heute habe ich noch Besorgungen zu machen."
Schweigend ging Herr Breitkopf zu seinem Schreibtisch, öffnete eine Schublade, nahm einen kleinen Lederbeutel heraus und füllte ihn mit Münzen.
„Nehmen Sie das als letzte Zahlung. Es ist sicher auch in Emanuels Sinne."
Als Regina wieder auf der Straße stand, zählte sie nach. Der Beutel enthielt fünf Taler. Als Erstes würde sie Holz kaufen. Dann einen warmen Mantel für Christiana.

„Wir könnten Lindenblüten sammeln und an eine Apotheke verkaufen."
Juliana war gerade von einer Hausandacht zurückgekehrt, als sie wieder einmal über Geld sprachen. Eine Glaubensschwester sammelte Lindenblüten und verdiente sich auf diese Weise ein Zubrot.
„Ich soll wie eine Lumpensammlerin aufheben, was auf der Erde liegt?"
Augusta malte sich aus, wie sie auf dem Boden herumkriechen und alle auf sie herabsehen würden.
„Es ist eine ehrbare Beschäftigung."
„Ehrbar? Für eine deiner Betschwestern mag es angehen, aber ich würde mich in Grund und Boden schämen."
Doch Juliana ließ sich nicht beirren. „Die beste Zeit dafür ist der Juni, also jetzt. Am besten nehmen wir den großen Weidenkorb."
„Wie viel bekommt man für einen vollen Korb?", wollte Regina wissen.
„Drei bis vier Groschen."
„Das ist gar nicht so schlecht. Augusta, du könntest bei Henriette bleiben, wir schaffen das auch zu zweit."

Das mittlerweile dreijährige Mädchen kränkelte viel und war ein Gegenstand ständiger Sorge.
„Darf ich auch mitkommen?", fragte Christiana.
Ihre Mutter schüttelte den Kopf. „Du musst zur Schule."
Die Zehnjährige besuchte inzwischen die *Wendlersche Armenfreyschule* auf der Bettelgasse. Mit dem Lesen und Schreiben ging es seitdem gut voran, auch im Sticken, Nähen und Stricken erwies sie sich als geschickt. Am meisten liebte Christiana jedoch noch immer das Zeichnen. Besonders gut war sie darin, Blumen und andere Pflanzen detailgetreu wiederzugeben.
„Wir stehen zeitig auf, bringen dich zur Schule und auf dem Weg dahin halten wir nach Lindenbäumen Ausschau", schlug Juliana vor. „Stehen auf der Bettelgasse nicht auch welche?"
„Ja!", rief Christiana.
Am nächsten Morgen zogen sie in aller Frühe los. Der tagsüber stets belebte Alte Neumarkt lag um diese Zeit noch im Halbschlaf. Ein Laternenwärter trug seine Leiter bedächtig von Pfahl zu Pfahl, löschte das Licht und füllte Öl aus einem blechernen Krug nach. Eine Bäuerin mit einer Kiepe auf dem Rücken strebte gähnend dem Marktplatz zu. Juliana und Regina gingen nebeneinander, den Weidenkorb zwischen sich. Christiana trottete unausgeschlafen hinterher. In der Schenke war es wieder bis weit nach Mitternacht laut zugegangen und sie hatte lange nicht einschlafen können. Regina war es nicht besser ergangen. Nur Juliana hatte das Glück, immer und überall schlafen zu können. Als sie die Grimmaische Gasse erreicht hatten, sah sie prüfend zum Himmel.
„Es wird doch nicht regnen?"
Die Lindenblüten mussten unbedingt trocken und sauber beim Apotheker abgeliefert werden, das hatte ihr die Frau aus dem Gebetskreis eingeschärft. Auch Regina sah nach oben. In der Ferne türmten sich dunkle Wolken auf.
„Christiana, trödele nicht, wir müssen uns beeilen."

Zügig gingen sie weiter. Nach wenigen Minuten torkelten ihnen zwei junge Männer entgegen. Sie sahen aus wie Studenten. Vermutlich waren die zwei gerade aus einem der Weinkeller emporgestiegen, die auf der Grimmaischen Gasse so zahlreich vorhanden waren. Die Männer gingen Arm in Arm, waren sich aber gegenseitig nur eine höchst zweifelhafte Stütze.
„*Ah! ça ira, ça ira, ça ira*“, sang der eine aus voller Kehle, woraufhin der andere, schon heiser geschrien, mit „*les aristocrates à la lanterne!*“ antwortete.
Beide Jünglinge trugen Dreispitze, an denen ein großes, kreisförmiges Abzeichen aus blau-weiß-rotem Stoff befestigt war. Als sie die Frauen bemerkten, blieben sie vor ihnen stehen und nahmen in gespielter Ehrerbietung den Hut ab.
„Mesdames“, lallte der Heisere, eine Verbeugung andeutend.
„Vive la révolution!“, brüllte der andere und schwenkte seinen Hut.
„Christiana, komm sofort zu mir!“, befahl Juliana.
Die erschrockene Christiana gehorchte aufs Wort. Vorsichtig machten sie einen großen Bogen um die beiden Schreihälse. Auch Regina hielt gebührenden Abstand.
„Was war das für ein Lied?“, fragte Christiana, als sie außer Hörweite waren.
„Das geht uns nichts an, komm jetzt.“ Juliana zog ihre Nichte energisch weiter. Hinter dem Grimmaischen Tor wandten sie sich nach rechts.
„Sind das Linden?“ Christiana zeigte auf einige Bäume am Wegesrand.
„Nein, Kastanien. Die können wir im Herbst sammeln.“
Sie erreichten die Bettelgasse. Als sie an ihrem alten Garten vorbeikamen, blieben sie stehen. Christiana versuchte, durch die Hecke ins Garteninnere zu sehen.
„Das ziemt sich nicht“, mahnte Juliana. „Wir sind nicht zum Trödeln und Gaffen hierhin gekommen.“
Christiana folgte ihr nur widerwillig.

Regina versuchte, sie abzulenken. „Bald sind wir schon im Großbosischen Garten. Dort stehen viele Linden."
„Der Garten ist stark herabgesunken, wie man hört", bemerkte Juliana. „Allerlei Gesindel soll sich dort herumtreiben."
„Um diese frühe Stunde wird dort kaum jemand anzutreffen sein."
Regina ging jetzt zielstrebig voran. Schon bald tat sich ein mit weißem Sand bestreuter Weg vor ihnen auf. Hier war sie früher oft mit Reinhold spazieren gegangen.
„Da sind schon die ersten Linden." Sie wies auf einige blühende Bäume am Wegesrand. Ihr frisches Grün prangte im Morgenlicht. „Riecht ihr das?"
Ein honigsüßer, fast berauschender Duft stieg ihnen in die Nase. Christiana rannte los. Unter einer besonders prächtigen Linde blieb sie stehen, brach einen weit herabhängenden Blütenzweig ab und betrachtete ihn aufmerksam.
„Den möchte ich wohl abzeichnen." Sie steckte den kleinen Zweig in ihre Schürzentasche.
„Du sollst langsam und anmutig gehen", erinnerte sie Juliana. „Und pass auf, dass deine Schürze nicht schmutzig wird."
Wie alle Schulmädchen trug Christiana eine weiße Leinenschürze über ihrem Kleid.
Sie begannen zu pflücken. Um sie herum summten ganze Heerscharen von Bienen.
„Pass auf, dass du nicht gestochen wirst", warnte Regina.
Christiana antwortete nicht. Ihre Gestalt war unter der Krone des großen Baumes fast verschwunden. Schweigend pflückten sie, bis der Klang einer hellen Glocke sie aufschreckte. Das konnte nur die Schulglocke sein. Der Unterricht würde in wenigen Minuten beginnen.
Regina hob den Korb an. „Wir müssen gehen."
„Kann ich nicht noch ein wenig hierbleiben?", bat Christiana. „Ich will auch fleißig pflücken."
Regina schüttelte energisch den Kopf. „Sei froh, dass du zur Schule darfst."

Christiana schluckte schwer. Dann brach es aus ihr heraus. „Froh? Man muss dort sitzen wie angepflockt. Sind die Buchstaben nicht in schönster Ordnung aufgereiht, heißt es, alles noch einmal schreiben."
„Nur Übung macht den Meister", antwortete Regina.
„Kinder müssen in steter Zucht gehalten werden", fand Juliana.
Sie nahmen den schon mehr als zur Hälfte gefüllten Korb und verließen die Gartenanlage. Christiana schmollte.
„Ist es denn gar so schlimm in der Schule? Singt ihr nicht auch einmal?", fragte Regina.
„Vor dem Unterricht singen wir *Wach auf, mein Herz* oder *Lobet den Herren.*"
„Und was macht ihr dann?"
„Wir lernen jede Stunde etwas anderes. Lesen, Schreiben, Rechnen und Zeichnen nach der Natur", zählte Christiana auf. „Am anderen Tag dann den Katechismus, Geschichte und Erdkunde."
„Da lernt ihr aber viel."
In Julianas Augen zu viel. „Sie werden noch eine Gelehrtenmamsell aus dir machen."
„Gelehrtenmamsell?" Das Wort hatte Christiana noch nie gehört.
„Das ist eine Jungfer, die sich ebenso klug wie die Männer dünkt. So eine heiratet keiner."
„Jeden Freitag kommt ein Frauenzimmer und unterweist uns in den weiblichen Arbeiten", fiel Christiana nun ein.
„Das ist immerhin etwas", seufzte Juliana. „Du stickst in der Tat schon recht hübsch."
„Und sie bekommt jeden Tag einen Becher Milch", ergänzte Regina. „Den hätte ich jetzt auch gerne."
Sie gingen jetzt so schnell sie konnten. Mehrere Jungen rannten pfeifend und johlend an ihnen vorbei. Endlich erreichten auch sie die Schule. Das zweistöckige, von einem ehemaligen Buchhändler gestiftete Gebäude lag an der Ecke zur Johannisgasse.

Es bot Platz für etwa 60 Kinder. Vor der Schule war zu Ehren des verstorbenen Dichters Christian Fürchtegott Gellert eine marmorne Säule errichtet worden. Dort verabschiedete sich Christiana hastig von Tante und Großtante. Dann ging sie als Letzte hinein.
Regina sah ihr mit einem Lächeln nach. „Wie groß das Kind geworden ist."
„Wenn sie durch die Bücher nur nicht verdorben wird. Gott sieht das Herz an, nicht den Verstand."
Regina griff nach dem Korb. „Wollen wir noch zum Hospitalteich gehen?"
Juliana war einverstanden. Sie gingen die Bettelgasse bis zu dem fast ausgetrockneten Hospitalteich hinauf, an dessen Rändern einige Linden standen. Beim Näherkommen mussten sie jedoch feststellen, dass an den unteren, leicht erreichbaren Zweigen kaum noch Blüten zu finden waren. Offensichtlich hatten sich vor ihnen schon andere bedient. Deshalb beschlossen sie, zum Grimmaischen Tor zurückzugehen und von dort aus der Promenade bis zum Peterstor zu folgen.

Auf der Promenade angelangt stießen sie schon bald auf die ersten Linden. Regina pflückte einige Blüten und sog ihren süßen Duft in tiefen Zügen ein. Baum für Baum arbeiteten sie sich vor. Sie waren so in das Pflücken vertieft, dass sie die immer zahlreicher werdenden Spaziergänger kaum bemerkten.
„Regina?"
Regina sah auf schwarze, mit silbernen Schnallen geschmückte Schuhe. Sie richtete sich auf. Ein elegant gekleideter, recht beleibter Herr stand vor ihr. Er räusperte sich.
„Regina, wie geht es dir?"
Es war Reinhold. Sein Gesicht wirkte aufgedunsen und doch vertraut. Ihr wurde schwindlig. Es war schon später Vormittag und sie hatte noch nichts gegessen oder getrunken.
„Ich kenne Sie nicht."

„Bitte hör mich an, ich kann alles erklären."
Regina trat einen Schritt zurück. Dabei stolperte sie über den Korb. Bevor Reinhold sie auffangen konnte, war Juliana zur Stelle.
„Was erlauben Sie sich? Sind Sie gar toll?"
Reinhold zupfte nervös an seiner Halsbinde. Auf seiner Stirn bildeten sich Schweißperlen. Ohne ihn weiter zu beachten, stützte Juliana mit der einen Hand ihre Tante, hob mit der anderen den Korb hoch und stemmte ihn in ihre Hüfte.
„Da vorne ist eine Ruhebank. Schaffen Sie es bis dahin?"
Regina bejahte. Langsam ging sie am Arm ihrer Nichte zu der einfachen Holzbank. Dort ließ sie sich schwer atmend fallen. Als sie aufblickte, war Reinhold verschwunden.
„Der Herr muss mich verwechselt haben", brachte Regina nach einer Weile heraus. Sie stand auf. „Gehen wir. Bis zum Peterstor ist es noch ein gutes Stück. Wenn nur mein Knie nicht so weh täte."
Mit vereinten Kräften klopften sie den Sand von Reginas Rock. Dann bahnten sie sich vorsichtig einen Weg durch den breiten Strom der Flaneure. Wer es sich leisten konnte, flüchtete an einem Sommertag wie diesem aus der aufgeheizten Stadt unter den kühlen Schatten der Bäume. Nur langsam kamen sie voran. Als sie endlich den offenen Platz vor dem Peterstor erreichten, war es fast Mittag. Doch am Stadttor ging es schneller als erwartet. Der Torschreiber schaute nur kurz in den gefüllten Korb der beiden Frauen und winkte sie dann ohne weiteres durch. Die Pflastersteine glühten unter ihren Füßen. Vor allem Regina wurde inzwischen jeder Schritt schwer. Sie humpelte.
„Gleich da vorne ist eine Apotheke, dort können wir es versuchen", sagte Juliana und wies auf ein Haus am Anfang der Petersstraße.
Vor der Apotheke konnten sie ihre Last endlich absetzen. Da verließ Regina plötzlich der Mut.
„Ob der Apotheker unsere Lindenblüten überhaupt haben will?"

„Er wird sie schon zu brauchen wissen."
Juliana öffnete kurzentschlossen die Ladentür. Sie hatten Glück, es war keine Kundschaft im Laden. Der junge Apotheker saß vor seiner Waage und befüllte kleine Leinensäckchen mit einem weißen Pulver. An einem ruhigen Tag wie diesem war er für jede Abwechslung dankbar.
„Ah, das kommt mir gerade recht!", rief er bei ihrem Eintreten aus. „Zwei artige Frauenzimmer bringen einen Korb voller Wohlgeruch!"
Er kam hinter seinem Ladentisch hervor, beugte sich über den Korb und nahm eine Handvoll Blüten heraus.
„Die Lindenblüte stärkt die Nerven und lindert allerlei Übel. Ich könnte helles Wasser daraus destillieren", überlegte er. „Oder sie mit anderen Kräutern vermischen und als Tee verkaufen."
„Das ist alles recht gut, aber was geben Sie uns dafür?", fragte Juliana.
Der Apotheker dachte nach. „Die Blüten müssen noch getrocknet werden. Es sind auch recht viele Stängel und Blätter beigemischt."
„Dafür sind sie ganz frisch", entgegnete Juliana.
„Heute erst gepflückt", fügte Regina hinzu.
„Ich gebe Ihnen vier Groschen für den Korb."
Juliana schüttelte den Kopf. „Wir sind schon seit dem frühen Morgen unterwegs. Eine Scheuerfrau bekommt sechs Groschen für ihr Tagwerk."
Der Apotheker besah sich noch einmal die Blüten. „Fünf Groschen, mehr zahle ich nicht."
Er öffnete seine Schatulle und zählte die Münzen umständlich auf den Tresen.
Juliana steckte das Geld ein. „Dürfen wir morgen noch einmal kommen?"
„Lindenblüten habe ich vorerst genug. Aber es fehlt mir an Rosenblättern."

„Wo können wir die finden?"
„Zum Peterstor hinaus geht man eine Stunde nach Connewitz. Am Wegesrand stehen etwas versteckt viele Rosen."
„Gleich morgen werden wir danach suchen", versprach Juliana. Der Erfolg gab ihnen neue Kraft für den Rückweg, auch wenn es inzwischen noch heißer geworden war. Juliana ging mit großen Schritten voran.
„Wenn wir morgen die Rosen finden, könnte das einen hübschen Erlös bringen."
„Falls nicht schon andere sie gepflückt haben", seufzte Regina. Ihr Knie war inzwischen stark geschwollen.
Doch Juliana blieb guten Mutes. „Wir gehen wieder in aller Frühe los. Und jetzt kaufen wir uns beim Fleischer ein paar Rinderknochen. Das gibt eine nahrhafte Suppe!"

Am 26. November 1792 heiratete Juliana den Buchdruckergesellen Heinrich Friedrich Anton Prüfer. Sie dankte Gott, dass sie mit ihren 38 Jahren und trotz fehlender Mitgift noch einen Ehemann gefunden hatte. Augusta hielt allerdings nicht viel von dieser Heirat. Ein einfacher Handwerker, das war weit unter ihrem Stand. Wenn er wenigstens Meister gewesen wäre.
„Wer sind wir denn schon", hielt Juliana ihr entgegen. „Wir leben von Almosen wie schon unsere Mutter. Friedrich ist ein rechtschaffener Mann, der sein Auskommen hat. Was kann ich mir Besseres wünschen?"
Sie hatte Friedrich bei einer der Hausandachten im Schustergässchen kennengelernt, die sie immer noch regelmäßig besuchte. Er war schon weit in den Vierzigern, von kleiner Statur und hatte bereits alle Zähne verloren. Juliana störte das nicht. Nach kurzer Verlobungszeit wurde geheiratet. Auf dem Brühl bewohnten sie nun zwei Zimmer im Haus des Druckereibesitzers, für den Friedrich arbeitete. Nachdem Juliana dort gründlich sauber gemacht und alles wohnlich eingerichtet hatte, lud sie ihre Verwandten zu Weihnachten ein. Als der erste Weih-

nachtstag endlich gekommen war, brannte Christiana darauf, ihre Tante in der neuen Wohnung zu besuchen. Es würde Kuchen und vielleicht sogar ein Geschenk geben.
„Mutter, gehen wir bald los?“
„So kann ich mich draußen nicht sehen lassen.“
Augusta saß auf dem Bett und versuchte vergeblich, ihre Haare in Form zu bringen. Seufzend dachte sie an die alten Zeiten. Als Ahlefeldt noch gelebt hatte, war regelmäßig eine Putzmacherin ins Haus gekommen, um ihr die Haare zu machen. Danach hatte Juliana ihr geholfen, auch wenn sie sich dabei gerne über die Eitelkeit der Welt ausließ. Mit Hilfe einer Brennschere mussten die langen, glatten Haare gekräuselt und anschließend unter Zuhilfenahme etlicher Spangen und Bänder zu einem kunstvollen Gebilde aufgetürmt werden. Wie sollte sie das alleine bewerkstelligen? Regina mit ihren zwei linken Händen war dabei keine Hilfe. Wenigstens mit ihrem neuen Kleid konnte Augusta zufrieden sein. Als die Hochzeit ihrer Schwester herannahte, hatte sie kurzentschlossen Carolinas goldenen Tauftaler geopfert. Für den Erlös kaufte sie dunkelgrüne Baumwolle und ließ sich daraus ein Kleid nähen. Auch Christiana wurde mit einem neuen Rock ausgestattet. Juliana sollte sich ihrer Verwandtschaft nicht schämen müssen, wenn sie vor den Altar trat.
Christiana konnte ihre Ungeduld kaum noch im Zaum halten.
„Ob Tante Regina schon fertig ist?“
„Frag nicht so viel, Kind. Wenn wir nur einen Spiegel hätten.“
Augusta mühte sich immer noch damit ab, ihre dünnen, glatten Haare mithilfe einiger Klammern so am Hinterkopf hochzubinden, dass ein gewisses Volumen wenigstens vorgetäuscht wurde. Christiana hielt es nicht länger in der kleinen Kammer. Sie lief durch die Küche zu Reginas Alkoven. Die Großtante schien wach zu sein.
„Können wir bald losgehen?“
Regina richtete sich halb auf. „Geht besser ohne mich. Das Knie schmerzt mich heute gar zu sehr.“

„Aber es gibt Kuchen!"
„Nun geh, ich muss mich ausruhen."
Mit hängenden Schultern trottete Christiana zurück in die Kammer. „Tante Regina will nicht mitkommen."
„So? Ich werde selbst mit ihr sprechen."
Augusta war endlich mit ihrer Frisur halbwegs zufrieden. Sie ging zu Regina und zog den Bettvorhang beiseite.
„Wollen Sie uns nicht doch begleiten? Juliana würde sich bestimmt freuen."
„Mein rechtes Knie ist so schlimm geschwollen wie lange nicht. Das lange Stehen in der Frühpredigt hat das Übel noch größer gemacht."
Regina, Augusta und Christiana hatten am frühen Morgen den dreistündigen Weihnachtsgottesdienst in der Peterskirche besucht.
„Ganz wie es Madame beliebt." Augusta zog den Bettvorhang mit einem Ruck wieder zu.
„Christiana, zieh deine Schuhe an. Wir gehen! "
Der Weg zu Juliana schien kein Ende zu nehmen. Als sie gerade einmal die Nicolaikirche erreicht hatten, wurde Christianas Schritt bereits langsamer. Ihr einziges Paar Schuhe war der Zwölfjährigen schon längst zu klein.
„Die Schuhe drücken mich", klagte sie, während sie vergeblich versuchte, mit ihrer Mutter Schritt zu halten.
„Im nächsten Winter lasse ich dir ein Paar neue Schuhe anmessen", tröstete Augusta. „Bis dahin muss es auch so gehen."
Auf dem sonst so belebten Brühl herrschte am ersten Weihnachtstag beschauliche Ruhe. Die zahlreichen Gasthöfe waren um diese Zeit noch geschlossen, nur einzelne Fußgänger strebten eilig ihrem Ziel zu. Mutter und Tochter gingen schweigend die lange Reihe der Häuser entlang.
„Kannst du das Lied noch?", fragte Augusta, um Christiana ein wenig von den drückenden Schuhen abzulenken.
„*Ich steh an deiner Krippen hier, o Jesulein, mein Leben*", murmelte Christiana.

Wie ging es nur weiter? Am Morgen hatte sie es noch gewusst. Zu ihrer Erleichterung erreichten sie in diesem Moment das Haus mit dem aufgemalten Kranich. Augusta zog kräftig an der Glocke. Kurz darauf hörten sie Schritte im Treppenhaus. Juliana öffnete ihnen die Tür.
„Kommt schnell herein, bei uns ist es warm."
An der Druckerei im Erdgeschoss vorbei ging es die Treppe hoch bis zum zweiten Stock. Dort gelangte man über eine kleine Diele zu den beiden Zimmern des Ehepaars Prüfer. Christiana sah staunend auf den Tannenbaum in der Mitte des Zimmers, der mit allerlei Süßigkeiten und Nüssen behangen war. Seine Zweige verströmten einen würzigen Duft.
„In Berlin hat jeder so ein Christbäumchen mit Zuckerwerk", erklärte Friedrich. „Die Kinder naschen davon für ihr Leben gern."
Er öffnete die Ofenklappe, um Holz nachzulegen. Das Feuer flammte prasselnd auf. Friedrich rieb sich vergnügt die Hände.
„Heute wollen wir es uns recht gut gehen lassen."
Sie setzten sich an den festlich gedeckten Tisch.
„Ist Regina nicht wohl?", fragte Juliana.
Augusta zuckte mit den Schultern. „Der Weg war ihr wohl zu weit."
„Ihr tut das Knie weh", ergänzte Christiana. „Meine Schuhe drücken auch, aber ich bin trotzdem gekommen."
„Das ist sehr nett von dir. Schau, dort ist auch ein Geschenk für dich."
Friedrich wies auf ein kleines Päckchen, das unter dem Christbaum lag.
„Aber erst wird gegessen."
Voller Stolz schnitt Juliana ihren frisch gebackenen Stollen an. Das größte Stück legte sie Friedrich auf den Teller, aber auch für die anderen war genug da.
„Es ist ein halbes Pfund Schmelzbutter darin. Dazu zwei Handvoll Rosinen!"

Zum Kuchen gab es für die Erwachsenen eine Tasse Kaffee. Christiana bekam heißen Hagebuttentee, der die Kälte aus ihren Gliedern rasch vertrieb. Der Kuchen schmeckte köstlich. Als alle satt waren, gab Augusta ihrer Tochter einen Wink.
„Christiana hat in der Schule ein Weihnachtslied gelernt."
„Lass hören, Kind", sagte Friedrich. „Ich will doch einmal wissen, was sie euch beibringen in der neuen Schule."
Die *Wendlersche Armenfreyschule* war inzwischen in der neuen, weit größeren *Freyschule für arme Kinder beyderley Geschlechts* aufgegangen, die zwischen Thomaspförtchen und Pleißenburg gebaut worden war. Die Kosten dafür wurden vom Magistrat aufgebracht.
Christiana stellte sich neben den geschmückten Baum und begann mit klarer Stimme zu singen. *„Ich steh an deiner Krippen hier, o Jesulein, mein Leben."*
Sie stockte. Ihr Blick ging hilfesuchend zur Mutter.
„Heute Morgen konnte sie es noch", sprang die ihr bei.
„Das Lied kenne ich von den Herrnhuter Brüdern!", rief Friedrich.
Julianas Mann war nach seiner Lehre einige Jahre auf der Walz gewesen. Seine Wanderschaft hatte ihn unter anderem zur Gemeinde der Herrnhuter in Berlin geführt.
„Darf ich mitsingen?"
Christiana nickte erleichtert. Zusammen ging es plötzlich wie am Schnürchen.

Ich steh an deiner Krippen hier,
o Jesulein, mein Leben,
ich stehe, bring und schenke dir,
was du mir hast gegeben.
Nimm hin, es ist mein Geist und Sinn,
Herz, Seel und Mut, nimm alles hin
und lass dir's wohlgefallen.

Augusta klatschte begeistert in die Hände. „Hat meine Tochter nicht eine schöne Stimme?"
„Es war recht artig gesungen", fand sogar Juliana.
Sie stand auf, nahm das unter dem Christbaum liegende Päckchen und gab es Christiana.
„Um dir die Liebe zu unserem Heiland als dem höchsten Geschenk recht ins Herz zu pflanzen, sollst auch du etwas geschenkt bekommen."
Christiana dankte mit einem Knicks, dann riss sie auf ein Nicken der Mutter hin das schwere Packpapier mit einem Ruck auseinander. Zum Vorschein kam eine Puppe. Der aus grobem Leinen genähte Körper war mit einem blauen Rock bekleidet. Ein dunkelgrünes Mieder bildete das Oberteil. Mund und Augen der Puppe waren aufgestickt, die gelben Wollhaare an den Seiten zu Zöpfen gebunden.
„Gefällt sie dir?"
Statt einer Antwort fiel Christiana ihrer Tante um den Hals. „Darf ich sie Henriette nennen?"
Henriette war im letzten Winter am Fieber gestorben. Christiana hatte der kleinen Schwester ihre einzige Puppe mit ins Grab gegeben.
Friedrich räusperte sich, ging zum Ofen, öffnete die Ofenklappe und stocherte in der Glut.
„Wir brauchen mehr Holz."
Auch Augusta stand auf. „Für uns wird es Zeit, nach Hause zu gehen."
Friedrich leuchtete ihnen mit einem Talglicht durch das dunkle Treppenhaus. Zum Abschied strich er Christiana über die Wange.
„Zu Epiphanias darfst du wiederkommen und den Christbaum plündern."
Christiana jubelte. Auf dem langen Rückweg hielt sie ihre neue Puppe fest im Arm. Die drückenden Schuhe waren vergessen. Als sie wieder zu Hause waren, ging sie gleich zu Regina. Die

Großtante saß in der Küche über einem Rest warmer Biersuppe, den die Gastwirtin ihr überlassen hatte.
„Tante Juliana hat mir eine Puppe geschenkt!“
Regina legte ihren Holzlöffel beiseite, nahm die Puppe und betrachtete sie.
„Bist du nicht schon zu alt dafür?“
„Nur ein bisschen.“
„Und wie soll sie heißen?“
„Henriette.“
„Es ist schön, dass du deine kleine Schwester nicht vergessen hast.“
Regina strich sanft über den wollenen Puppenrock.
„Ich hatte auch einmal eine blaue Puppe. Sie war aus Porzellan.“
„Und wo ist die Puppe jetzt?“
„Wenn ich das wüsste. Sie ist irgendwann verloren gegangen.“

Erwünschtes Freudenlicht

An einem Frühlingstag des Jahres 1800 ging ein gut gekleideter Herr von schmächtiger Statur durch das Kupfergässchen. Dass er dort nicht hingehörte, sah man auf den ersten Blick. Das sorgfältig gepuderte Haar, der graugrüne Überrock aus feinstem englischem Tuch, die weißen Seidenstrümpfe wiesen ihn als Fremdling in der Welt der Tagelöhner und Dienstmägde aus. Es war früher Nachmittag. Der gut gekleidete Herr ging langsam die Reihe der heruntergekommenen Häuser entlang. Schließlich erregte ein verwittertes, über einer Eingangstür angebrachtes Schild seine Aufmerksamkeit. Vor einem ehemals weißen Hintergrund war ein schlecht gemalter gelber Hahn zu erkennen. Er blieb unschlüssig stehen. Konnte es möglich sein, dass die Tochter des großen Bach in einem solchen Hause wohnte? Er machte einen Schritt auf das Haus zu. Noch ehe er selbst die Tür öffnen konnte, torkelte ihm ein Betrunkener entgegen und erbrach sich auf das Pflaster. Der junge Herr wich erschrocken zurück. Fast wäre ihm dabei der Foliant aus der Hand gefallen, den er bei sich trug. Schließlich betrat er die Schenke. Eine Wolke von Schweiß, Bier und Tabak kam ihm entgegen. Durch das kleine, schon lange nicht mehr geputzte Fenster drang kaum Tageslicht. Der Fremde brauchte eine Weile, bis seine Augen sich an das Halbdunkel gewöhnt hatten. In der Mitte des Schankraumes sah er einige Männer, die in ihr Würfelspiel vertieft waren.

„Wohnt hier eine Jungfer Bach?“, fragte er den Nächstbesten.

„Weiß ich nicht“, nuschelte der und schüttelte die Würfel in ihrem Becher noch einmal kräftig durch, bevor er sie mit Getöse auf die Tischplatte fallen ließ.

„Schick sie zu mir, wenn sie hübsch ist“, rief ein anderer.

Alle lachten. Die Wirtin, die gerade dabei war, Bier aus einer großen Kanne in kleinere Zinnbecher zu füllen, sah kurz auf. „Die Treppe hoch." Sie wischte sich die Hände an ihrer Schürze ab und wies auf eine seitlich liegende Tür, die vom Schankraum in das Treppenhaus führte. Der Besucher tat, wie ihm geheißen. Im oberen Stockwerk angelangt klopfte er zaghaft an die Tür. Niemand öffnete. Er klopfte ein zweites Mal, nun etwas kräftiger. Hinter der Tür waren Geräusche zu hören.
„Mein Name ist Johann Friedrich Rochlitz", rief er durch die immer noch geschlossene Tür. „Ich bin Musikschriftsteller und möchte zu Regina Susanna Bach."
Keine Antwort. Auch die Geräusche waren verstummt. Er beschloss zu warten.
„Was wollen Sie?", fragte schließlich eine Frauenstimme.
Ob das die Bachin war?
„Ich möchte Ihnen ein Bildnis Ihres Vaters zeigen", antwortete er auf gut Glück.
Regina öffnete die Tür. Mit der rechten Hand stützte sie sich auf einen Stock.
„Mein seliger Herr Vater ist lange tot."
„Aber seine Musik ist es nicht." Der Besucher verbeugte sich. „Darf ich eintreten?"
„Wenn Sie mit einem einfachen Stuhl vorlieb nehmen wollen." Regina wies auf einen der roh gezimmerten Stühle, die um den Küchentisch gruppiert waren. Auf dem Tisch lag ein Berg Kartoffelschalen. Es roch nach Abfällen und feuchter Wäsche. Friedrich Rochlitz setzte sich auf den ihm zugewiesenen Stuhl. Den Folianten legte er vorsichtig auf eine saubere Ecke des Tisches. Regina setzte sich ihm gegenüber.
„Ich bringe Ihnen hier den ersten Jahrgang der *Allgemeinen Musikalischen Zeitung*."
Der Besucher schlug den schweren, in Schweinsleder gebundenen Folianten auf und drehte die erste Seite so herum, dass Regina sie sehen konnte. „Erkennen Sie ihn?"

Er wies auf das runde Bild im unteren Drittel der Seite. Es zeigte Kopf und Brust eines beleibten Herrn in mittleren Jahren. Sein Kopf war mit einer voluminösen Perücke geschmückt. Darunter war *Joh. Sebastian Bach* zu lesen. Regina warf nur einen kurzen Blick darauf.

„Das soll mein Vater sein?"

„Ist keine Ähnlichkeit zu erkennen?"

„Es wird schon seine Richtigkeit haben", beschwichtigte Regina. „Ich war noch ein Kind, als er starb."

Rochlitz blätterte weiter, bis eine Zeichnung zum Vorschein kam.

„Sehen Sie hier die *Komponistensonne*?"

In die Mitte eines Kreises war ein Dreieck gezeichnet. Darin stand der Name *Joh. Sebastian Bac*h. Um das Dreieck herum waren, gleichsam wie Sonnenstrahlen, die Namen anderer Komponisten kreisförmig angeordnet.

„Ihr Vater ist der Sonnengott, von dem alle Musik ausgeht", erklärte Rochlitz.

Regina sah angestrengt auf das Bild. Sie konnte nicht viel erkennen.

„Meine Augen sind nicht mehr die besten", entschuldigte sie sich.

„Womöglich würde eine Brille helfen?"

„Die kostet viel Geld."

„Wenn Sie die Frage gestatten: Sie leben als Almosenfrau?"

„Ja. Zusammen mit meiner Nichte und deren Tochter."

„Auch ich kenne die Armut. Mein Vater war ein Schneider."

Christiana kam herein. Aus dem Schulmädchen war eine tüchtige Zwanzigjährige mit kräftigen Armen und rundem Gesicht geworden. Sie erledigte nicht nur den größten Teil der Hausarbeit, sondern verdiente auch noch als Büglerin etwas hinzu. Heute brachte sie einen Korb voller Wäsche. Mit einem Seufzer der Erleichterung stellte sie ihre schwere Last auf dem Fußboden ab.

„Wir haben Besuch?"
„Herr Rochlitz ist Musikschriftsteller. Er hat mir ein Bild meines seligen Herrn Vaters gebracht."
„Ist Mutter nicht da?"
„Die ist bei Juliana."
Augusta hielt sich in letzter Zeit immer häufiger bei ihrer Schwester auf dem Brühl auf. Mit deren kinderlos gebliebener Ehe stand es nicht zum Besten, wie sie Augusta im Flüsterton anvertraute.
Christiana wuchtete den Wäschekorb auf einen der freien Stühle. Dann nahm sie das Plätteisen von der Herdplatte, um seine Hitze mit dem angefeuchteten Zeigefinger zu prüfen.
„Ich brauche den Tisch zum Bügeln. Bis morgen muss alles fertig sein."
Rochlitz verstand den Wink, stand auf und verbeugte sich.
„Es war mir eine Ehre, eine Tochter des großen Bach kennengelernt zu haben."
Schwer auf ihren Stock gestützt erhob Regina sich ebenfalls.
„Vergessen Sie Ihr Buch nicht."
„Vielleicht möchten Sie das Bild Ihres Vaters noch einmal in Ruhe betrachten? Dann lasse ich es Ihnen hier."
„Für so ein großes Buch ist hier kein Platz. Meine Schlafstätte ist dort hinten."
Sie wies auf den Alkoven am hinteren Ende der Küche.
Rochlitz nahm den Folianten an sich und ging zur Tür. Im Hinausgehen drehte er sich noch einmal um.
„Darf ich die Damen bei nächster Gelegenheit einmal in den *Arabischen Coffe Baum* auf der Fleischergasse einladen? Ich möchte zu gerne mehr aus dem häuslichen Kreise des großen Bach erfahren."
Regina wollte ablehnen, doch dann sah sie zu ihrer Großnichte hinüber. Die nickte eifrig und strahlte dabei über das ganze Gesicht.

Wenige Tage später schickte Rochlitz ein Billett, in dem er die beiden Frauen für den kommenden Samstag in das Kaffeehaus einlud. Für Jungfer Bach werde Schlag drei Uhr nachmittags eine Sänfte bereitstehen, sodass sie den langen Weg nicht zu Fuß bewältigen müsse. Und tatsächlich hielt zum angekündigten Zeitpunkt eine Sänfte vor dem *Goldenen Hahn.* Einer der beiden Träger durchquerte grußlos den Schankraum und stieg die Treppe zum Obergeschoss hinauf. Noch ehe er klopfen konnte, wurde die Tür geöffnet. Christiana hatte schon seit Stunden auf das große Ereignis gewartet. „Sie sind da!", rief sie ihrer Großtante zu, als sie den Mann im blauen Livreerock vor der Tür stehen sah. Das dunkelbraune Kleid, das sie sich für diesen Tag von der Mutter ausgeliehen hatte, stand ihr ausnehmend gut. Durch ein üppig besticktes Brusttuch wurde das schlichte Kleid zusätzlich aufgewertet. Regina dagegen hatte jeden Putz für überflüssig erklärt. Ihr altes blaues Kleid, das bei Julianas Hochzeit bereits recht abgetragen gewesen war, schien ihr auch jetzt noch gut genug.

Unter den erstaunten Blicken der Wirtsleute geleitete der Träger die beiden Frauen bis zur Sänfte. Dort wurden sie bereits von Rochlitz erwartet. Mit einem Lächeln öffnete er den Schlag und half Regina hinein. Auf sein Zeichen hin hoben die beiden Männer den Tragesessel an und setzten sich mit ihrer nicht allzu schweren Last in Bewegung. Rochlitz und Christiana gingen nebenher. Regina zog den roten Vorhang ihrer Sänfte zur Seite und schaute sich mit wachen Augen um. Seit das rechte Knie ihr bei jedem Schritt weh tat, kam sie nicht mehr oft aus dem Haus.

„Überall sind jetzt dünne Stangen auf dem Dach."

„Das sind Blitzableiter", erklärte Rochlitz. „Durch das Eisen wird der Blitz am Haus entlang in die Erde geleitet. So kommt niemand zu Schaden."

Blitzableiter – dieses Wort hatte Regina schon einmal gehört. Aber wer hatte es gesagt?

„Ich werde vergesslich“, seufzte sie und schloss für einen Moment die Augen.
Als sie in die Fleischergasse einbogen, wies Regina auf ein dreistöckiges Haus, in dessen Erdgeschoss ein Hutmacher sein Geschäft hatte.
„Dort war früher eine Putzmacherin. Meine Schwester Johanna hat für sie gearbeitet.“
Christiana und Herr Rochlitz sahen pflichtschuldig zu dem Geschäft herüber. Für sie war es ein Haus wie jedes andere.
Sie erreichten den *Coffe Baum*. Während Rochlitz die Träger bezahlte, bewunderte Christiana das über dem Eingang angebrachte Hauszeichen. Unter einem Kaffeebaum saß ein prächtig gekleideter Orientale, der dem Putto neben ihm eine Schale des kostbaren Getränks reicht.
Das Kaffeehaus war gut besucht. An einem langen Tisch in der Mitte saßen etliche Männer. Manche spielten Schach, andere waren in ihre Zeitung vertieft, wieder andere diskutierten lebhaft. Etwas abseits standen einige kleine, mit frischen Blumen geschmückte Marmortische. Rochlitz führte Regina und Chistiana zum letzten noch freien Tisch. Die Wirtin erschien, um die Bestellung aufzunehmen. Rochlitz bestellte Kaffee.
Christiana sah sich derweil mit großen Augen um. Die seidenen Tapeten, der große Spiegel, die feuervergoldete Wanduhr – so etwas Schönes hatte sie in *Apels Haus* zum letzten Mal gesehen. Auch die französisch sprechenden Damen am Nachbartisch machten ihr großen Eindruck. Die eine blätterte in einer Zeitschrift, während die andere sich umsah und dabei mit ihrem reich bemalten Fächer Luft zufächelte.
Die Wirtin brachte den dampfenden Kaffee in feinen Porzellantassen. Dazu stellte sie ein silbernes Schälchen mit Zucker, von dem Christiana sich reichlich bediente.
„Ganz wie Johanna“, bemerkte Regina. „Sie hätte am liebsten jeden Tag Zucker gegessen.“
Ihr selbst kam es mehr auf den Kaffee an als auf den Zucker.

Mit jedem Schluck bekam ihr blasses Gesicht mehr Farbe.
„Ihr Vater soll hier ein häufiger Gast gewesen sein", bemerkte Rochlitz. „Haben Sie ihn als Kind vielleicht einmal begleitet?"
Regina dachte nach. „Ich glaube nicht. Im Sommer waren wir manchmal in einer Gartenwirtschaft. Die Großen haben musiziert und ich bekam flüssige Schokolade."
„Können Sie sich noch an die Musik erinnern?"
„Dazu war ich zu klein. Man könnte Friedemann fragen."
„Der ist schon vor Jahren gestorben. Sie sind das letzte noch lebende Kind des großen Bach, wussten Sie das nicht?"
„Es gibt hier auch Kuchen", warf Christiana ein. Sie hatte ihren Kaffee längst ausgetrunken.
Rochlitz verstand den Wink. Er bestellte noch einmal Kaffee, dazu drei Stücke Kuchen. Als ihnen das Gewünschte gebracht wurde, standen die beiden Damen vom Nebentisch auf. Die Zeitschrift, in der sie geblättert hatten, ließen sie auf dem Tisch zurück. Christiana interessierte sich brennend dafür.
„Ob ich einmal reinschauen darf?"
Rochlitz stand auf, holte die Zeitschrift und überreichte sie Christiana mit einer Verbeugung.
„Die sind für alle Gäste zum kostenlosen Gebrauch."
Christiana dankte mit einem Lächeln. Von nun an hatte sie nur noch Augen für das *Journal des Luxus und der Moden*. Rochlitz wandte sich wieder Regina zu.
„Wie alt waren Sie, als Ihr Vater starb?
„Ich war noch ein Kind, acht Jahre alt."
„Haben Sie noch Erinnerungen an ihn?"
Regina legte die Gabel beiseite. Der Kuchen war zu hart für ihren fast zahnlosen Mund.
„Seine Schritte auf der Treppe habe ich sofort erkannt. Ich bin ihm dann gleich entgegengelaufen. Manchmal durfte ich auch auf einem Fußschemel neben ihm hocken, während er unter dem Pudermantel saß."
„Er muss mit Arbeit überhäuft gewesen sein."

„Wenn er komponierte, gingen alle im Haus auf Zehenspitzen."
„Wurde auch im häuslichen Kreise musiziert?"
„An Festtagen haben wir gerne ein Quodlibet gesungen. Das war ein herrliches Durcheinander." Regina lächelte.
„Es werden auch viele Besucher gekommen sein."
Regina nickte zustimmend. „Es ging bei uns zu wie in einem Taubenhaus."
Vom langen Tisch in der Mitte drangen laute Männerstimmen herüber. Ein Herr mit Haarbeutelperücke ereiferte sich ganz besonders.
„Die letzte Ostermesse war die schlechteste seit Jahren. Der Handel mit Russland ist gänzlich erloschen. So ist die Sache!"
„Der Adel ist in Frankreich immerhin abgeschafft. Bei uns hält er sich noch für ein Wesen höherer Art", entgegnete sein Sitznachbar.
„Tumult und Aufruhr, da haben Sie Ihre Republik!", unterbrach ihn ein Dritter.
„Die Rechte der Menschheit, das ich nicht lache!", mokierte sich der Herr mit Haarbeutelperücke. „Napoleon ist ein ebensolcher Despot wie der Kaiser in Wien."
Am Nebentisch schlug jemand mit der Faust auf den Tisch. Geschirr klirrte.
„Wer wagt es, seine Majestät den Kaiser zu beleidigen?"
Die Wirtin eilte zu den Streithähnen, um sie zu beruhigen. Rochlitz sah auf die Uhr.
„Die Sänfte wird gleich kommen, ich habe sie auf fünf Uhr bestellt. Bis dahin sollten wir besser draußen warten." Er winkte der Wirtin und bezahlte. Im Aufstehen zog er eine Zeitung aus der Rocktasche und überreichte sie Regina. „Bitte lesen Sie das Angestrichene zu Hause in aller Ruhe durch. Ich hoffe, ich habe in Ihrem Sinne gehandelt."
„Wird es Krieg geben?", fragte Regina und reichte die Zeitung unbesehen an Christiana weiter.
Rochlitz seufzte. „Er hat schon begonnen. Napoleons Truppen

stehen bereits am Rhein. Aber Sachsen hält sich bis jetzt glücklich heraus."

Im Kupfergässchen angekommen fiel der Abschied kurz aus. Er erregte auch so schon Aufsehen genug. Einige wollten in Rochlitz bereits den Verlobten Christianas ausgemacht haben. Andere stellten Mutmaßungen darüber an, ob die alte Jungfer in der Sänfte womöglich eine Erbschaft gemacht habe. Nachdem Regina die steile Treppe bis zum ersten Stock mühsam erklommen hatte, setzten die beiden Frauen sich in die Küche. In einer Ecke standen schmutzige Zinnkannen und Bierkrüge. Bald würde die Wirtin heraufkommen und die Küche für sich beanspruchen. Christiana legte die mitgebrachte Zeitung auf den Tisch.
„Soll ich Ihnen vorlesen, Tante?"
„Sei so gut. Meine Augen wollen nicht mehr so recht."
Christiana begann mit dem Titelblatt. *„Allgemeine Musikalische Zeitung. Den 7. May 1800"*. Sie schlug die Zeitung auf und blätterte unschlüssig durch die Seiten.
„Du musst das Angestrichene suchen."
Im beigelegten *Intelligenz-Blatt* wurde sie schließlich fündig.
„Hier ist es!"
Christiana setzte sich in Positur.

Bitte
Fast noch nie habe ich die Feder mit so viel Freudigkeit ergriffen, als jetzt; denn fast noch nie durfte ich, im Vertrauen auf gute Menschen, so fest überzeugt seyn, etwas Nützliches damit zu schaffen, als jetzt. Die Familie der Bache, die, seit zwey Jahrhunderten Deutschland (doch diesem nicht allein) Meister und Meisterwerke der Tonkunst aufstellte; aus welcher abstammete Sebastian Bach, der größte Harmoniker neuerer Zeit, der das Vaterland durch Lehren, Muster, und eine Menge Schüler für die höhere Kunst zu bilden anfing; in welcher geboren ward Philipp Eman. Bach, dem Vater folgend in

Lehren und Arbeiten, dessen Schüler in gar mancher bedeutenden Rücksicht zu seyn, jeder wahrhaft gute Klavierspieler gestehet, wie selbst Mozart es gestand; aus welcher ein Friedemann Bach umherzog, allem entsagend, mit nichts ausgerüstet und beglückt, als mit himmelhoher Phantasie, sein Ein und Alles findend in den Tiefen seiner Kunst; aus welcher ein Johann Christian Bach auch die Blume der Anmuth und Galanterie auf klassischem Boden zu hegen und anzubauen pflegte –: diese Familie ist nun ausgestorben, bis auf eine einzige Tochter des großen Sebastian Bach. Und diese Tochter, jetzt in hohem Alter – diese Tochter darbt. Sehr wenige wissen es; denn sie kann – nein, sie soll, sie wird auch nicht betteln! Sie wird es nicht: denn gewiß hört man auf dies bittende Wort um ihre Unterstützung; gewiß giebt es noch gute Menschen, welche, nicht auf mich – wie könnte ich das verlangen: – aber auf eine anständige Veranlassung achten, den letzten Zweig eines so fruchtreichen Stammes nicht ohne Pflege eingehen zu lassen. Gäbe nur jeder, der von den Bachen gelernet hat, die geringste Kleinigkeit: wie sorglos und bequem würde das gute Weib ihre letzten Jahre hinbringen können! Die Verlagshandlung der musik. Zeitung und ich – wir erbieten uns, das, was man uns vielleicht anvertrauen möchte, auf das pünktlichste an seine Bestimmung zu befördern, und Rechenschaft darüber in diesen Intelligenzblättern abzulegen.
Leipzig, Friedrich Rochlitz

Christiana ließ die Zeitung sinken. Fast ehrfürchtig sah sie zu ihrer Großtante herüber. Der standen Tränen in den Augen.
„Ob aber etwas dabei herauskommt?“
In diesem Moment kam die Wirtin mit einer Handvoll weiterer Kannen herein.
„Bald werden wir reich sein!“, rief Christiana ihr zu.
„Wie das?“
Ohne eine Antwort abzuwarten, stellte sie die benutzten Kan-

nen mit großem Getöse auf den Tisch. Christiana beeilte sich, die Zeitung vor ihr in Sicherheit zu bringen.
„So war der große Sebastian Bach auch mein Vorfahr?"
„Er war der Großvater deiner Mutter."
„Sehe ich ihm ähnlich?"
„Ein wenig vielleicht."
„Ich brauche den Tisch", knurrte die Wirtin.

Einige Monate später veröffentlichte die *Allgemeine Musikalische Zeitung* im beiliegenden *Intelligenz-Blatt* eine weitere Meldung.

> *Dank*
> *Es ist mir durch die Verwendung der Herren Breitkopf – Härtel und Hrn. Fr. Rochlitz beym Publikum gelungen, eine so ansehnliche und gütige Unterstützung meines Alters und meiner Schwäche zu erhalten, daß mein inniger Dank dafür nur mit mir selbst aufhören kann. 96 Thaler 5 Groschen sind es, die ich von der Güte meiner Unterstützer durch die Hände jener Herren erhalten habe. Wenn es den Geistern meines verdienten Vaters und meiner verdienten Brüder vergönnt ist, an meinen Schicksalen Antheil zu nehmen: Wie sehr muß ihr bisheriges Mitleid in Mitfreude verwandelt worden seyn!*
> *Leipzig im Dezember 1800*
> *Regina Susanna Bach*

Im Anschluss daran gingen noch weitere Spenden ein. Im *Intelligenz-Blatt* vom Juni 1801 wurde abschließend Bilanz gezogen.

> *Unsere Bitte um Unterstützung der einzigen aus dem verdienten Bachischen Hause Uebergebliebenen, der jüngsten Tochter Sebastian Bachs, ist vom Publikum nicht übersehen worden: man hat dieser guten Frau durch uns einen nicht*

ganz unbeträchtlichen Beytrag zur Erleichterung ihres unversorgten Alters zukommen lassen; sie hat in diesen Blättern darüber quittiert und dafür gedankt. Mit inniger Rührung empfingen wir aber jetzt, den 10ten May, durch den Wiener Tonkünstler Herrn Andreas Streicher, die ansehnliche Summe von 307 Gulden Wiener Courant, welche von dem hiesigen Banquier Löhr mit 200 Reichsthalern bezahlt worden sind, von den untengenannten Personen. Die Sammlung war durch den angeführten Musiker veranstaltet und vornehmlich betrieben von dem verdienten Herrn Grafen Fries in Wien, an welchen ohnedies, wer unter uns Sinn hat für das Gute und Schöne, von seinem Aufenthalte in Leipzig her, so gern denkt. Zugleich erklärt sich der berühmte Wiener Komponist und Virtuos, Herr v. Beethoven, er werde eins seiner neuesten Werke einzig zum Besten der Tochter Bachs im Breitkopf-Härtelschen Verlage herausgeben, damit die gute Alte von Zeit zu Zeit Vortheil davon ziehen möchte, wobey er auf so edle Weise auf möglichste Beschleunigung der Herausgabe dringt, „damit uns ja nicht etwa diese Bach früher stürbe, als jener Zweck erreicht würde“ – Möchte es dahin kommen, daß jeder große Künstler und Gelehrte, wenn er die Seinigen nicht versorgen kann, mit der Ueberzeugung dem Tode entgegensehen könnte: edle Wohlhabende werden ihrer nicht vergessen! Möchte jedem unverschuldet Darbenden nicht nur so anständige Unterstützung, sondern auch, zur Vollendung der Freude, so herzliche Theilnahme, als das beygefügte Schreiben beweiset, zu Theil werden! Möchte endlich jeder, der, wo er nicht selbst genug helfen kann, Andere aufzufordern wagt, solche Bestätigung, wie wir, bekommen für seinen Glauben: es giebt der guten Menschen genug, denen man nur zu sagen braucht, das thut, und hier ist es angewendet! –
Leipzig, den 19ten May 1801
Friedrich Rochlitz.
Breitkopf und Härtel

Im Anschluss an die 13 namentlich aufgeführten adligen Spenderinnen und Spender ist Reginas erneuter Dank zu lesen.

Mit Thränen der Freude empfange ich diese, alle meine Erwartungen weit übersteigende Summe. Keiner von den Tagen, die mir die Vorsehung noch schenkt, soll vergehen, ohne daß ich dieser meiner Wohlthäter mit innigem Danke gedächte.
Leipzig, den 20ten May 1801
Regina Susanna Bach

In ihren eigenen Worten hatte sie es zuvor so aufgeschrieben.

Denen Hochedelgeborenen Wohlthätern gewittmet.
Mit gerührtem Herzen statte ich denen Hochzuverehrenden und großmüthigsten Wohlthätern den gehorsamsten Dank ab, und wünsche Ihnen für die große und gütige Unterstützung zur Linderung meiner Armuth ein glückliches und ungestöhrtes ruhiges Leben.
Dero Dankbarlige Dienerin Regina Susanna Bachin.

In der Nacht vor dem Umzug fand Regina keinen Schlaf. Dabei war alles bestens vorbereitet. Ihre wenigen Habseligkeiten hatte Christiana bereits am Vortag gepackt. Auch für die Einrichtung der neuen Wohnung war gesorgt. Nachdem Friedrich bei der Arbeit von einer kürzlich verstorbenen Witwe gehört hatte, deren gesamter Hausrat zum Verkauf stand, war er sofort dorthin gegangen. Für wenig Geld war alles zu bekommen gewesen, was Regina noch fehlte. Für den Tag des Umzugs standen Fuhrwerk und Pferd des Druckereibesitzers zur Verfügung. Friedrich würde gleich nach der Arbeit damit im Kupfergässchen vorfahren. Ob er es auch nicht vergaß?
Reginas Sorgen erwiesen sich als unbegründet. Am frühen Nachmittag rasselten die eisernen Ketten eines Fuhrwerks über

das Pflaster. Auf dem Kutschbock saßen Friedrich und Juliana. Friedrich war kaum vom Bock gesprungen, da stand Christiana schon vor der Tür. Zusammen trugen sie Reginas Habe durch das dunkle Treppenhaus und hoben sie auf den Wagen. Viel Platz war dort nicht mehr, denn auch die Möbel der verstorbenen Witwe waren schon aufgeladen. Als alles glücklich verstaut war, blieb gerade noch ein Eckchen für Regina, die auf ihrer Kleiderkiste Platz nahm. Das Pferd zog den schweren Wagen so langsam, dass Augusta und Christiana ihm mühelos zu Fuß folgen konnten. Nach nicht einmal einer halben Stunde erreichten sie die Quergasse. Gesäumt von niedrigen, aber schmucken Bürgerhäusern erstreckte sich die ruhige Vorstadtstraße vom Grimmaischen Steinweg bis zur Hintergasse am Schönefelder Tor. Advokaten wohnten hier, Kaufleute und Handwerker.

Vor einem schmalen einstöckigen Haus brachte Friedrich das Pferd zum Stehen.

„Hier ist es."

Die Hausherrin kam ihnen zur Begrüßung entgegen. Ihr Mann, der als Violinist im Gewandhausorchester tätig war, hatte das Haus erst kürzlich von seinen Eltern geerbt. In den letzten Jahren vor ihrem Tod hatten die alten Leute das Obergeschoss bewohnt. Es bestand aus einer geräumigen Stube und einer kleineren Schlafkammer. Dies war von nun an Reginas Reich. Das dritte Zimmer wurde vom Hausherrn als Musikzimmer genutzt.

„Ich bitte einzutreten", sagte Frau Käppler mit einer einladenden Geste.

Regina dankte und tat, wie ihr geheißen. Sie betrat den Hausflur, während die anderen bereits mit dem Abladen begannen.

„Hier ist die Küche."

Frau Käppler wies nach links.

Regina warf nur einen kurzen Blick hinein. Da sie für Kost und Logis bezahlte, war die Küche für sie nicht weiter von Belang. Die beiden Frauen stiegen die nicht allzu steile Treppe hinauf.

„Da sind wir."
Die Hauswirtin öffnete die Tür zur Stube und ließ ihrer Mieterin den Vortritt. Zögernd betrat Regina den hellen, fast leeren Raum. Das Fenster war weit geöffnet, eine leuchtend gelbe Gardine bauschte sich im Wind. Es roch nach Farbe. Die Wände waren frisch tapeziert, die Decke gestrichen worden. Geheizt wurde mit einem Holzofen, der sich in einer Ecke des Zimmers befand. Unter dem Fenster stand ein dunkel gepolsterter Armsessel. Ob die Käpplers ihn hierhin gestellt hatten? Auch die anderen drängten jetzt hinein.
„So etwas hatten wir auch einmal!", rief Christiana, als sie das geblümte Muster der Tapete sah.
„Wohin mit dem Tisch?"
Da niemand antwortete, stellte Friedrich ihn in die Mitte des Zimmers und ging wieder hinaus. Es folgten zwei einfache Stühle, ein Schemel und einige Kisten. Danach schleppten Friedrich und Juliana eine Nussbaumkommode mit Aufsatz die Treppe hoch. Sie war einst das Prunkstück der verstorbenen Witwe gewesen. Von nun an würde sie Reginas Stube zieren.
„Unsere Anna kann leider nicht behilflich sein", erklärte Frau Käppler und wies nach oben zur Dienstbotenkammer. „Sie liegt mit der Gallenkrankheit zu Bett. Ich werde gleich einmal nach ihr sehen."
Regina ging hinüber in die Schlafkammer. Die Bettstelle hatte Friedrich bereits vor einigen Tagen aufgebaut. Auch ein Kleiderschrank und ein Waschtisch wurden jetzt hereingebracht. Sie öffnete das kleine Fenster zum Garten hin. Frische Luft strömte herein, von einer Linde am Rande des Gartens war Vogelgezwitscher zu hören. Mit einem Seufzer der Erleichterung setzte Regina sich auf ihr neues Bett. Hier würde sie endlich ungestört schlafen können. Christiana kam herein. Sie überreichte ihrer Tante einen Zettel, den sie unter dem gepolsterten Armsessel gefunden hatte. Regina nahm ihr gerade erst gekauftes silbernes Lorgnon, faltete das Papier auseinander und las.

„Was steht auf dem Zettel, Tante?“, fragte Christiana.
„Der Sessel ist ein Geschenk von Herrn Rochlitz. Das kann ich nicht annehmen.“
Friedrich Rochlitz hatte nicht nur die Wohnung für Regina gefunden, sondern auch auf seine Rechnung einen Tapezierer mit der Renovierung beauftragt. Christiana lief zurück in die Stube.
„Tante Regina will den Sessel nicht behalten. Er ist von Rochlitz.“
Mit vereinten Kräften überzeugten sie Regina schließlich, das Geschenk anzunehmen.
„Es würde eine unverzeihliche Kränkung darstellen, eine solch noble Geste zurückzuweisen“, fand Augusta.
„Gott wird ihm seine Güte dereinst vergelten“, fügte Juliana hinzu, was Friedrich mit einem Nicken bekräftigte.
Zögernd ging Regina zu dem Sessel und setzte sich hinein. Wie weich er gepolstert war! Sie legte ihre Unterarme auf die hölzernen Armlehnen. Welch schöne Maserung sie hatten!
„Ich besorge noch einen Fußschemel“, sagte Friedrich. „So können Sie das schmerzende Knie ein wenig hochlegen.“
„Also gut.“ Regina lehnte sich zurück, seufzte wohlig auf und schloss die Augen.

Herr Käppler schlief oft bis in den Vormittag. Das hatte mit seiner Arbeit zu tun. Die Konzerte im Gewandhaus fanden abends statt, sodass er erst spät nach Hause kam. Am Nachmittag hatten sich alle Orchestermitglieder zur Probe einzufinden. Die Zeit davor stand für das Üben zu Hause zur Verfügung. Nach einem späten Frühstück begab sich der Hausherr deshalb in aller Regel in sein Musikzimmer. Er stimmte seine Geige, spielte die üblichen Tonleitern und Etüden und legte sich anschließend die Noten des Abends auf das Pult. Regina hörte ihm gerne zu. Nachdem sie sich gewaschen und eine Milchsuppe mit Brot gegessen hatte, setzte sie sich in ihren Sessel und wartete. Sobald Herr Käppler im Nebenzimmer zu spielen begann, schloss sie die Augen und ließ ihren Gedanken freien Lauf. Dabei mochte es vorkommen, dass sie ein wenig einnickte. Spätestens zum Mittagessen wurde sie dann von Anna geweckt. Am Nachmittag war Zeit für einen kleinen Spaziergang oder eine Stippvisite in Frau Käpplers Küche. Dort saß man bei einer Tasse Kaffee zusammen und plauderte. Über ihren Bruder, der einem Pfandhaus vorstand, erfuhr Frau Käppler allerlei Geschichten, die sie gerne erzählte. Christiana kam mindestens einmal in der Woche vorbei, um die Wäsche zu besorgen.

Nach einigen Wochen gab es von dieser gut eingespielten Ordnung die erste kleine Abweichung. Anna brachte wie gewöhnlich das Mittagessen. Doch heute legte sie neben den Teller einen Brief.

„Der ist gerade für Sie angekommen."

Das Haus der Käpplers hatte seit Kurzem eine Hausnummer und einen Briefkasten. Seitdem gehörte es zu Annas Pflichten, täglich nach der Post zu sehen.

Der Brief war von Rochlitz. Er lud Regina für den kommenden Dienstagabend zwischen fünf und sieben Uhr zu einem Konzert in der Thomasschule ein. Kantor Müller, der übrigens ein Schüler des seligen Johann Christoph Bach in Bückeburg gewesen sei, würde es sich zur Ehre gereichen lassen, eine Motette des großen Bach in Anwesenheit seiner Tochter zur Aufführung zu bringen. Ihr Einverständnis vorausgesetzt, werde sie am fraglichen Abend um halb fünf von einer Sänfte abgeholt.

Als Christiana am Nachmittag zu ihr kam, zeigte Regina ihr den Brief. Ob sie die Einladung annehmen solle? Christiana war unbedingt dafür.

„Haben Sie nicht immer schon die Musik geliebt, liebe Tante? Und es wird nicht irgendeine Musik sein, sondern die Ihres seligen Herrn Vaters."

„Aber was soll ich anziehen?"

Regina hatte sich nach Erhalt des für sie gesammelten Geldes zwar ein einfaches schwarzes Tageskleid schneidern lassen.

Doch das war eher für den Alltag geeignet als für einen besonderen Anlass.
Christiana dachte nach.
„Ich bringe Ihnen mein besticktes Schultertuch. Damit sieht das Kleid gleich festlicher aus."
Christiana fand neben ihrer Arbeit als Büglerin noch Zeit, Blumenstickereien von höchster Qualität herzustellen.
Regina schüttelte den Kopf.
„Soll ich alte Frau etwa wie ein Papagei umhergehen?"
„So kräftig sind die Farben nicht. Mein Tuch wird Sie schmücken, wie es sich für eine Bachin geziemt."

Am nächsten Dienstag um halb fünf hielt wie angekündigt eine Sänfte vor dem Haus der Käpplers. Regina trat in ihrem schwarzen Kleid vor die Haustür, darüber trug sie Christianas Schultertuch. Die beiden Träger lüfteten ihre Dreispitze und halfen ihr in den Tragesessel. In flottem Tempo ging es zur Thomasschule. Rochlitz erwartete sie bereits am Eingang. Regina zog das Schultertuch fester um sich. Nach über 50 Jahren betrat sie zum ersten Mal wieder ihr Geburtshaus. Die abgetretenen Stufen, die dunkelbraune, zweiflügelige Haustür mit den eisernen Beschlägen – alles war noch so, wie sie es in Erinnerung hatte. Wie oft war sie als Kind über diese Stufen gelaufen, wie ehrfürchtig hatte sie die fremden Männer bestaunt, die von weither gekommen waren, um ihren berühmten Vater aufzusuchen.
Als sie an der Seite von Herrn Rochlitz den Musiksaal im ersten Stock betrat, waren die Stuhlreihen schon gut gefüllt. Das frühere Musikzimmer war vor einigen Jahren zu einem kleinen Konzertsaal ausgebaut worden, der etwa 100 Personen Platz bot. Hier bekamen die Thomaner allwöchentlich die Gelegenheit, ihr Können einem ausgewählten Publikum zu präsentieren. Der Eintritt war frei. Kantor Müller verteilte die Freibillets großzügig an einheimische und auswärtige Musikfreunde, von denen er im Gegenzug aufmerksames Zuhören erwartete.

Rochlitz führte die humpelnde Regina mit langsamen Schritten bis zur ersten Stuhlreihe. Fremde Gesichter musterten sie. Manch einer fragte sich, in welcher Verbindung die alte Frau wohl zu dem bekannten Musikschriftsteller stehen mochte. Regina war froh, als sie endlich Platz nehmen und sich so den Blicken entziehen konnte. Auf dem Holzpodest vor ihr saßen bereits die Musiker und stimmten ihre Instrumente. Wenig später betrat Kantor Müller den Saal. Das allgemeine Gemurmel verstummte. Der Kantor begrüßte die Anwesenden. Eine besondere Ehre und Freude sei es ihm, die jüngste Tochter des großen Bach willkommen zu heißen, fügte er mit Blick auf Regina hinzu. Dem allseits geschätzten Herrn Rochlitz sei es zu verdanken, dass ihr Schicksal einer größeren Öffentlichkeit nicht weiter verborgen geblieben sei und durch edle Spender entscheidend habe verbessert werden können. Regina machte sich auf ihrem Stuhl so klein wie möglich. Rochlitz legte beruhigend eine Hand auf ihren Arm. Um sie abzulenken, reichte er ihr den Programmzettel. Sie nahm das Lorgnon zur Hilfe, trotzdem verschwammen die Buchstaben vor ihren Augen.

„Es beginnt mit Mozarts großer Sinfonie in g-Moll", flüsterte Rochlitz

Die leidenschaftlich erregte, unerbittlich vorwärts drängende Musik mit ihren herben Dissonanzen und schmerzlichen Seufzern war allerdings wenig geeignet, zu Reginas Beruhigung beizutragen. Sie klammerte sich an die Armlehnen ihres Stuhles, als gälte es, einem Sturm zu trotzen. Das Publikum hinter ihr schien weit weniger bewegt. Man flüsterte sich die neuesten Nachrichten und Gerüchte zu. Als der letzte Satz mit seinem dramatischen Hauptthema verklungen war, setzte matter Beifall ein. Ein älterer Herr in der zweiten Stuhlreihe bemängelte lautstark, dass der Hornist an mehreren Stellen unsauber intoniert, einmal sogar äußerst unschön gekiekst habe. Sein Sitznachbar sprach von einem doch recht gewöhnlichen Musikstück, das zu schreiben einem durchschnittlich begabten Manne nicht allzu

schwer fallen dürfte. Ein anderer lobte immerhin die schwebende Grazie der Komposition. Der Disput verstummte, als ein pausbäckiger Junge von etwa sechzehn Jahren die Bühne betrat. Rochlitz beugte sich zu Regina herüber.
„Jetzt Händel“, flüsterte er und wies auf den Programmzettel. Der pausbäckige Junge begann zu singen.

Ich weiß, dass mein Erlöser lebet,
und dass er mich einst erweckt
am letzten Tag.

Regina seufzte tief auf, lehnte sich zurück und schloss die Augen.

Wenn Verwesung mir gleich drohet,
wird dies mein Auge Gott doch seh'n.

Reginas Gedanken wanderten zu den Menschen, mit denen sie früher unter diesem Dach gelebt hatte. Sie dachte an ihre Mutter, sah wieder ihr weiches, rundes Gesicht, hörte die glockenhelle Stimme, die unvermittelt ins tiefe, energische Register wechseln konnte, wenn es nötig war. Auch Johanna kam ihr in den Sinn. Wie oft hatten sie hier als Kinder miteinander gekichert und getuschelt.

Denn Christ ist erstanden …

Bei dem Wort „erstanden“ brach die Stimme des Sängers, um gleich darauf in der tieferen Oktave fortzufahren.

… von dem Tod,
ein Erstling derer, die schlafen.

Nur mühsam unterdrücktes Gelächter im Publikum. Besonders Vorwitzige spendeten übertriebenen Beifall. Der Junge

verbeugte sich eilig, bevor er durch eine Nebentür verschwand. Auch die Zuhörer erhoben sich zur Pause.
„Immerhin ist der Eintritt frei“, bemerkte der ältere Herr aus der zweiten Stuhlreihe beim Hinausgehen.
Herr Rochlitz wandte sich zu Regina.
„Wollen wir sitzen bleiben?“
Regina nickte. Ihr lag daran, möglichst wenig aufzufallen.
„Wie gefiel Ihnen Mozarts Sinfonie?“, fragte Rochlitz.
„Solch stürmische Musik habe ich noch nie gehört. Als wenn einer Kutsche die Pferde durchgehen.“
Rochlitz lachte auf.
„Vor Jahren bin ich Herrn Mozart einmal begegnet.“
„Wie das?“
„Er besuchte die Thomasschule, als ich Alumnus im letzten Jahr war. Kantor Doles rief die besten Sänger aus dem Unterricht, damit wir ihm unser Kabinettstück darbieten. Es war eine Motette Ihres seligen Herrn Vaters.“
„Fand die Musik Mozarts Beifall?“
„In höchstem Maße. Kaum hatten wir einige Takte gesungen, da stutzte er und fragte: Was ist das? Seine ganze Seele schien in seinen Ohren zu sein. Als wir fertig waren, rief er voller Freude: Das ist doch einmal etwas, woraus sich etwas lernen lässt!“
Regina lächelte.
„Dieses Stück würde ich gerne einmal hören.“
„Gleich nach der Pause werden wir in diesen Genuss kommen.“
Eine Glocke rief das Publikum zurück in den Musiksaal. Die Sänger zogen in Zweierreihen ein. Auf der Bühne angelangt teilten sie sich in zwei Gruppen. Kantor Müller trat vor. Mit erhobenen Armen gebot er Ruhe.
„Der zweite Teil unseres Konzerts wird ganz Sebastian Bach gewidmet sein. Seine Motetten werden an dieser Schule von alters her wie eine Reliquie aufbewahrt. Eine dieser Motetten wird jetzt erklingen. Zum Abschluss dann eine Missa in G.“
Er drehte sich zu den Thomanern und gab den Einsatz.

Singet dem Herrn ein neues Lied,
die Gemeine der Heiligen sollen ihn loben.

Der jubelnde Eingangschor ließ den Saal verstummen. Regina saß kerzengerade. Mit gespannter Aufmerksamkeit verfolgte sie den Wechselgesang der beiden Sängergruppen. Ob es die kunstvoll ineinander verflochtenen Stimmen waren, die Herrn Mozart so beeindruckt hatten? Der zweite Satz begann.

Wie sich ein Vater erbarmet,
sang der Chor auf der linken Seite.

Gott nimm dich ferner unser an,
bat die rechte Seite.

Welch ein Kontrast zum lebhaften Beginn. Welch inniges Gebet im Angesicht der Vergänglichkeit. Sie schluckte schwer. Schließlich setzte der Chor, nun wieder vereinigt, zur furiosen Schlussfuge an.

Alles, was Odem hat, lobe den Herrn, Halleluja!

Reginas Füße zuckten jetzt im Rhythmus der Musik. Beschämt senkte sie den Kopf, als es ihr bewusst wurde. Nach einer kurzen Pause ging es weiter mit der Missa.

Kyrie eleison.
Christe eleison.
Kyrie eleison.

Eine große Ruhe kam über sie. Sie atmete langsam und gleichmäßig. Immer tiefer führte die Musik sie ins Weite. Sie schloss die Augen. Immer leichter strömte der Atem. Das Bild des Vaters stieg in ihr auf. Er saß an seinem Tisch in der Komponierstube. Niemand durfte ihn dort stören. Einmal war sie trotzdem hineingeschlichen. Ganz still hatte sie sich in eine Ecke gehockt.

Gloria in excelsis Deo …

Von ihrem Versteck aus war nur sein breiter Rücken zu sehen gewesen. Rauchwolken stiegen über ihm auf. Er hob den Kopf und sah aus dem Fenster. Woran mochte er denken? Seufzend beugte er sich kurz darauf wieder über das Notenblatt. War er einmal im Zuge, schrieb er Note um Note nieder, ohne aufzusehen. Kein Tintenklecks, keine kratzende Feder konnte dann den Strom der Musik bremsen.

Domine Deus, Agnus Dei, Filius Patris …

Das Duett der hellen Kinderstimmen schien direkt aus dem Himmel zu kommen. Regina wünschte, es ginge nie zu Ende.

cum Sancto Spiritu in gloria Dei Patris, amen.

Nachdem die letzten Takte der Schlussfuge verklungen waren, brandete Beifall auf. Regina klatschte eifrig mit. Die Jungen verbeugten sich. Einige winkten ihren Angehörigen im Publikum zu. Dann verließen sie – wieder in Zweierreihen – den Saal. Das Konzert war zu Ende.

Es will Abend werden

Lange blieb Leipzig vom Krieg verschont. Doch nach der verlorenen Schlacht bei Jena und Auerstedt wurde es am 19. Oktober 1806 von französischen Truppen besetzt. Es kam zu Vergewaltigungen und Plünderungen. Betrunkene Soldaten machten sich einen Spaß daraus, mit Steinen nach den Straßenlaternen zu werfen. Schon bald lagen weite Teile der Stadt im Dunkeln. Auch mehrere tausend Verwundete trafen in Leipzig ein. Man brachte sie in den Hospitälern, im Rathaus, in beschlagnahmten Privathäusern und überall dort unter, wo sich gerade Platz fand. Sterbende lagen unbeachtet am Straßenrand. Auf dem Markt wurde die nach der Michaelismesse gerade erst abgebaute hölzerne Budenstadt eilig wieder aufgebaut. Auch Kirchen dienten als Unterkunft und Lazarett. Über tausend Soldaten lagerten allein in der Thomaskirche. Gottesdienste fanden nur noch in der Nicolaikirche statt. Der Konzertbetrieb kam teilweise zum Erliegen. Die Thomasschulkonzerte wurden ganz eingestellt. Die Kosten für Stationierung und Unterbringung der feindlichen Truppen hatten die Besiegten zu tragen. Der von Napoleon eingesetzte Gouverneur forderte hierfür eine Million Taler von der Stadt.

In der Nacht hörte Regina die fremden Soldaten. Ihre rauen Stimmen drangen von der nahe gelegenen Johanniskirche herüber. Auf dem angrenzenden Friedhof versammelten sie sich abends um ein Feuer, aßen, tranken und vertrieben sich die Zeit mit wüsten Späßen.

Herr Käppler war jetzt meistens zu Hause. Da es im Gewandhaus für ihn kaum noch etwas zu tun gab, war er gezwungen, sich ein Zubrot als Geigenlehrer zu verdienen. Stieg ein junges

Mädchen zum Unterricht in das Musikzimmer hinauf, klopfte Herr Käppler wie vereinbart an Reginas Tür. Um dem Anstand genüge zu tun, ging sie dann in das Musikzimmer hinüber, setzte sich in eine Ecke und hörte zu. Vor allem die mühsam gekratzten Etüden der Anfängerinnen strapazierten ihre Ohren sehr. Herr Käppler bedankte sich jedesmal mit einer Tasse Kaffee für ihre Anwesenheit. Anfangs fragte er Regina nach ihrem Vater, doch das Wenige, was sie über ihn wusste, war schnell erschöpft. Viel lieber erzählte sie von der Haynstraße, wie sie dort mit der Mutter zusammen Noten kopiert, am Spinettchen gespielt und unten bei den Graffs sogar einmal ein kleines Konzert gegeben hatte. Nach einer Weile wurden die beiden miteinander so vertraut, dass Regina sogar einmal über Reinhold sprach.

„Der Windbeutel wusste gar nicht, was er an Ihnen hatte", sagte Herr Käppler, nachdem er sich die ganze Geschichte angehört hatte. Er räusperte sich. „Und danach hat kein anderer Verehrer ihr Herz gewinnen können?"

„Es gab keine anderen Verehrer."

„Wo hatten die Männer nur ihre Augen!", rief Herr Käppler. „Wenn ich damals im richtigen Alter gewesen wäre …"

Regina lächelte.

Nachdem die letzte Geigenschülerin gegangen und der Kaffee gebracht worden war, erzählte er die Neuigkeit.

„Auf Wunsch des Stadtkommandanten wird es bald ein großes Konzert im Gewandhaus geben."

„Wird eine Sinfonie von Herrn Mozart gespielt?"

„Nein, wir spielen Beethoven. Den lieben die Franzosen ganz besonders."

Regina erinnerte sich noch gut an den Namen. Ein Herr Beethoven hatte nach dem Spendenaufruf in der *Allgemeinen Musikalischen Zeitung* angekündigt, die Einnahmen aus einem seiner neuesten Werke würden allein der Tochter Bachs zugute kommen. Danach hatte sie allerdings nie wieder etwas von der Sache gehört.

„Womöglich kommt sogar der Kaiser selbst zu diesem Anlass nach Leipzig“, fuhr Herr Käppler fort. „Der Stadtkommandant ist ein naher Verwandter Napoleons.“
Regina unterdrückte nur mühsam ein Gähnen.
„Wenn Sie das Konzert besuchen möchten, kann ich Ihnen leicht ein Billett verschaffen. Ich könnte Ihnen bei dieser Gelegenheit auch endlich einmal das Gewandhaus zeigen. Es gibt dort ein großes Deckengemälde, auf dem der Name Bach zu lesen ist.“
„Es ist schön, dass meines seligen Herrn Vaters gedacht wird.“
„Es war wohl eher Ihr Bruder Emanuel gemeint. Aber sind nicht alle Bache große Musiker gewesen?“
Regina setzte gerade zu einer Antwort an, da stand Christiana vor der Tür. Seit die Franzosen die Stadt besetzt hatten, war ihre Arbeit schwerer denn je. Die zur Sparsamkeit gezwungene Kundschaft hatte an jedem Wäschestück etwas auszusetzen und bezahlte oft weniger als vereinbart. Auch die schikanösen Kontrollen an den Stadttoren machten ihr zu schaffen. Jedem Torwächter war seit der Besetzung ein französischer Soldat beigesellt, der peinlich genau die ankommenden Fuhrwerke und alles, was sonst noch in die Stadt gebracht wurde, kontrollierte. Auch Christiana musste bei dieser Gelegenheit jedesmal ihren Korb ausleeren und dabei aufpassen, dass die Wäsche nicht in den Schmutz fiel.
„Selbst in die Kiepen der Marktweiber stoßen die Franzmänner mit ihrem Bajonett hinein“, hatte sie bei ihrem letzten Besuch erzählt. Ob der Kaiser Napoleon sich etwa vor einer Brezelverkäuferin fürchte?
Heute jedoch war Christiana bester Laune. Über die Vorgänge am Grimmaischen Tor wusste sie nur Gutes zu berichten. Seit ein gewisser Philippe dort Dienst tue, werde sie ohne weitere Umstände durchgewunken. Gegen eine artige Plauderei mit dem drollig sprechenden Elsässer habe sie nichts einzuwenden, so dass die Angelegenheit am Ende zwar nicht schneller, dafür

aber sehr viel vergnüglicher als bisher vonstatten gehe. Christiana stellte ihren Wäschekorb in eine Ecke und riss das Fenster auf.

„Sehen Sie nur, wie alles blüht und grünt! Wir sollten einen kleinen Spaziergang machen."

„Mein Knie schmerzt mich heute wieder sehr."

„Bis zum Großbosischen Garten ist es nicht weit. Dort haben wir früher Lindenblüten gesammelt, wissen Sie noch?"

Regina nickte zustimmend.

„Bitte, liebe Tante. Die Sonne wird Ihnen wohltun."

„Und der Wäschekorb?"

„Den hole ich später ab."

Regina ließ sich überreden. Nachdem sie vergeblich ihren Gehstock gesucht und Christiana ihn endlich hinter dem Ofen gefunden hatte, zogen sie los.

Regina schaffte es an diesem Nachmittag nicht einmal bis zur Neugasse. Schon nach wenigen Minuten schmerzte ihr Knie so stark, dass sie nur noch mit Mühe vorwärtskam. Schwer auf ihren Stock gestützt blieb sie schließlich stehen. Eine Gruppe französischer Soldaten kam ihnen entgegen. Sie erregten eher Mitleid als Furcht. Einer schleppte sich an zwei Krücken vorwärts, bei einem anderen baumelte ein leerer Ärmel an der rechten Seite seines blauen Uniformrocks. In ihrer Mitte ging ein auf den ersten Blick unversehrter Soldat. Als er Christiana sein Gesicht zuwandte und ein Lächeln versuchte, wich sie erschrocken zurück. Das Gesicht war durch tiefe Brandwunden entstellt.

„Die kommen sicher vom Johannishospital", vermutete Regina. „Wie schmutzig ihre Uniformen sind. Philippe sieht viel besser aus. Er hat einen Esslöffel auf seinen Hut gesteckt." Christiana musste lachen.

„Du hast doch nicht etwa ein Auge auf ihn geworfen?"

„Mutter sagt, es wird höchste Zeit für mich zu heiraten. Ich bin schon 26."

„Aber doch nicht einen Welschen!"
Christiana stemmte ihre kräftigen Arme in die Hüfte. „Soll ich irgendeinen Pinsel zum Manne nehmen, nur weil er ein Sachse ist?"
„Wenn du einen Franzmann heiratest, musst du mit ihm in die Fremde gehen. Was würde deine Mutter dazu sagen?"
Christiana zuckte mit den Schultern, zog es aber vor, das Thema nicht weiter zu verfolgen. Langsam traten sie den Rückweg an. Sie hatten fast das Haus der Käpplers erreicht, da hielt eine offene Kutsche neben ihnen. Zwei nicht mehr ganz junge Damen saßen darin.
„Madame Bach? Ist es möglich?", fragte eine der Damen.
Ihr Gesicht war teilweise durch einen ausladenden, von blauen Federn gekrönten Seidenhut verdeckt.
Regina erkannte die Stimme.
„Madame Oehme, wenn ich nicht irre?"
„Geborene Breitkopf, ganz richtig. Wie lange mag es her sein, dass wir uns das letzte Mal gesehen haben?"
„Zwanzig Jahre?"
„Friederike, können Sie sich noch an Regina erinnern? Sie hat in unserer Mädchenzeit vergeblich versucht, mir das Singen beizubringen."
Friederike Oeser schüttelte bedauernd den Kopf.
„Und wer ist die hübsche Jungfer an ihrer Seite?", fragte Constanze.
„Meine Großnichte Christiana. Sie war damals noch ein kleines Mädchen."
Christiana machte einen Knicks und lächelte. Constanzes Seidenhut mit den langen Federn gefiel ihr ausgesprochen gut. Regina wollte sich verabschieden, doch Constanze hielt sie auf.
„Wir sind ein wenig umhergefahren und wollen jetzt zur *Milchinsel.* Wie wäre es, wenn Sie uns begleiten?"
„Warum nicht?", antwortete Christiana und sah bittend zu ihrer Tante herüber.

Die *Milchinsel*, ein in vornehmen Kreisen beliebtes Gartenlokal, verdankte ihren Namen einer schäumenden, mit Mandelstücken bedeckten Milch, die köstlich wie Sahne schmeckte. Das Lokal war auch an diesem Nachmittag gut besucht. Die vier Frauen gingen geradewegs durch die verrauchte Billardstube hindurch und traten ins Freie. In einer Ecke des Gartens fand sich ein freier Tisch. Der Wirt, ein gebürtiger Franzose, kam herbei und fragte nach ihren Wünschen. Constanze bestellte vier Tassen Kaffee mit Sahne.

„Der Wirt spricht genauso drollig wie Philippe", flüsterte Christiana ihrer Großtante zu.

Die schüttelte statt einer Antwort nur missbilligend den Kopf.

„Sie sind natürlich mein Gast", sagte Constanze. „Ich stehe zwar allein auf der Welt, bin aber nicht mittellos."

„Allein auf der Welt?", fragte Regina.

„Mein Vater ist schon vor Jahren gestorben und Christoph ist ihm vor einigen Jahren nachgefolgt. Das Geschäft wird jetzt von einem Herrn Härtel geführt."

„Und was ist aus Bernhard geworden?"

„Der lebt seit Minnas Tod in Petersburg."

„Das ist sicher weit weg."

„Er war seit vielen Jahren nicht mehr hier."

„Selbst wenn er nach Leipzig kommen wollte, der Krieg macht es unmöglich", erklärte Friederike.

An ihr pockennarbiges Gesicht konnte Regina sich noch erinnern.

„Noch kräht der welsche Hahn in ganz Europa sein Victoria", ereiferte sich Constanze plötzlich. „Aber Russland wird ihm die Stirn bieten."

„Ruhig, meine Liebe", mahnte Friederike und sah sich furchtsam um.

Sie hatte französische Offiziere in der Billardstube gesehen.

Constanze schüttelte so heftig den Kopf, dass ihre blauen Hutfedern in Wallung gerieten.

„Der sogenannte Kaiser Napoleon soll ein dicklicher, kleiner Mann sein, der oft in der Nase popelt“, fuhr sie in unverminderter Lautstärke fort. „Mir macht er keine Angst.“
Am Nachbartisch wurde man auf sie aufmerksam. Ein älterer Herr zog mit spöttischem Lächeln seinen Hut vor Constanze, der Mann neben ihm hatte den Kopf zurückgeworfen und lachte schallend. Jetzt sah auch der Wirt zu ihnen herüber.
„Soll das Herz eines Weibes nicht auch für das Vaterland schlagen dürfen?“, fragte Constanze, nun etwas leiser.
Der Wirt kam an ihren Tisch.
„Die Damen möchten zahlen?“
Friederike beeilte sich, vier große Becher Milch und Gebäck zu bestellen.
„Meine Freundin ist leider von etwas heftiger Gemütsart“, entschuldigte sie sich.
Der Wirt machte ein verdrießliches Gesicht, ließ sich schließlich aber doch besänftigen. Friederike wandte sich ihrer Freundin zu.
„Ihre *Ode an den Frühling* hat mir sehr gefallen. Die Freude am Erwachen der Natur hat meine trübe Stimmung gleich aufgehellt.“
„Wirklich? Als Nächstes will ich einen Roman schreiben. Man muss die jungen Mädchen davor warnen, sich in das Joch der Ehe schmieden zu lassen.“
Der Wirt stellte die schäumende Milch und dazu Gebäck auf den Tisch.
„Sind die Männer denn gar so schlimm?“, fragte Christiana, nachdem er gegangen war. „Mir scheint, es sind auch einige galante darunter.“
Regina folgte dem Gespräch nur mit halber Aufmerksamkeit. Ein leichter Wind kühlte ihr vom Kaffee erhitztes Gesicht. Von der Kegelbahn drangen das Geräusch rollender Kugeln und vereinzeltes Jubelgeschrei herüber. Ein Mann am Nebentisch beklagte sich über die schlechten Postwege. In der Ferne war Pferdegetrappel zu hören.

„Wachen Sie auf, liebe Tante."
Christiana rüttelte an ihrer Schulter. Widerstrebend öffnete Regina die Augen. Es war Zeit zu gehen.

Als Christiana am Nachmittag des 21. April 1809 von einer Wäscheauslieferung nach Hause kam, lag ihre Mutter blass und mit geschlossenen Augen auf dem Bett. Das Kopfkissen war voller Blut. Christiana schrie auf. Sie rüttelte an der Schulter der Mutter, doch die reagierte nicht. Zwei Stufen auf einmal nehmend stolperte sie nach unten in die Gaststube und bat um Hilfe. Die Wirtin kam mit ihr herauf, fühlte der Kranken die fiebernde Stirn und ging in die Küche, um kalte Wadenwickel zu machen. Christiana lief so schnell sie konnte zu Juliana. Als beide im Kupfergässchen ankamen, war Augustas Zustand unverändert. Für einen Arzt hatten sie kein Geld.
„Nur Gott kann jetzt noch helfen", sagte Juliana und kniete vor dem Bett nieder, um zu beten.
Christiana hielt weinend die Hand der Sterbenden. Noch am selben Abend tat Augusta ihren letzten Atemzug, ohne das Bewusstsein wiedererlangt zu haben. Drei Tage später wurde sie auf dem Johannisfriedhof begraben.
Christiana glitt wie betäubt durch die folgenden Tage. Hin- und hergerissen zwischen der Trauer um ihre Mutter und der Sorge um die eigene Zukunft konnte sie kaum noch einen klaren Gedanken fassen. In der kommenden Woche wollte sie eigentlich den Buchdruckergesellen Paul Johann Müller heiraten. Der Termin war bereits wie vorgeschrieben an drei aufeinander folgenden Sonntagen von der Kanzel herab verkündet worden. Auch der Umzug war schon geplant. Nachdem die gute Frau Käppler Regina auf eine gerade erst frei gewordene Wohnung im Nachbarhaus hingewiesen hatte, war Christiana mit ihrem Verlobten gleich dorthin gegangen. Der Vermieter, ein bejahrter Witwer und Kaufmann, hatte sich bereit erklärt, etwas von der Miete nachzulassen, wenn Johann sämtliche Arbeiten im

Garten übernehmen und Christiana sich um die Wäsche kümmern würde. Auf dieser Grundlage war man sich schnell einig geworden.
Juliana war strikt gegen eine Hochzeit vor Ablauf des Trauerjahrs. Auf so einer Ehe konnte kein Segen liegen. Auch Regina hatte Bedenken. Warum diese Eile? Eine Wohnung würde sich auch in einem Jahr noch finden, vielleicht sogar in der Quergasse. Auch kannte Christiana ihren Verlobten noch nicht lange. Er arbeitete wie Friedrich in der Druckerei auf dem Brühl. Dort hatte ihn Christiana bei einem Besuch ihrer Tante kennengelernt.
Das Brautpaar hielt trotz aller Einwände an dem ursprünglichen Termin fest. Wegen des Trauerfalls sollte die Hochzeit allerdings nur im kleinen Rahmen stattfinden.
Der 1. Mai versprach ein strahlend schöner Frühlingstag zu werden, doch noch hatte die Sonne wenig Kraft. Die Brautleute und ihre wenigen Hochzeitsgäste hatten sich pünktlich um acht Uhr vor der Nicolaikirche versammelt. Dort würde der Pfarrer sie gleich im Anschluss an die Morgenandacht trauen. Außer Juliana, Friedrich und Regina waren der Bruder des Bräutigams und eine Freundin der Braut gekommen. Christiana trug ein schwarzes, unter der geschnürten Brust locker herabfallendes Kleid mit weißem Spitzenkragen. In ihren Brautkranz aus Myrtenzweigen war ein schwarzes Band geflochten. Johann, ein hochaufgeschossener Mann von 34 Jahren, hatte sich von seinem Bruder eine dunkle Hose ausgeborgt, die ihm knapp bis zu den Knöcheln reichte. Über dem frisch gebügelten Hemd trug er einen grauen Überrock. Seine von der Druckerschwärze verfärbten Hände hatte er am frühen Morgen so lange geschrubbt, bis sie halbwegs sauber aussahen. Als die Morgenandacht beendet war, begab sich die kleine Hochzeitsgesellschaft in die Kirche. Regina blieb kurz hinter der Eingangstür stehen. Staunend betrachtete sie das aufwendig umgebaute und neu gestaltete Kirchenschiff. Es gab jetzt eine umlaufende, von schlanken Säulen getragene Empo-

re. Die achteckigen Pfeiler waren mit einem Stucküberzug aus senkrechten Rillen verkleidet, der sie weniger plump erscheinen ließ. An den Wänden und der Decke prangten großflächige Gemälde, die Szenen aus dem Leben Jesu darstellten.
Während die anderen nach vorne zum Altarraum gingen, wo der Pfarrer sie bereits erwartete, humpelte Regina zu einer der hinteren Bänke und setzte sich. Sie sah zur Orgel hinauf. Dort oben war der Platz für die Choralisten gewesen. Dort hatte sie mit Reinhold gestanden und gesungen. Sie hörte wieder seine strahlende Altstimme, die mit ihrem Sopran verschmolz. Wie wunderbar ihre Stimmen harmoniert hatten. Sie dachte an ihre zufällige Begegnung auf der Promenade. Damals war sie so überrascht und erschrocken gewesen, dass sie ihn wie einen Fremden behandelt hatte. Wie mochte es ihm seither ergangen sein? Ob er überhaupt noch lebte?
Nachdem die Trauung vollzogen war, ging Regina mit den anderen hinaus. Draußen wandte sie ihr Gesicht der nun schon etwas kräftiger wärmenden Sonne zu. Wie gut das tat! Sie atmete tief durch, ging zu Christiana, überreichte ihr einen Beutel mit zehn Talern und küsste sie auf die Wange.
„Werde glücklicher als ich, liebes Kind."
Christiana bedankte sich mit einer Umarmung.
Johanns Bruder ging als Erster. Wenn er die Postkutsche nach Jena noch erreichen wollte, musste er sich beeilen. Auch Friedrich hatte nur bis zehn Uhr frei bekommen. Juliana schloss sich ihm an. Mit saurer Miene verabschiedete sich Christianas Freundin. Sie hatte vergeblich auf ein gediegenes Hochzeitsfrühstück gehofft.
„Für Sonntagnachmittag laden wir zu Kaffee und Kuchen in die Quergasse ein", sagte Christiana entschuldigend. „Heute müssen wir Johanns freien Tag nutzen, um den Hausrat aus dem Kupfergässchen in die neue Wohnung zu schaffen."
So machte Regina sich alleine auf den mühsamen Rückweg, während das Hochzeitspaar in die andere Richtung davoneilte.

Ein halbes Jahr nach der Hochzeit bekam Christiana ihr erstes und einziges Kind. Es wurde auf den Namen Augusta Wilhelmina Emma getauft. Die Geburt war schwer und langwierig gewesen. Christiana lag einen Tag und eine Nacht in den Wehen. Sie schrie vor Schmerzen. Die herbeigerufene Hebamme erklärte, dies sei nun einmal das Los der Frauen, und riet dem völlig aufgelösten Kindsvater zu einem Spaziergang. Im Haus sei er ohnehin nur im Wege. In höchster Aufregung wanderte Johann die ganze Nacht die Quergasse auf und ab. Am frühen Morgen rief man ihn endlich ins Haus zurück. Die Geburt war glücklich überstanden, Mutter und Kind wohlauf. So schnell er konnte, lief Johann die Treppe zum ersten Stock hinauf, um seinen Sohn zu sehen. Als man ihm das winzige Mädchen zeigte, gelang es ihm nur mit Mühe, seine Enttäuschung zu verbergen. Er gab der völlig erschöpften Christiana einen flüchtigen Kuss, wusch sich, aß im Stehen ein Butterbrot und machte sich auf den Weg zur Arbeit. Unterwegs beschloss er, die Geburt seiner Tochter vorerst für sich zu behalten. Nur Friedrich erzählte er davon. Der überbrachte seiner Frau in der Mittagspause die gute Nachricht. Christiana würde ihre Hilfe jetzt sicher brauchen können. Waren nicht auch irgendwo noch die Hemdchen, die Juliana in den ersten Jahren ihrer Ehe genäht und liebevoll bestickt hatte?
Julianas schmales Gesicht verzog sich schmerzlich bei diesen Worten. Doch dann legte sich ihre hohe Stirn in nachdenkliche Falten. Ob ihm, Friedrich, denn gar nichts aufgefallen sei? Sie jedenfalls könne rechnen. Nun werde ihr auch klar, warum die beiden sich nicht um das Trauerjahr geschert hätten.
„Sie mussten heiraten!“, rief sie triumphierend. „Nach guter alter Sitte hätte Christiana mit einem Brautkranz aus Stroh vor den Altar treten müssen als Zeichen ihrer Schande.“
„Weiberkram“, murmelte Friedrich und ging zurück an die Arbeit.
Am Nachmittag besuchte Juliana die Frau des Druckereibesit-

zers und flüsterte ihr die Nachricht unter dem Siegel der Verschwiegenheit zu. Die Frau des Druckereibesitzers erzählte es am Abend ihrem Mann. Am nächsten Tag wusste das ganze Haus, dass Johanns Frau bereits nach sechs Monaten Mutter geworden war.

„Noch nicht einmal sechs Monate", rechnete ein Geselle vor. „Das nenne ich eine prompte Lieferung."

Die anderen grinsten. Auch Johann kam das Gerede bald zu Ohren. Seine Kollegen, die durch die stille Hochzeit um ein zünftiges Gelage gebracht worden waren, hielten sich nun mit derbem Spott schadlos. Einer sprach in Johanns Gegenwart von hinterlistigen Weibern, die ihren leichtgläubigen Männern nur zu gern ein Kuckuckskind unterschöben. Johann ging sofort auf das Schandmaul los, doch Friedrich gelang es, die beiden Streithähne voneinander zu trennen. An diesem Tag ging Johann nach der Arbeit in eine Schenke und betrank sich. Als er mitten in der Nacht nach Hause kam, hing ein Strohkranz an der Haustür. Er verbrannte ihn heimlich im Ofen.

Regina sah die kleine Emma nach der Taufe nur noch ein einziges Mal. An einem Sonntagnachmittag kamen Christiana und Johann mit dem Säugling zu ihr. Christiana sah blass aus. Offenbar hatte sie sich immer noch nicht vollständig von der Geburt erholt.

„Das Gerede der Leute fürchte ich nicht", erklärte sie trotzig, während sie den mitgebrachten Kuchen aufschnitt. „Die Kleine gedeiht prächtig, das ist das Wichtigste."

Regina nickte. Auch Johann brummte zustimmend, während er herzhaft in den Kuchen biss.

Am Morgen ihres Todes stand Regina etwas später auf als gewöhnlich. Sie hatte am Abend zuvor lange nicht einschlafen können, weil ihr Herz immer wieder aus dem Takt geraten war. Dieses Stolpern und Holpern trat nicht zum ersten Mal auf, hielt aber immer nur kurze Zeit an. So wird es auch dieses Mal sein, beruhigte sie sich und schlief endlich ein. Und wirklich, am nächsten Morgen ging es ihr wieder gut. Sie klingelte nach Anna, die ihr eine Schüssel mit heißem Wasser heraufbrachte. Nach dem Waschen und Anziehen gab es wie gewöhnlich eine warme Milchsuppe zum Frühstück. Darin waren kleine Stücke Brot eingeweicht, die sich auch ohne Zähne leicht essen ließen. Während Anna das Bett machte und aufräumte, ging Regina an das zum Lüften geöffnete Fenster. In der Nacht hatte es geschneit. Die vom Schnee bestäubten Bäume reckten ihre Zweige wie bittend in den Himmel. Kein Laut war zu hören. Regina fröstelte. Sie schloss das Fenster, ging zu ihrem Sessel und wickelte sich in eine Decke. Anna schürte noch einmal kräftig das Feuer, bevor sie wieder hinunter ging. Im Musikzimmer nebenan blieb es ruhig. Mittwochs erteilte Herr Käppler keinen Unterricht. Langsam wurde es warm im Zimmer. Auch die Schmerzen im Knie waren heute erträglich. Ob sie etwas lesen sollte? Regina setzte ihr Lorgnon auf und griff nach ihrem Lieblingsbuch. Rochlitz hatte es ihr bei einem seiner Besuche mitgebracht.

Ueber Johann Sebastian Bachs Leben, Kunst und Kunstwerke. Für patriotische Verehrer echter musikalischer Kunst. Von J. N. Forkel

Auf dem Titelblatt prangte ein Bild ihres Vaters. Ein wohlbeleibter Herr mit Perücke blickte ihr streng entgegen. Hatte er wirklich so ausgesehen? So oft sie auch versuchte, sich an sein Gesicht zu erinnern, es gelang ihr nicht. Sie überblätterte die Vorrede und gelangte zum ersten Kapitel. Es ging um die Vorfahren.

Wenn es je eine Familie gegeben hat, in welcher eine ausgezeichnete Anlage zu einer und eben derselben Kunst gleichsam erblich zu seyn schien, so war es gewiß die Bachische.

Das ist vortrefflich gesagt, murmelte sie. Zufrieden blätterte sie weiter bis zum Kapitel über das häusliche und bürgerliche Leben.

> *Außer den großen Verdiensten, welche Bach in der Kunst als vollendeter Spieler, Componist und Musiklehrer hatte, besaß er auch das Verdienst, ein vorzüglich guter Hausvater, Freund und Staatsbürger zu seyn. Die Tugenden des Hausvaters bewies er durch seine Sorgfalt für die Bildung seiner Kinder, und die übrigen durch gewissenhafte Erfüllung gesellschaftlicher und bürgerlicher Pflichten.*

Regina ließ das Buch sinken. Draußen hatte es wieder zu schneien begonnen. Der Schnee fiel jetzt in so dichten Flocken, dass man kaum hindurchsehen konnte. Sie legte das Buch beiseite und betrachtete den wirbelnden Flockentanz.
Gegen Eins kam Anna mit dem Mittagessen. Es gab gestampfte Kartoffeln mit Linsen und Speck, als Nachtisch ein Schälchen Apfelkompott. Wie gut sie es hier hatte! Nach dem Essen war es Zeit für den Mittagsschlaf. Der erfrischte sie heute so sehr, dass sie wieder einmal Constanzes Gedichte zur Hand nahm. Constanze hatte ihr das Buch kurz nach dem Ausflug zur *Milchinsel* zugeschickt. Doch so sehr Regina sich auch bemühte, vieles darin blieb ihr unverständlich. Nur die *Ode an den Frühling* und ein besinnliches Herbstgedicht gefielen ihr auf Anhieb. Sie hatte kaum begonnen zu lesen, da klopfte es. Ihr Vermieter und ein weiterer Herr standen vor der Tür.
„Ist es gestattet?“, fragte Herr Käppler mit einer Verbeugung.
Regina bat die beiden Männer mit einer Handbewegung hinein.
„Mein Kollege aus dem Gewandhaus möchte gar zu gerne einmal die Tochter des großen Bach kennenlernen.“
Regina richtete sich mühsam in ihrem Sessel auf.
„Ich war noch ein Kind, als er starb, und kann mich kaum an ihn erinnern.“

„Das habe ich meinem Kollegen auch gesagt“, versicherte Herr Käppler. „Wir möchten Sie auch gar nicht weiter mit Fragen inkommodieren. Wenn Sie uns nur die Ehre machen würden, an unserer kleinen Probe teilzunehmen, wären wir Ihnen sehr verbunden.“

Regina zögerte.

„Wir spielen eine Sonate von Mozart für Violine und Fortepiano“, erklärte der andere Herr und verbeugte sich ebenfalls.“

Der Name Mozart gab den Ausschlag. Regina stand auf.

„Ich lasse gleich Kaffee bringen“, rief Herr Käppler hocherfreut und klingelte nach Anna.

Während sie im Musikzimmer auf den Kaffee warteten, stimmte der Hausherr mit geübten Griffen seine Geige. Sein Kollege, ein junger Mann mit imposanten Schnauzbart, begab sich zum Fortepiano und schlug einige Akkorde an. Er schien mit dem Klang zufrieden zu sein. Unterdessen brachte Anna den Kaffee.

„Wir geben heute Abend ein kleines Privatkonzert“, erklärte Herr Käppler und nippte vorsichtig an seiner dampfenden Tasse. „Deshalb wollen wir die Sonate schnell noch einmal durchspielen.“

„Auch ein Silberwarenhändler möchte zuweilen etwas Musik genießen. Hat er auch Ohren wie ein Esel, so zahlt er doch mit klingender Münze“, bemerkte der andere.

Herr Käppler lachte dröhnend, auch Regina musste lachen. Der Kaffee schmeckte vorzüglich, doch sie trank ihn mit Vorsicht. Wenn sie zu viel davon genoss, würde ihr Herz womöglich wieder aus dem Takt geraten. Die beiden Männer blätterten die Noten auf und begannen zu spielen. Schon das einleitende Adagio gefiel ihr sehr, aber auch der folgende Variationensatz mit seinem singenden Thema war ganz nach ihrem Geschmack.

„Das ist Musik nach meinem Herzen!“, rief sie aus, nachdem der letzte Ton verklungen war. „Und wie wunderbar Sie spielen!“

Die beiden Spieler verbeugten sich geschmeichelt.

„Es war nicht übel", fand auch Herr Käppler. „Zuweilen fehlte aber die Genauigkeit im Zusammenspiel."
„Für die Eselsohren heute Abend reicht es allemal", witzelte sein Mitspieler und strich selbstgefällig über seinen Schnurrbart. „Ob diese Musik wohl auch Ihrem Herrn Vater gefallen hätte?"
„Das will ich wohl annehmen." Regina stand auf. Sie spürte eine leichte Übelkeit. Offenbar hatte sie den Kaffee nicht vertragen. „Ich muss mich verabschieden, mir ist nicht wohl."
In ihrem Zimmer war es bereits so dunkel, dass die Umrisse der Möbel nur noch schemenhaft zu erkennen waren. Nur die schneebedeckten Bäume leuchteten hell durch das Fenster. Sie klingelte nach Anna, damit sie ihr Licht brächte.
„Stell die Kerze gleich in die Schlafkammer", bat sie. „Mir ist ein wenig schwindlig. Es wird das Beste sein, wenn ich heute einmal früh zu Bett gehe."
„Was ist mit dem Abendbrot?"
„Das lasse ich heute ausfallen."
Nachdem Anna gegangen war, legte Regina ihre Kleider ab und kroch, nur mit Hemd und Nachthaube bekleidet, unter die Bettdecke. Im Musikzimmer nebenan erklang noch einmal die Mozartsonate. Wenig später zeigte lautes Gepolter im Treppenhaus an, dass die beiden Männer das Haus verließen. Kurz darauf klopfte es.
„Brauchen Sie noch etwas? Anna sagte, Sie befinden sich nicht wohl", rief Frau Käppler durch die Stubentür.
„Es ist nur eine leichte Übelkeit", beschwichtigte Regina. „Morgen kommt Christiana, bis dahin bin ich bestimmt wieder wohlauf."
Einigermaßen beruhigt ging Frau Käppler zurück in ihre Wohnung. Mit einem Seufzer der Erleichterung löschte Regina die Kerze. Kurz darauf schlief sie ein.
Mitten in der Nacht wurde sie wach. Die blaue Dame war ihr im Traum erschienen. In ihrem mit Gold- und Silberfäden

durchwirktem Samtkleid stand sie da, als wäre sie nie fort gewesen. Ihre drei weißen Federn wippten fröhlich auf dem breitkrempigen Hut. Gleich würde sie davontanzen. Regina wollte ihr nachgehen, doch so sehr sie sich auch bemühte, sie kam keinen Schritt vorwärts. Noch im Aufwachen fühlten sich ihre Beine schwer an wie Blei. Keuchend rang sie nach Luft. Aus der leichten Übelkeit waren heftige Bauchschmerzen geworden. Im Brustbereich spürte sie ein starkes Brennen. Sie wollte aufstehen, doch es war ihr nicht möglich. Sie wollte um Hilfe rufen, doch auch dazu fehlte ihre die Kraft. Sie bekam große Angst. Wenig später verlor sie das Bewusstsein. Nach einem tiefen, letzten Atemzug hörte ihr Herz auf zu schlagen.

Der 17. Dezember 1809 war ein Sonntag. Nach dem Gottesdienst in der Nicolaikirche eilte der Pfarrer zusammen mit einigen Thomanern in die Quergasse. Vor dem Sterbehaus wartete man bereits auf sie. Reginas Sarg wurde auf den Leichenwagen gehoben und der Trauerzug setzte sich in Bewegung. An der Spitze gingen die Männer, dahinter die Frauen. In der Nacht war viel Schnee gefallen. Der Kutscher brachte sein Pferd nur durch geduldiges Zureden dazu, den Leichenwagen über vereiste Stellen und einige Schneeverwehungen hinwegzuziehen.
Die kalte Wintersonne stand tief am Himmel, als die Trauergemeinde schließlich ihr Ziel erreichte. Das gesamte Gräberfeld lag unter der dichten Schneedecke wie unter einem Leichentuch. Nur Reginas frisch ausgehobenes Grab klaffte als dunkles Loch darin. Die Totengräber waren mit ihrer Arbeit gerade noch rechtzeitig fertiggeworden. Sie hatten am frühen Morgen alle Mühe gehabt, in den hartgefrorenen Boden einzudringen. Die Thomaner stellten sich um das Grab herum auf. Herr Käppler und Herr Rochlitz besprachen sich flüsternd miteinander, dann ging Herr Rochlitz zu dem ältesten der Jungen. Einige Worte und Geldstücke wechselten den Besitzer. Der Präfekt winkte daraufhin die anderen zu sich.

„Wir singen heute einmal ein Stück vom alten Bach. Ihr kennt es aus dem Unterricht."
„Wie soll das ohne Noten möglich sein?", wandte einer der Jungen ein.
Statt einer Antwort zeigte der Präfekt ihnen das Geld. Daraufhin waren alle bereit, es auch ohne Noten zu versuchen.

Der Geist hilft unserer Schwachheit auf,
denn wir wissen nicht,
was wir beten sollen,
wie sich's gebühret;
sondern der Geist selbst vertritt uns aufs Beste
mit unaussprechlichem Seufzen.

Christiana begann zu weinen. Frau Käppler legte tröstend eine Hand auf ihren Arm, während ihr Mann mit geschlossenen Augen der Motette lauschte. Auch Rochlitz hörte aufmerksam zu. Neben ihm standen Friedrich und Juliana. Sie beteten leise. Johann drehte seinen Hut in den schwarz verfärbten Händen. Sein Magen knurrte. Zum Frühstück hatte Christiana ihm heute nur einen Rest lauwarmer Milchsuppe vorgesetzt.
Der Gesang war gerade verklungen, als eine schwarz gekleidete Dame vom Eingang her zur Grabstelle eilte. Es war Constanze. Sie hatte sich mit einer Sänfte zum Friedhof bringen lassen. Wegen der Schneemassen waren die Träger dabei langsamer vorangekommen als gedacht.
Der Pfarrer sah kurz auf, als Constanze hinzutrat, dann sprach er den Segen. Der Sarg wurde an Seilen in die Grube gelassen. Ein eisiger Wind fegte über den Friedhof. Die Sänger in ihren dünnen Chormänteln hatten es eilig, so bald wie möglich wieder ins Warme zu kommen. Als auch die anderen sich zum Gehen wandten, schaufelten die Totengräber die ersten hartgefrorenen Erdklumpen auf den Sarg. Nach getaner Arbeit gingen auch sie. Es war Mittag. Der Friedhof lag still im Winterlicht.

Catharina Dorothea Bach (1708–1774)

1708 Catharina Dorothea wird als erstes von sieben Kindern der Eheleute Johann Sebastian und Maria Barbara Bach in Weimar geboren.

1720 Maria Barbara Bach stirbt. Dorothea wird mit 12 Jahren Halbwaise.

1721 Bach heiratet die Köthener Hofsängerin Anna Magdalena Wilcke. Sie ist nur sieben Jahre älter als ihre Stieftochter Dorothea.

1723 Umzug der Familie nach Leipzig.

1750 Nach dem Tod des Vaters zieht Dorothea zu ihrem Bruder Wilhelm Friedemann nach Halle. Der Bruder ist dort Musikdirektor und Organist an der Marienkirche.

1771 Dorothea kehrt nach Leipzig zurück, nachdem ihr Bruder seine Stelle in Halle aufgegeben hat und nach Braunschweig gezogen ist. In Leipzig lebt sie mit ihren Halbschwestern Elisabeth, Johanna und Regina sowie den Nichten Juliana und Augusta in einer gemeinsamen Wohnung am Neukirchhof.

1774 Dorothea stirbt am 14. Januar.

Elisabeth Juliana Friederica Bach (1726–1781)

1726 Elisabeth Juliana Friederica wird als viertes Kind der Eheleute Johann Sebastian und Anna Magdalena Bach in Leipzig geboren.

1749 Elisabeth heiratet den Organisten und Bach-Schüler Johann Christoph Altnickol und geht mit ihm nach Naumburg.

1750 Elisabeth und ihr Ehemann halten sich für einige Monate in Leipzig auf. Nach dem Tod des Vaters nehmen sie Elisabeths geistig behinderten Bruder Gottfried Heinrich bei sich auf.

1759 Johann Christoph Altnickol stirbt.

1760 Elisabeth kehrt nach Ablauf des sogenannten Gnadenhalbjahrs mit ihren beiden sechs- und neunjährigen Töchtern Juliana Wilhelmina und Augusta Magdalena nach Leipzig zurück. Sie zieht zu ihren Schwestern in die Haynstraße.

1771 Elisabeth mietet für sich, ihre beiden Töchter und die Schwestern eine Wohnung am Neukirchhof. Sie arbeitet als Näherin, wird aber auch von dem inzwischen in Hamburg lebenden Halbbruder Carl Philipp Emanuel sowie dem städtischen Almosenamt und einer Stiftung für arme Witwen unterstützt.

1781 Elisabeth stirbt am 24. August, vermutlich an einer Seuche.

Johanna Carolina Bach (1737–1781)

1737 Johanna Carolina wird als zwölftes Kind der Eheleute Johann Sebastian und Anna Magdalena Bach in Leipzig geboren.

1751 Nach dem Tod des Vaters im Jahr zuvor zieht Johanna mit ihrer Mutter und der jüngeren Schwester Regina in das Haus des Advokaten Dr. Graff in die Haynstraße. Der Unterhalt wird zunächst aus dem Erbe bestritten. Außerdem wird die Familie durch das städtische Almosenamt, die Universität und eine Stiftung für arme Witwen unterstützt.

1756 Leipzig wird von der preußischen Armee besetzt (Siebenjähriger Krieg). Die finanzielle Unterstützung der Familie wird für die Dauer des Krieges teilweise ganz eingestellt, teilweise um die Hälfte gekürzt.

1760 Nach dem Tod der Mutter bleiben die beiden Schwestern zunächst in der Haynstraße. Dort leben sie mit der aus Naumburg zurückgekehrten älteren Schwester Elisabeth und deren Töchtern zusammen.

1771 Umzug in die Wohnung am Neukirchhof.

1781 Johanna stirbt am 18. August, vermutlich an einer Seuche.

Regina Susanna Bach (1742–1809)

1742 Regina Susanna wird als dreizehntes und letztes Kind der Eheleute Johann Sebastian und Anna Magdalena Bach in Leipzig geboren.

1751 Nach dem Tod des Vaters im Jahr zuvor lebt Regina mit ihrer Mutter und der älteren Schwester Johanna im Haus des Advokaten Dr. Graff in der Haynstraße.

1771 Umzug in die Wohnung am Neukirchhof.

1781 Nachdem die Schwestern Elisabeth und Johanna innerhalb einer Woche verstorben sind, zieht Regina zu ihrer Nichte Augusta. Augusta hatte vier Jahre zuvor den Siegellackfabrikanten Ernst Friedrich Ahlefeldt geheiratet und wohnt mit ihm im Apelschen Haus am Markt. Regina wird mit sechs Groschen wöchentlich aus dem Universitätsalmosen sowie in unregelmäßigen Abständen von dem in Hamburg lebenden Halbbruder Carl Philipp Emanuel unterstützt.

1787 Nach dem Tod von Ernst Friedrich Ahlefeldt muss die Wohnung im Apelschen Haus aufgegeben werden. Regina lebt nun mit ihren Nichten Juliana und Augusta sowie den beiden Großnichten Christiana und Henriette im Kupfergässchen.

1788 Carl Philipp Emanuel Bach stirbt.

1800 In der *Allgemeinen Musikalischen Zeitung* erscheint ein Spendenaufruf für Regina. Noch im gleichen Jahr bedankt sie sich öffentlich für die erhaltenen 96 Taler und fünf Groschen.

1801 Eine zweite Sammlung erbringt weitere 200 Taler. Auch hierfür wird der Dank Reginas in der *Allgemeinen Musikalischen Zeitung* veröffentlicht.

1801 Regina zieht in die Quergasse.

1806 Französische Truppen besetzen Leipzig.

1809 Reginas Großnichte Christiana heiratet den Buchdruckergesellen Paul Johann Müller und wohnt nun ebenfalls in der Quergasse.

1809 Regina stirbt am 14. Dezember.

Personenregister:

A. Historische Personen

Ahlefeldt, Augusta Magdalena, geb. Altnickol (1751–1809), Enkelin von J. S. Bach
Ahlefeldt, Carolina Friederica (1782–1787), Urenkelin von J. S. Bach
Ahlefeldt, Christiana Johanna siehe Müller, C. J.
Ahlefeldt, Ernst Friedrich (1752–1787), Siegellackfabrikant
Ahlefeldt, Jacobina Henriette (1787–1791), Urenkelin von J. S. Bach
Altnickol, Augusta Magdalena siehe Ahlefeldt, A. M.
Altnickol, Elisabeth Juliana Friderica, geb. Bach (1726–1781), Tochter von A. M. und J. S. Bach
Altnickol, Johann Christoph (1719–1759), Schwiegersohn von J. S. Bach, Organist
Altnickol, Johann Sebastian (1749 geb. u. gest.), Enkel von J. S. Bach
Altnickol, Juliana Wilhelmina siehe Prüfer, J. W.
Bach, Anna Magdalena, geb. Wilcke (1701–1760), zweite Ehefrau von J. S. Bach
Bach, Carl Philipp Emanuel (1714–1788), Sohn von M. B. und J. S. Bach, Komponist
Bach, Catharina Dorothea (1708–1774), Tochter von M. B. und J. S. Bach
Bach, Christian Gottlieb (1725–1728), Sohn von A. M. und J. S. Bach
Bach, Elisabeth Juliana Friederica siehe Altnickol, E. J. F.
Bach, Friedelena Margaretha (1675–1729), Schwester von Bachs erster Ehefrau
Bach, Gottfried Heinrich (1724–1763), Sohn von A. M. und J. S. Bach, geistig behindert

Bach, Johann Christian (1735–1782), Sohn von A. M. und J. S. Bach, Komponist
Bach, Johann Christoph Friedrich (1732–1795), Sohn von A. M. und J. S. Bach, Komponist
Bach, Johann Sebastian (1685–1750), Komponist, Thomaskantor
Bach, Johann Sebastian der Jüngere (1748–1778), Sohn von Carl Philipp Emanuel Bach, Maler
Bach, Johanna Carolina (1737–1781), Tochter von A. M. und J. S. Bach
Bach, Maria Barbara, geb. Bach (1684–1720), erste Ehefrau von J. S. Bach
Bach, Regina Susanna (1742–1809), Tochter von A. M. und J. S. Bach
Bach, Wilhelm Friedemann (1710–1784), Sohn von M. B. und J. S. Bach, Komponist
Bose, Anna Regina siehe Graff, A. R.
Bose, Benedicta Maria siehe Graff, B. M.
Bose, Christiana Sybilla siehe Richter, C. S.
Breitkopf, Bernhard Christoph (1695–1777), Buchdrucker, Verlagsgründer
Breitkopf, Bernhard Theodor (1749– zwischen 1810 u. 1820), Sohn von J. G. I. und F. C. Breitkopf
Breitkopf, Christoph Gottlob (1750–1800), Verleger, Sohn von J. G. I. und F. C. Breitkopf
Breitkopf, Friderica Constantia, geb. Brixin (?–1782), Ehefrau von J. G. I. Breitkopf
Breitkopf, Johann Gottlob Immanuel (1719–1794), Sohn von B. C. Breitkopf, Verleger
Breitkopf, Susanne Wilhelmine, geb. Obermann (?–1777), Ehefrau von B. T. Breitkopf
Breitkopf, Theodora Sophia Constantia siehe Oehme, T. S. C.
Doles, Johann Friedrich (1715–1797), Thomaskantor
Ernesti, Johann August (1707–1781), Rektor der Thomasschule

Goethe, Johann Wolfgang von (1749–1832), Dichter

Görner, Johann Gottlieb (1697–1778), Organist, Musikdirektor der Paulinerkirche

Gottsched, Johann Christoph (1700–1766), Schriftsteller, Professor

Gottsched, Luise Adelgunde Victorie, geb. Kulmus (1713–1762), Ehefrau von J. C. Gottsched, Schriftstellerin

Graff, Anna Regina, geb. Bose (1716–1750), erste Ehefrau von F. H. Graff, Reginas Taufpatin

Graff, Benedicta Maria, geb. Bose (1720–?), zweite Ehefrau von F. H. Graff

Graff, Friedrich Heinrich (1713–1777), Advokat, Reginas Taufpate

Härtel, Gottfried Christoph (1763–1827), Verleger

Harrer, Johann Gottlob (1703–1755), Thomaskantor

Henrici, Christian Friedrich (1700–1764), Textdichter J. S. Bachs (Picander)

Hiller, Johann Adam (1728–1804), Kapellmeister, Thomaskantor

Hubert, Johann Gottfried (Geburts- und Sterbejahr unbekannt), Tischler, Hauseigentümer

Körner, Anna Maria, geb. Stock (1762–1843), Tochter von J. M. Stock

Krebs, Johann Ludwig (1713–1780), Schüler J. S. Bachs, Organist

Müller, Paul Johann (1775–1811), Buchdruckergeselle

Müller, Christiana Johanna, geb. Ahlefeldt (1780–1816), Ehefrau von P. J. Müller, Urenkelin von J. S. Bach

Müller, Augusta Wilhelmina Emma (1809–1818), Tochter von P. J. und C. J. Müller, Ur-Ur-Enkelin von J. S. Bach

Obermann, Susanne Wilhelmine siehe Breitkopf, S. W.

Oehme, Carl Joseph (1752–1783), Arzt

Oehme, Theodora Sophia Constantia, geb. Breitkopf (1748–1818), Tochter von J. G. I. und F. C. Breitkopf, Schriftstellerin

Oeser, Adam Friedrich (1717–1799), Maler, Direktor der Zeichenakademie Leipzig
Oeser, Friederike Elisabeth (1748–1829), Tochter von A. F. Oeser
Prüfer, Heinrich Friedrich Anton (um 1756–1815), Buchdruckergeselle
Prüfer, Juliana Wilhelmina, geb. Altnickol (1754–1818), Enkelin von J. S. Bach
Richter, Christiana Sybilla, geb. Bose (1711–1749), Herzensfreundin von A. M. Bach
Rochlitz, Johann Friedrich (1769–1842), Musikschriftsteller, Dichter
Schilling, Carl Ludwig Friedrich (Geburts- und Sterbejahr unbekannt), Lehrer, Kurator
Schönkopf, Anna Katharina (1746–1810), Freundin v. J. W. Goethe
Schröter, Corona Elisabeth Wilhelmine (1751–1802), Schauspielerin, Sängerin
Stock, Anna Maria siehe Körner, A. M.
Stock, Johann Michael (1737–1773), Kupferstecher
Stock, Johanna Dorothea (1759–1832), Tochter von J. M. Stock, Malerin
Weiss, Silvius Leopold (1687–1750), Lautenist, Komponist
Ziegler, Christiana Mariana von (1695–1760), Dichterin

B. Fiktive Personen

Anna, Dienstmagd der Käpplers
Anton, Choralist an der Nikolaikirche
Geyer, Musikalienhändler
Hedwig, Dienst- und Küchenmagd der Familie Ahlefeldt
Heinrich, Hausknecht und Kutscher der Familie Ahlefeldt
Irmingerin, Witwe eines Perückenmachers
Käppler, Violinist, Reginas letzter Vermieter
Frau Käppler, seine Ehefrau

Lindemann, Georg Reinhold, Choralist und Student der Theologie, Reginas Verlobter
Madelmeyerin, Putzmacherin
Schlack, Johann Sigismund, Feldwebel der preußischen Armee, Johannas Verlobter

Literaturverzeichnis:

Bodeit, Friderun (Hrsg.): Ich muß mich ganz hingeben können. Frauen in Leipzig, Leipzig 1990
Dehnerdt, Eleonore: Die Sängerin. Anna Magdalena Bach, Gießen 2007
Döring, Detlef (Hrsg.): Geschichte der Stadt Leipzig, Bd. 2, Leipzig 2016
Dülmen, Andrea van: Das irdische Paradies. Bürgerliche Gartenkultur der Goethezeit, Köln 1999
Dülmen, Andrea van (Hrsg.): Frauenleben im 18. Jahrhundert, München 1992
Forkel, Johann Nikolaus: Über Johann Sebastian Bachs Leben. Kunst und Kunstwerke, Reprint der Erstausgabe von 1802, Kassel 1999
Fröhlich, Anke: Zwischen Empfindsamkeit und Klassizismus. Der Zeichner und Landschaftsmaler Johann Sebastian Bach der Jüngere, Leipzig 2007
Geck, Martin: Bach. Leben und Werk, Reinbek bei Hamburg 2000
Geck, Martin: Die Bach-Söhne, Hamburg 2003
Goethe, Johann Wolfgang von: Briefe, Bd. 1, München 1988
Goethe, Johann Wolfgang von: Dichtung und Wahrheit, München 1985
Hase, Oskar von: Breitkopf & Härtel. Gedenkschrift und Arbeitsbericht, Bd. 1, Wiesbaden 1968
Heinemann, Michael (Hrsg.): Das Bach-Lexikon, Laaber 2000

Herwig, Wolfgang (Hrsg.): Goethes Gespräche, Bd. 1, Zürich 1965
Hübner, Maria (Hrsg.): Anna Magdalena Bach. Ein Leben in Dokumenten und Bildern, Leipzig 2004
Johler, Jens: Die Stimmung der Welt, Berlin 2013
Knigge, Adolph, Freiherr von: Über den Umgang mit Menschen, Frankfurt a.M. 2001
Lichtenberger, Gertraude (Hrsg.): Promenaden bey Leipzig. Reprint der Erstausgabe von 1781, Leipzig 1990
Liebert, Andreas: Mein Vater, der Thomaskantor. Seine Tochter Dorothea erzählt, München 1999
Mai, Klaus-Rüdiger: Die Bachs. Eine deutsche Familie, Berlin 2013
Maul, Michael: Musikstadt Leipzig in Bildern. Von den Anfängen bis ins 18. Jahrhundert, Leipzig 2015
Martus, Steffen: Aufklärung. Das deutsche 18. Jahrhundert – ein Epochenbild, Berlin 2015
Maurer, August: Leipzig im Taumel. Nach Originalbriefen eines reisenden Edelmanns, Frankfurt a.M. 1988
Mundus, Doris: Musikstadt Leipzig in Bildern. Das 19. Jahrhundert, Leipzig 2015
North, Michael: Genuss und Glück des Lebens. Kulturkonsum im Zeitalter der Aufklärung, Köln 2003
Preisendörfer, Bruno: Als Deutschland noch nicht Deutschland war. Reise in die Goethezeit, Berlin 2015
Rampe, Siegbert: Carl Philipp Emanuel Bach und seine Zeit, Laaber 2014
Ratzmann, Wolfgang (Hrsg.): Evangelische Gottesdienstkultur im Barockzeitalter. Christian Gerbers „Historie der Kirchenceremonien in Sachsen“ (1732), Markkleeberg 2014
Riesbeck, Johann Kaspar: Briefe eines reisenden Franzosen, Berlin 2013
Rochlitz, Johann Friedrich: Spendenaufruf für Regina Susanna Bach, in: Intelligenz-Blatt zur Allgemeinen Musikalischen Zeitung, 2. Jahrgang, Nr. XIII, Leipzig 1800

Rochlitz, Johann Friedrich: Bericht und Dank, in: Intelligenz-Blatt zur Allgemeine Musikalische Zeitung, 3. Jahrgang, Nr. IX, Leipzig 1801
Safranski, Rüdiger: Goethe. Kunstwerk des Lebens, München 2013
Schmidt, Georg: Wandel durch Vernunft. Deutsche Geschichte im 18. Jahrhundert, München 2009
Schopenhauer, Johanna: Reise durch England und Schottland, Berlin 2015
Schott, Heinz (Hrsg.): Der sympathetische Arzt. Texte zur Medizin im 18. Jahrhundert, München 1998
Schweitzer, Albert: Johann Sebastian Bach, Wiesbaden 1908
Sohl, Klaus (Hrsg.): Leipzig um 1800. Kommentierte und mit einem Register versehene Neuausgabe der „Geschichte und Beschreibung der Kreis- und Handelsstadt Leipzig“ (1799), Leipzig 2010
Trunz, Erich (Hrsg.): Goethe. Gedichte, München 1981
Vignal, Marc: Die Bach-Söhne, Laaber 1999
Wolff, Christoph: Johann Sebastian Bach, Frankfurt a.M. 2000
Zittel, Manfred: Erste Lieb' und Freundschaft. Goethes Leipziger Jahre, Halle 2009

Folgende Dissertation konnte leider nicht mehr für den Roman berücksichtigt werden:
Eberhard Spree. Die verwitwete Frau Capellmeisterin Bach. Studie über die Verteilung des Nachlasses von Johann Sebastian Bach. Verlag Klaus-Jürgen Kamprad, Altenburg 2019.

Am Neukirchhof wohnten Bachs Töchter etwa zehn Jahre in einer gemeinsamen Wohnung.
Die Neue Kirche in Leipzig. Kupferstich von Joachim Ernst Scheffler, 1749.

In Apels Haus am Markt in Leipzig wohnten sowohl die Familie Ahlefeldt als auch Regina Susanna Bach.
Stich von Johann Joachim Püschel, um 1715

Bildnachweis
S.270: © H.-P. Haack / Wikimedia
S.271: © Kuhn73 / CC BY-SA 4.0